強き蟻

松本清張

文藝春秋

目次

強き蟻

墓の前強き蟻ゐて奔走す　三鬼

一

早春の寒い夕方だった。伊佐子が運転しながら燃料計を見るとEになっていた。まだ大丈夫と思っていたが、うかつだった。あと一キロも走れるかどうか。夫の信弘は後部座席で煙草をくわえている。近ごろますます猫背になった。うすくなった髪に白さが増した。商店街の灯が両側から彼の長い顔に絶えず当っているが、太い眉毛の下の眼は眠ったように閉じている。バック・ミラーにはその眼のあたりしか映らないが、眼窩《がんか》が目立って落ちてきていた。ヒーターを入れているのに、寒そうにコートの身体を縮めている。

一キロぶんのガソリンだと、夫を会合場所に送りつけて、ちょっと戻りかけるのがやっとだ。会合場所は料理屋で、女中も下足番も玄関に出ている。その連中の眼の届くところで車が動かなくなるのを見せるのは恥《はじ》だった。外車を乗り回しているのにガソリンを切らしたとあってはみっともない。

伊佐子はこの辺にあるガソリンスタンドを知っていた。知り過ぎて都合が悪い。そこの従業員と顔馴染だった。だが、別のスタンドに行くには遠かったり、あとがえったり、回り道になったりするので、思い切ってそこへ寄ることにした。夫の会合は重役連の懇親会で、その時間が迫っている。一週間前に社長交替が決まった。新会長や新社長になる人よりおくれて座敷に入るのは夫もまずいだろう。

伊佐子は石油会社の赤いマークのついている下に車を寄せた。

「どうしたのかね?」

信弘は眼を開けてうしろから訊いた。

「ガソリンが切れちゃったの。すぐ入れさせるわ」

伊佐子は車を停車させ、ドアを開けかけた。

「どのくらい時間がかかる?」

夫は腕をあげてスタンドの灯に時計の針をながめた。眼をくしゃくしゃにさせているのは眼鏡がないからである。

「五時四十五分よ。五分間で済むわよ」

明るい照明のついたガラス張りの小さな事務所には作業服の男二人がこっちをのぞいていた。外側にいた別な小男が近づいてきた。三人とも顔見知りだった。伊佐子は降りて、こっちから男のほうに歩いていった。

「あ、奥さん」

男は作業帽のひさしにちょっと手をやってニヤリと笑った。

「ガソリンをすぐに入れてちょうだい。急ぐのよ」

「今度はどの辺までドライブですか？」

「亭主が乗ってんのよ」

「へ？」

小男は首をすくめ、車の窓に眼をやった。事務所から出てきた二人が伊佐子の前に来た。ほかに車はなく、仕事は閑らしかった。

「今晩は。奥さん」

伊佐子が歯を見せてうなずくと、

「おい、ご主人とごいっしょだよ」

と、小男が同僚に注意するように云った。二人の男の態度が、ちょうど走りかけたところを急に停ったように、はっと改まった。罐や部品を棚に積んだ事務所から女店員がこっちを透かして見ていた。

小男がホースを抱えて車の後部に突込み、一人の作業員が赤い計量器を始動させた。ガソリンの臭いが漂った。

「今夜は家庭サービスですか？」

立っていた一人が低い声で伊佐子に含み笑いして云った。前の通りには車が絶えず騒音を立てていた。

「変なこと云わないでよ」

伊佐子はたしなめたが、きびしい顔つきよりも弱い苦笑がひろがっていた。

「済みません」

男は帽子の前を上げ、あみだかぶりにして車のほうを見た。伊佐子は車にはうしろを向けて立っていた。

「そうジロジロと車のほうばかり見るもんじゃないわ。失礼よ」

伊佐子は突立っている二人に云った。一人がホースの傍をはなれ、前部に回ってボンネットを開け、オイルや水の具合を見ていた。実際は彼女も車の前に行くか信弘の窓のところに寄りたいのだが、従業員たちが妙な素振りをしそうなので、その防止のつもりで二人の前から去れなかった。

二人の従業員は云われるままに姿勢を変え、うすく笑っていた。

「ご夫婦お揃《そろ》いで、どこにお出かけですか？」

一人が訊いた。

「その先のお料理屋さんよ」

「ご主人がご馳走して下さるんですか？」

「違うわ。会社の役員懇親会よ。わたしが出るんじゃないの」

「奥さんがご主人をいちいち送り迎えなさるんですか。会社から社用の車が出るんじゃないのですかね？」

「今日はね、亭主が家にいたの。だから、わたしが送って行くのよ」

伊佐子はそう云ってから、ふだん彼らにみせている自分の調子と違うのを気にした。それで、フランクに云った。

「ねえ、ウチの亭主、おじいちゃんでしょ？」

従業員はその言葉で呆気にとられたような顔になった。

「そ、そうですねえ、けど、若く見えるほうじゃないですか。おいくつですか？」

相手はどぎまぎして訊いた。

「六十七よ」

「六十七……。奥さんとはおいくつ違いですか？」

「ざっと三十ね」

「三十というと、奥さんは三十ゥ……」

「ばかね。ざっとと云ったじゃないの。三十代にもいろいろあるわ」

「さいですか。奥さんはお若くみえるからねえ。それに体格が立派ですよ。上背はあるし、肉づきは均整がとれているし、皮膚がつやつやしてらっしゃる」

「あんたはわたしを亭主と比較してるのね？」

「いえ、そんなつもりじゃありません」

「分ってるわ。みんながそんな眼で見るもん。もう馴れてるから」

「はあ」

「みんなわたしに同情してくれてるのね。顔つきで分るわ。はじめはイヤだったけど、もう平気よ。でも、わたしまでいっしょに亭主と同じに婆くさくなることないと思うわ。昔はそうじゃなかったわね。どんなに年が違って若くても、できるだけ地味な服装《なり》をして亭主との年齢の差を縮めるように見せかけたわね。あれは間違いだと思うわ。亭主だって女房がいつまでも年下の若さでいてくれたほうがいいもん」

伊佐子は早口に云った。ガソリンを入れるモーターの音が小刻みに鳴っていた。

「そりゃ、そのほうがご主人はご満足ですよ」

二人の従業員は、女客をからかうつもりで気圧《けお》されていた。油の具合をのぞいていた男がボンネットを閉めて戻り、話の仲間に入った。

「それじゃ、奥さんが若いボーイフレンドを連れてドライブなさるのは、若さを保つためですか?」

一人が思い切ったことを云った。

「そうよ。おじいちゃんのそばにいたら気持が老いこんでしまうもの。若い人と話しているといつまでも気が若くいられるわ。わたしも更年期が早くくるのは嫌だから」

「とんでもない。この前、車に乗せていらした方、ハンサムでしたね。二十三、四ぐらいですか？」

「あ、あの人。もうちょっといってるわ」

「どこか崩れたような陰影があっていかすじゃないですか。印象に残ってますよ」

「そうかしら。若い人の話って面白いのよ。どんどん話題が変っていって。わたし、ご馳走してあげて話を聞くことにしてんの」

「結構ですね。その前のボーイフレンドもこの前の人と同じグループの方ですか。ええと、もう半年くらい前になりますかね、もっと身体の細長い痩せた人でしたが」

うしろで声がした。

「ちょっと」

見返った四人がどきりとした。背をまるくした老紳士が両手をコートのポケットに突込み、細長い恰好で立っていた。

「トイレを拝借したいのだが」

「は。どうぞ」

信弘は従業員たちの顔を見回した。

一人が撲《なぐ》られたように動き出して身体を斜めに歩きはじめた。

「パパ」

伊佐子が夫に近づいて手を彼の腕に当てた。

「そこまでついて行きましょうか?」

「いや。いいよ……ガソリンのほうはまだ終らないのか?」

「いや、いま済んだところです。お待ち遠さま」

二人の従業員も忙しそうにポンプを外しにゆくやら計量器の目盛を見るやらした。

「おいくら?」

伊佐子は、従業員に案内されてゆっくりと歩む夫の背中を眺め、大きい声で云った。

従業員が顔を見合せて首をすくめ、歯の間に舌をのぞかせた。

「いま何時だな?」

信弘は後の席に戻って、エンジンをかけて待っている伊佐子に訊いた。

「六時七分前よ」

「少し遅くなったな」

「大丈夫よ。これから三分くらいで着くから」

外からドアを閉めて頭を下げる従業員の姿がうしろに流れ去った。

「ガソリン入れるの、案外手間がかかるもんだね?」

「ふだんはもっと早いんだけど、モーターの調子とか油の流れ具合によるのね」

「あそこ、よくガソリン補給に寄るのかね?」

信弘の声に変りはなかった。

「ううん。初めてよ。でも、わたしがこんな調子だから、若い人、よくあんなふうに話しかけてくるのね。少し煩《うるさ》いんだけど」

「そうか」

伊佐子はバック・ミラーに視線を流した。信弘の二つの眼はうっとりと半分閉じられ、座席のうしろに凭《よ》りかかっていた。その眉の間には何のかげりもなかった。夫は何も聞いていなかったと伊佐子は思った。従業員との話を、その言葉の端でも、耳に入れたら不審を起さずにはおくまい。それは自然と表情にも出るし、質問にもなろう。それがなかった。夫は、年下の妻がガソリンスタンドに働くような若い者にも興味をもたれるのを、むしろよろこんでいるようであった。事実、だれにも無視される平凡な妻をもっているより、はるかに幸福であろう。

従業員との話が夫に聞えたとしても、伊佐子はそれほど恐れはしなかった。それはどのようにでも云い抜けができる自信はあった。信弘は自分を溺愛している。先妻の子はみんな彼から遁《に》げていった。彼は自分を得るために子供たちと離れたようなものである。この年寄りには倚《よ》るべき肉親がいなくなった。たった二人きりである。自分を手放したら、孤独の身になってしまう。彼の社会的地位や財産の故に、三度目の妻をよぶことも可能ではあるが、もはや、彼の年齢が極めて不本意な条件になるだろう。自分のように若くて魅力のある女は得られまい。それは夫にもよく分っているはずである。だから、彼は自分に遠慮している。伊佐子はそう考えていた。

伊佐子は夫を落胆させたり、悲しませたりしなければいいと思っている。そのためには、決して事実を教えてはならないのだ。たとえ、どのように動かしがたい証拠を夫につかまれても、絶対に白状しないことである。告白して赦《ゆる》しを求めるというのは、亭主が五十代までの話である。それ以上は老人だ。老人に衝撃を与えるのは可哀想である。立直ろうにもすでに余生がないからだ。どこまでも黒を白と云い張ったほうが夫のためである。

いっしょになって、もう六年目だった。

伊佐子は夫を料理屋の前に降ろした。玄関横に立っていた法被《はっぴ》姿の下足番がとんできてドアを開けるのに、信弘は鷹揚にうなずいて足を地に下ろした。そのとき、ちょっとよろめいたので、下足番があわてて彼の背中を支えた。信弘はふり返って運転席の伊佐子を見て、軽く手をあげてすぐに背中を回した。下足番や女中たちが玄関のところから見ているのでテレ臭くなったのか、子供のような動作である。その一瞬の表情は、逆光線のために暗くはあったが、十分に満足そうであった。ただし、今日は送りだけである。伊佐子の気の向き次第である。

四、五人の女中たちが信弘を迎えていた。あれでいい。彼はそこで大事にされる。S光学株式会社の取締役として、新社長以下役員の居ならぶ席に落ちつく。新社長はまだ内定で、前社長は会長と決まった。経理畑の新社長に信弘は馴染がうすいが、会長とは永年の知己だった。前社長に覇気がありすぎて、ほかの事業にやたらと手を出したため、社業が悪くなった。落ち目になると思惑外れが続出するもので、それが相互作用し、高かった株価が下落し、負債がふえた。銀行が介入してきた。それで強気の社長も退陣し、金融筋の推す経理担当役員が社長となる。

社長は内定したが、専務以下はまだそのままである。もう少し先で陣容を整えるのかもしれない。しかし、新会長がうしろから睨《にら》みを利かしている。社の創業者であり、ここまで大きく伸ばした人である。ワンマンで、今度社長になるはずの経理担当の重役も彼にはちりちりしていた。新社長が勝手に役員の編成替えを行なえるはずはなかった。万事、会長の諒解《りょうかい》なしにはできない。

信弘は会長とは長い間の親友で、現在は平取締役だが、三年前までは技術担当役員だった。信弘には工学博士の肩書がある。彼の光学器械方面の発明はS光学の製品の名声を高めた。その発明や改良によるものはS光学のパテントの数の多くを占めている。S光学の功労者である。前社長はそれを感謝し、死ぬまで生涯役員になってもらうことを誓った。三年前、信弘は後進に道を譲るために技術担当ははずしてもらったが、技術顧問取締役として高額の手当を得ていることに変りはなかった。

社の役員間には派閥らしいものはある。が、それは多く営業、経理畑であって、技術畑のほうにはあまり関係がなかった。こういう場合、技術畑は超然としていられる。今度の新社長の新陣容でも信弘は問題外だと云っていた。彼はワンマン社長と終身役員の確約をしている。その社長は会長となって体制を維持している。はじめ、金融筋は新社長として外部の人間をすすめたが、社長は輸入に強く抵抗した。それだけの実力がまだ残っている。まして技術顧問取締役という地位はこの変動の列外にある。——信弘がこのごろ伊佐子にわかりやすく云って聞かせているのはそういう話であった。

信弘が明るい様子で料亭の玄関を入ったのを見て、伊佐子はお守り役が済んだような気になった。彼はあれで仕合せそうである。何も知らないで芸者たちのいる賑かな席に坐らせたほうがこっちも気が楽である。

伊佐子は料理屋の前からまっすぐ南に車を走らせた。幸い、この先何百メートルまでは右折禁止で、下足番がうしろから見ていても方角違いに去ったとは思わない。

伊佐子はかなり行ったところで車を道の脇にとめた。公衆電話に入って十円を入れダイヤルに指をかけた。手帖も開かないで七ケタの数字を早く回すのは、かけ馴れている電話だからである。信号は聞えたが、銅貨は落ちなかった。断続音を五回聞いて受話器をかけ、銅貨を拾ってボックスを出た。石井寛二は留守のようである。同じアパートの友人の部屋に遊びに行っているのかも分らなかった。同棲している女は、二流キャバレーなどで唄っている子で、すでに出かけているのは分っている。伊佐子は車に戻ってどうしようかと迷ったが、そのつもりで出て来たことだし、行先もすぐには浮ばないので、とにかく五反田のほうに向けて走った。アパートについたころには、寛二も部屋に帰ってきているかもしれなかった。

梅栄荘アパートの前に来たとき、腕時計は六時四十分だった。アパートは三棟の二階建がならんでいる。立派ではないが、それほど貧弱でもない。証券会社のセールスマンとキャバレーの唄うたいが同棲している巣としては恰好かもしれなかった。

伊佐子は空地に車を駐《と》め、真ん中の棟に歩いた。どの部屋にも灯がついているが、開けている窓はなく、たいていカーテンが下りていた。寒い季節はこれで助かる。暖かいと開放した窓から人がのぞいて、歩行者を観察する。そして容易に日が昏《く》れない。

伊佐子はコンクリートの廊下を歩いて六号室の前に立った。だれも廊下には出てなく、テレビの声が聞えているだけだった。ノッブをまわしてみるとドアがすっと開いた。留守ではなかった。

中に入って、せまい土間から仕切りのカーテンごしに声をかけた。返事がないので、少し大きな声を出した。それでも音がしないので、間のカーテンの端をそっとめくった。

ここからは六畳の居間がよく見える。手前がリビングキッチンで、こっちは灯が消してあるが、奥の六畳には電燈がついていた。そこには雑誌が投げ出され、灰皿には吸殻がたまっている。寛二は外出していない。二階に友だちがいてそこに話に行っているのだろう。伊佐子は上って待つことにした。何度も来た部屋だから気後《きおく》れはなかった。靴を脱ぎ、暗いリビングキッチンを通って、畳の間に入った。しばらく立ってその辺を見回した。隅に机があり、本立てがある。文学全集の端本《はほん》もあれば経済関係の本もあり、ゴルフの本、人生読本など雑多にならんでいる。机の上には手提鞄が開かれていて、そこから証券会社の書類とか便箋とかパンフレットとかがこぼれていた。

真ん中のデコラの座卓に週刊誌が散らかり、畳に雑誌と灰皿とがあり、座蒲団が斜めにゆがんだままになっていた。男が寝ころがって雑誌を読んでいた途中で出て行ったという形跡だ。

机と反対側の隅に三面鏡があった。大型で、この部屋の調度ではいちばん立派だった。キャバレーで唄っている女の職業と見栄とがこれに集っている。ごたごたと前にならんでいる化粧品には生意気にも外国品が多い。その傍に電話機があった。さっき公衆電話からかけたときに鳴ったままで沈黙している。

伊佐子は次の間との襖《ふすま》を細目に開けた。そこは四畳半で、洋服ダンスだの和ダンスだのが壁にならび一方は押入れになっている。壁には女の着物が下がっている。押入れには蒲団が入っている。彼女はそこまで知っている。知っている理由があった。が、開けた襖の隙間から見たのは、そこに蒲団が伸べられて、人が寝ているところだった。花模様のその蒲団にも彼女は馴染がある。枕元に小函とコップがあった。

伊佐子は、蒲団の端から少しのぞいている髪を見つめて、寛ちゃん、と呼んだ。大きな声にならなかったのは、ちょっと寛二とは違うような迷いがあったためである。返事はなかった。伊佐子は眼を凝《こ》らしていたが、急いで襖を閉めた。枕にかかった髪は女のものだった。寛二も長い髪をしているが、やはり違う。すぐに部屋を立去るつもりで足音を忍ばせ暗いリビングキッチンに出た。そのとき入口のドアが開いて、男の姿が入ってきた。

男は伊佐子を見て立ちどまり、

「乃理子《のりこ》、出かけるのか?」

と訊いた。

「違うわ。わたしよ」

伊佐子は立ったまま云った。

「あ、なんだ、奥さんか。そこが暗いので顔が分らなかった」

寛二はドアを閉め、サンダルをぬいで上ってきた。シャツの上にジャケツ、折り目のくずれたズボンをはいていた。

「いつ?」

寛二は伊佐子のすぐ前に立って訊いた。六畳の灯が彼の顔に届いていて、眼が光っていた。ガソリンスタンドの従業員が云った「崩れた感じのハンサム」な顔だった。伊佐子の影でその顔の半分が暗くなっていた。

「十分ぐらい前に来たのよ。……乃理子さん居るのね。わたし帰るわ」

横をすり抜けようとすると、寛二が腕をとらえた。

「だめよ、あんた」

彼は力ずくで引きよせ、顔を押しつけてきた。

「どうしたの、応《こた》えがないね？」

寛二は放してから云った。口のまわりの濡れたのが灯に光った。

「だって、乃理子さん、すぐそこにいるんだもの」

「いたってかまわないよ。スリルがあるよ」

「いやよ、そんなの。帰るわ」

「ちょっと待って。ぼく、あいつとは喧嘩したんだ。ぼくが突きとばしたひょうしに仰向けに転んでうしろ頭を台所の角で打った。ステンレスの流しでね。血がかなり出たもんだから、上にいる大村と浜口とが心配してあいつをタクシーで医者に連れてってくれたんだ」

「まあ、それでどうしたの？」

「頭の表皮が切れていてね。医者が三針ぐらい縫ったらしい。ぼくはその間にこの辺を掃除していた。流しのあたりが血だらけだったからね」

寛二は暗い台所に顔を向けた。

「それで大丈夫だったの。よく寝てるようね？」

伊佐子は顔をしかめて訊いた。

「くたびれたからだろうね。大丈夫さ。ここに帰ってから台所でおかずをつくっていたからな。普通と少しも変りはなかった。大村と浜口には世話になったから、貰いもののウイスキーを届けてくれと云ってぼくに出した。そのあとであいつが自分で蒲団を敷いて寝たんだ」

寛二はズボンから煙草をとり出し、伊佐子に椅子をすすめた。

「喧嘩の原因は何なの？」

女が起きてきそうにないのと、好奇心から伊佐子は腰を下ろした。

「あいつのヤキモチさ」

と、寛二は足を組み煙を吐いた。

「わたしのことで？」

「それもあるかもしれないね。このごろだいぶん感づいてきたようだから」

「いやね、ほかのひとのことじゃないの？」

「まだ、あんたとは、はっきり知ってないけどね。ぼくに女ができたと思っている。それにここで証拠をつかまれたからね」

「証拠って、何よ？」

「あんたの小さなヘヤピンが一つ落ちてた。一週間前にあんたが来たときのがさ。畳のふちの間に入っていたからね、ぼくも気づかなかったが。そいつをあいつが見つけた」

「ほんと？　わたしのじゃないんじゃない？　わたしはヘヤピンの数、ちゃんとおぼえてて付けて帰ってるんだけど……」

伊佐子は云ったが、この前の時はどうだっただろうか。あまり自信はなかった。

「ほかにここには女の子は来ないよ。遊びにくる子はあっても寝ないからね」

「その女の子たちのことで乃理子さんは嫉《や》いてるんじゃない？　どういう子、その子？」

「ひとりじゃこないよ。三人いっしょさ。新劇の研究生でね、夜はバーにアルバイトとしてつとめている。それは乃理子も知ってるし、大村や浜口とも共通の友だちだ。その中の子が一人ちょっときれいだもんだからね、乃理子はそれとぼくとがおかしいと前かららいろいろ云っていた。そこにヘヤピンの一件だからヒスになった。勝手に妄想を起すんだ。今日もそれだよ。ぼくが寝ころがっているところを急に襲いかかってきて首を締めにきた。女でも力が強いね。苦しくなったから突放した。そこであいつ臀《しり》もちをついた。面倒くさくなったから、浜口のところに遊びに行こうと思ってリビングキッチンまで行くと、あいつ、あとを追いかけてきて、前に回り、手をあげて殴りかかってきた。で、おれがその手を払ったところ、あいつの体が安定しなかったもんだから、うしろによろけた。それから立直ってきそうになった。そうなると、あいつ、喚《わめ》きながら無茶苦茶に腕力を振うからね、近所にみっともないので、その肩をちょっと押した。そうしておいておれは逃げるつもりだったけど、肩を押したひょうしにあいつは仰向けに倒れ、流し場の角で頭を打って、崩れるようにそこにしゃがみこんでしまったんだよ」

寛二は話の合間に煙を吐きつづけていた。人ごとのような話し方だったが、その顔にはうんざりした表情が現われていた。

「たいへんな活劇ね」

伊佐子は云ったが、耳は背中に注意を集めていた。乃理子が起きる気配がしたら、すぐに出る態勢にしていた。面倒臭いことにはかかわらないほうがいい。

「あんなヒスじゃ仕方がない。別れる時期が来たな」

「別れるのが厄介じゃないの。そんなにあんたを追いかけてるんだもん。無理に別れようとしたら、あんた、乃理子さんに殺されちゃうわよ」

「おう、おれ、いやだな。そのときは黙って逃げるほかないな。あんたにどこかいいところを見つけてもらって、かくまってもらうより仕方がないね」

「いいわよ、それぐらい。でも、あのひと、あんたの会社に押しかけてくるわ」

「あの会社もやめるさ。そう好きな職業でもないからな」

「やめる前に、わたしの証券、ちゃんと整理しててよ。あれ、この前から上ってるわね、どうなってんの？」

「N株とK株を合わせて二十万円くらい儲《もう》かってるかな」

ぼそぼそ話をしている間、寛二も奥のほうに気をつけていた。

「……あいつ、まだ寝てんのかなア？」

と、短くなった煙草を灰皿に押しつけた。

「安定剤でも飲んだんじゃないの？　枕もとにコップがあったようだけど」

「そんなものあった？　おれが部屋を出て行くときはなかったけれど」

寛二は首を傾《かし》げ、見てこよう、と云って部屋の方に行きかけた。

「わたし、帰るわ」

「いいよ。あんたはもう少しいなさいよ。あいつがよく寝てるんなら、いっしょにどこかに行こう。車は持って来たの？」

「あるわ」

「時間は？」

「二、三時間ぐらいならいいわ」

「いかすなア。じゃ、ちょっと待ってて。支度をしながらあいつの様子を見るから」

寛二は足音を消し、長い脚を宙に上げるようにして奥へ行った。襖を開ける音が聞えた。それから、しんと静まっていたが、やがて、おい、おい、という寛二のかなり高い声が聞えた。伊佐子は思わず椅子から起ち上った。

おい、と寛二はもっと大きな声を出した。それは伊佐子を呼んでいるのではなく、乃理子を揺り起しているのだった。伊佐子はじっと暗いところに佇《たたず》んでいた。

声が熄《や》み、寛二が足音を立てて戻ってきた。彼は座敷との境目のところに立って、

「奥さん、ちょっと来てみてくれ。あいつの様子がどうもおかしいよ」

と、これまでとは違った声を出した。

「どうしたの？」

「薬を飲んだらしい。どんなに起しても反応がない。死んでいるのかもしれん」

「え、ほんとう？　まさか……」

「とにかく、ちょっとのぞいて」

寛二はあわてていた。伊佐子は女が眼をさまさないと知って安心し、彼のあとにつづいた。

襖は開け放してあった。掛蒲団は半分近くめくられ、顔の尖った、二十一、二歳の女が桃色のパジャマで寝ていた。胸のうすい女だ。顴骨《ほおぼね》が少し出て、眼がくぼみ、鼻は隆《たか》

かった。眼尻の墨も付け睫毛《まつげ》も除《と》られて、平凡な眼が閉じられていた。ぽかんと開いた口の端から嘔《は》いたものが白く流れていた。

伊佐子は息を詰めてその寝顔を見つめた。女は化粧しているので、寝顔が土色になっているかどうかは分らなかった。

「薬をこの瓶の半分くらい飲んでいるらしい」

寛二は、そこにしゃがみ、瓶を電燈にかざして中を伊佐子に見せるようにした。錠剤の音が鳴った。彼の顔は少し蒼ざめていた。

「こんなもの、いつ買っておいたんだろう。ちっとも知らなかった。おれが浜口の部屋にウイスキーを持って行って話してる間にこれを飲んだんだな。ばかなことをするやつだ。狂言自殺かな」

寛二は薬瓶を置いて立上ったが、彼もどうしていいか分らないようだった。

「あんたが浜口さんのところに行ったのは、いつごろ」

「二時間くらい前かな。もちょっと前かな。とにかくそのころだ」

「じゃ、薬を飲んでだいぶん経ってるわね。早くお医者さんを呼んだほうがいいわよ」

「医者を呼んで、何かしてもらうの？」

「胃洗滌をするでしょう。ここで処置できなかったら、救急車を呼んで病院に入れるのよ」

「救急車ア？」寛二は眼をむいた。「そんな派手なこと、おれ、いやだなア。救急車なんか来てみろ、このアパートじゅうの大騒ぎにならあな。おれ、恰好悪くてあしたから近所が歩けなくなる」

「そんなことを云って、ほんとにこのまま死んでしまったら、どうするの？　あんたが見つけたのに、医者にも知らせなかったとしたら、警察に疑われるわよ」

「弱ったな。乃理子のやつ、困ったことをしやがった。おれへの面当《つらあ》てとは分ってるけどさ。あんた、どうしたらいい？」

「仕方がないから浜口さんでも大村さんでもここに呼ぶのね。それから相談したらいいわ」

「よし、そうしよう。それがいい」

寛二はちょっと元気づいた。

「わたし、帰るわ。あの人たちが来る前に」

伊佐子は顔を見られたくなかった。

「悪いな、折角なのに、こんなことになって」

寛二は青い顔で謝った。

「わたしがここに来たなんて、誰にも云わないでよ。絶対よ」

「分ってるよ」

「浜口さんや大村さんにもだけど、警察に訊かれても絶対に云っちゃ駄目よ」

「警察がくるのか？」

「自殺騒ぎだもの。未遂にしてもね。警察がくるかもしれないわ」

「救急車とか、警察とか、あんた、おれをおどかしてばかりいるね」

「こういうことになったんだもの。そりゃ仕方がないわ。でも、いいこと、わたしのことは黙っておくのよ」

寛二は、うん、うんとうなずいて伊佐子を見ていたが、その眼が笑うと、ゆがめた顔を近づけてきた。


信弘は伊佐子が戻ってから一時間ほどして会社の車で帰ってきた。

「お、君のほうが早かったんだね」

信弘は伊佐子を見て意外そうに云ったが、うれしそうな表情であった。

「ずっと前よ。あれから街をぐるぐるとひと回りして帰っただけだから。どこかで音楽でも聞きながらお茶でも飲もうと思ったんだけど、いい場所ないのね。若い人ばかりで。あきらめて帰ってきたわ」

「そうか」

夫はいそいそと居間に入った。伊佐子は着更えを手伝った。酒を飲んできたせいか夫の顔は赭《あか》くなっていたが、眼の下は垂れ、頬には皺が集っている。あごの下の、たるんだ咽喉には血管の筋だけがむき出ていた。手の甲の皮膚はちぢかまり、脚は曲っていた。石井寛二の若い弾力のある五体からくらべると異種の生物のようだった。

だが、伊佐子はこういう夫でもいまはそれほど不満はなかった。それなりの安らぎはある。それは年上の男に対する安心でもあり、家庭の中にいる安定感とも云える。この亭主とまだ別れる気はない。別れるときは、それだけの補償を十分に確保してからだ。現在、少々退屈で、変化がないが、それは他に気晴らしを求めて窒息から脱《のが》れるほかはなかった。それは遊びだ。目下、二十四、五の男を相手にしているのは、男のほうにははじめから距離を自覚させているからだ。あとをひくような面倒が起らぬようにしたい。

信弘は六十七歳である。八十も九十も生きられたら、ちょっと困る。八十で死んだら、自分が五十、九十で死んだら六十だ。女として老境に入り、だれも相手にしてくれなくなる。せめて自分の四十までか、それをちょっと出たくらいのときに、解放されたいものだった。その年齢だと、また前の水商売ができる。恋愛だっていくらでも出来る。

信弘は最近衰えてきた。これは悪い傾向ではない。今のままだとそう長生きはしそうにない。彼の残光が短ければ短いほど、彼によくしてあげられる。こっちの計画も早くできる。

離れた娘二人はもはやこの家にろくに寄りつきもしなかった。長女の婿がときどきお義理に電話をかけてきたり、会社に訪ねて行っているようである。婿は中小企業の社長だ。会社なら、娘も行っているかもしれない。下の娘はまだ独身で画を描いている。同棲の男が三人ぐらい変ったらしい。そのうち一人はフランス人だった。

娘たちが会社に父親を訪ねてゆくのは小遣いせびりである。とくに下の娘がそうである。信弘は何にも云わないが、伊佐子はそれぐらいは察していた。まんざら知らないでいるようだとバカみたいだから、ときどき信弘に皮肉を云った。鼠が引くように小出しに金が向うにいってはたまらない。彼は困った顔をする。そうして遠慮をみせる。

娘夫婦も、下の娘もこの家にくるときは父親がいよいよ生を終るときであろう。だだ広い、古い家だが、渋谷の松濤《しょうとう》という高級住宅街である。信弘が戦後間もなく建てたものだが、一等地の五百二十坪という土地は今ではそれだけでも一財産だった。娘たちはこの土地と株券と信弘の役員退職手当とを後妻の伊佐子が狙っていると云いふらしている。べつにそれに反論することはないし、宣伝の通りに実現すればそれに越したことはない。

伊佐子は、実はこの土地に執着があった。前に東銀座で「みの笠」という普茶料理の店を出していた。そこで客としてくる信弘を知ったのだ。結婚するについてその店は手放した。ひとり者の、小さな料理屋のおかみさんより、重役で工学博士夫人になったほうがずっといい。信弘が死んだら、この家の土地で普茶料理をはじめるつもりでいた。

普茶料理の場所としては、高級で、閑静で、申し分はない。五百二十坪は広すぎるから、半分を処分しても、それだけで新築費用に十分だし、準備資金としても豊富である。これは娘たちにはやれない。信弘に何とかしてその遺書を書かせなければならない。

――着がえを終った信弘は茶の間に移って坐り、テレビを見ていた。酔いがさめてから風呂にするが、たいぎだったら寝るかもしれないと云った。女中はとっくに自分の部屋に引っこんでいた。

伊佐子も茶を淹《い》れてテレビをいっしょに見ていた。電波は石井寛二のアパートで鳴っていたときからずっとつづいている。寛二は乃理子をどうしただろうか。友だち二人で医者を呼びに行ったか、救急車を呼んだか。それとも、こっそり男たちだけで処置しただろうか。乃理子は助かっただろうか。あの瓶の半分くらい飲んだところで、まさか死にはすまい。

伊佐子はここから五反田までの距離がずいぶん遠いような気がし、そこで二時間くらい前に起った出来事が別世界のようで、そしてその別世界にげんに自分が身を置いていたことが現実でないような気がした。このままこっちで接触を断ち切れば、かれらとは遮断のドアが閉じられる。向うは向うの洞窟の中で勝手に活動するだろう。息抜きに遊んでいるぶんにはいいけれど、向うの面倒がこっちに波及してくるようなら遮断を考えねばならなかった。

信弘は、伊佐子が黙っているので、

「どうかしたか?」

と、訊いた。

「べつに」

伊佐子は、どうして、と云って夫の顔をまともに見た。自分の表情から彼が何かを気づいたのではないか、それはガソリンスタンドの従業員との話がかれの耳に入ったのではないかという想像とも結んだ直視だった。気づかれても、そう心配することはない。こっちで強く云ったら信弘は沈黙するだけだ。

「いや何でもないけど」

信弘は、それがくせで眼を落とし、口をちょっともぐもぐさせた。いまの場合は、湯呑に視線を投げ、代りをくれというように湯呑の底を軽く鳴らした。

「宴会はどうでした?」

伊佐子は話を変えるように云ったが、夫の顔もあまり元気がなかった。いつも宴会から帰ると、その場の様子を必ず話す。今夜は新社長との宴会というのにその話が出なかった。

「うむ。なんということはないな」

と、夫は頬を掻いた。頬には黒い斑点が浮いていた。不本意だが、これは長命の徴《しるし》である。

「新しく社長さんになる人は張切ってらした？」

「そりゃ、そうだ。元気になっているわけだよ」

「社長さんは？　いえ、こんど会長になる川瀬さんよ」

「川瀬君か。川瀬君も、まあ、元気だったな」

「まあ元気って、それほどでもないの？　会長になったからやはり寂しいのかしらね？」

「社長が長かったからな。それに今度は彼も功成り名遂げてというわけではない。その点で、一抹《いちまつ》の寂しさはあるだろうね」

「パパはどう？」

「わしか。……わしは、どうってことはないさ。ただ、やっぱり、川瀬君が第一線を退いたのはわしにも寂しいね」

「あら。だって、川瀬さんは会長になっても今まで通り実力者じゃないの？」

「そりゃ、実力者だ。社の創業者だからね。だが、今度は金融筋の発言が強くなっている。そう川瀬君の云う通りにばかりはゆかない。実際、これまで川瀬君もわがままが多かったからね。会長というのは、とにかく表むきでも第一線を退いたことなんだから、ある面では新社長の久保田君の顔を立てねばならないだろうね」

「そいじゃ、新役員は川瀬さんの思う通りにはならないの？」

「うまくゆかなかった系列会社の役員をどうするかという問題もある。辞めてもらうのもあろうし、本社に引きとるのもあろう。それに銀行筋の意向がからむし、新社長の希望もからむ。まあ、いろいろなことで、新役員が決るまではかなり複雑だな」

信弘は湯呑のふちを撫《な》でていた。

「パパは大丈夫ね。変らないのね？」

「うむ。多分、変らないと思うな。技術顧問の平取というのは社内の勢力分布には無縁だからね。これでも、わしがあの社にいるというだけで信用が違うと思うよ。実際、今度のことでわしまで辞めたら、よけい社の信用がガタ落ちになるから、君はどうしても残ってくれと川瀬君が云ってたからね」

信弘は自分で強調した。

「よかったわ」

伊佐子はうなずいた。

「パパ。いつまでも元気にしててね」

テレビでは流行歌手が唄っていた。伊佐子は、また昏睡している乃理子のうすい胸を思い出した。あれからどうなっただろうか。

信弘が手を伸ばしてスイッチを押した。画面は急速に縮まって消えた。不意だった。

信弘が背中をまるめて、口ごもるように云った。

「伊佐子、相談があるんだけどなあ」

「なアに?」

伊佐子はかえって夫をまっすぐに見た。彼は眩しそうな眼つきをした。

「いや、わしもな、このごろ少し弱ってきたようだから、元気恢復のために何かはじめようと思っている」

「あら、いいじゃないの。もっとゴルフをしたいの?」

「これ以上身体を動かすのは無理だよ。それよりも気分転換だ。気分転換が健康には有効だというからね」

「いいわね。どこかに旅行したいの?」

「そうじゃない。実はな、自叙伝を書こうと思ってる」

信弘は照れた顔をした。

「自叙伝? ああ、自分のことを書くの。それいいと思うわ。パパの経験面白そうだから、わたしとのことも書くの?」

「そこまでは書かない。まあ、半自叙伝だな。主にわしの幼年時代、青年時代、アメリカに行ってたときの話、それから光学部門で発明した話。そういうことが主だ」

「そうね。そういうのにわたしとの恋愛を書くのは、ちょっと趣旨が違うわね。それ、面白そうじゃない？　どこかで出版してくれるの？」

「世間に読んでもらうつもりで書くんじゃない。自分の思い出を自分の心に辿《たど》ってみたいのだよ。出版するにしても自費出版だね。もし面白かったら、どこかの出版社で目をつけて出してくれるかもしれないがね」

「同じ出すなら、印税になるような出版にしたいわね」

「まあ、そう欲を出すな」

「パパが書くの、それ？」

「いや、自分で書くのはたいへんだ。だれか速記者をたのんで、わしのしゃべるのをとってもらうのさ。あとでそれに手を入れる。それくらいはできるからね」

「速記者って、料金が高いんじゃない？」

「安くはないだろうがね。しかし、毎日じゃない。わしの気のむいたときに家に来てもらうのさ。速記代と自費出版料……まあ、気分転換だ、それくらいの道楽には同意してもらいたいな」

「いいわよ、それ。反対しないわ」

「ありがとう」

と、夫は軽く頭を下げた。

信弘はどうしていまごろになって、自叙伝なんか書きたいと云い出したのだろう、と伊佐子は思った。身体がだんだん運動にむかなくなったから、閑《ひま》つぶしにそんなことを考え出したのか。あるいは長くないと思って自伝を書いてみたくなったのか。会社にはいまでも週に二回か三回か出ている。新社長になってほかの役員に入れかえがあると、信弘も、もっと閑職につくのかもしれない。彼は今夜の宴会から帰ってどうも元気がないようだ。宴席の雰囲気で、もっと閑な地位に置かれそうな予感をもったのかもしれない。それで、閑をまぎらわすために、あんなことを思いついたような気がする。

だが、それに反対することはなかった。年寄りにも愉しみを与えなければいけない。それが公平な道だ。

その晩も、あくる日の午前中も何ということはなかった。

午後三時ごろ、若い女中が、浜口さんとおっしゃる方から奥さまにお電話ですと云ってきた。信弘は犬を散歩に連れて出ていなかった。

「奥さまですか」

青年の声は、石井の友だちの浜口ですが、ごぶさたしまして、と挨拶して云った。

「石井が二時間前に警察に引張られました。乃理子さんを撲り殺したという嫌疑です。今朝、乃理子さんを解剖したところ、脳に内出血があって血が溜っていたというのです。傷害致死の疑いで、石井はちょっと帰ってこられそうにないので、お知らせします。……石井のことではいろいろご相談したいので、明日、もう一度お電話でご連絡しますが、何時ごろだとご都合がいいでしょうか？」

二

朝は雪だった。暁方から降り出したらしく、伊佐子が九時に起きてみると、庭に二十センチぐらい積っていた。暗い空からはまだ白い粉がつづいていた。

石井の友だちの浜口が二時間後には電話をかけてくる。——昨日の電話で、十一時ごろにしてくれと云ったのは、夫の信弘がいつも十時半には犬をつれて一時間くらい散歩に出かけるので、その留守を考えたのだが、こんな天気だとずっと家に居るだろう。が、それならそれで電話での話しようもあるので、それほど困ることもなかった。ただ、警察に逮捕された石井の様子や、乃理子の死んだ事情がくわしく聞けないだけで、そうれば少し気がかりだから、また後で折をみて、浜口に連絡をさせればいいと思った。とにかく電話口の短い受け答えくらいでは信弘には分らないはずだった。それほど大きな家ではないから、夫がひょいと傍を通りかかって受話器に話すこっちの声を聞くことはよくある。

十時ごろが朝食だった。今朝は冷えるので夫は置炬燵の上にトーストとハムエッグと牛乳とを運ばせた。朝刊と眼鏡とを傍に置いて、まずそうにトーストをかじり、ハムを口に入れていたが、前にいる伊佐子にはあまり話しかけず、ときどき考えごとから醒《さ》めたように、ガラス障子から外を見ていた。のぞくたびに咽喉の筋が浮き出た。

「よく降るな。やまないのかな」

雪は、裸になった木蓮《もくれん》の枝に降りつづいて厚みを加えていた。

「もう少しすると、やむかもしれないわ」

雪がやめば、ゴム長でもはいて出て行くかと期待していると、

「十一時十五分から会社で会議がある。支度をしておくれ」

と信弘は云い出した。こんな日に会社に出るとは思わなかった。が、一昨夜の役員会合に思い当り、新社長の就任が近いので、機構や人事のことで忙しくなったのだと納得した。夫が十一時前に出て行くのはありがたいが、支度をしてくれとは車で送れということだろうか。断わるつもりで、信弘を見ると、彼はどてらの前を引きずって炬燵から立ち上った。

「今日は足の指が冷えそうだから、去年歳暮でもらった厚い純毛の沓下《くつした》があったな、あれを出しておくれ」

瘠せた長身を猫背にして洋服ダンスのある居間に歩いた。これでオーバー姿だったら、一昨夜ガソリンスタンドでトイレのほうに歩く恰好とそっくりだった。

「それからな、ハイヤーをすぐ呼ぶように電話させなさい」

信弘は伊佐子の車をはじめから諦めていた。乗せるときはいつも彼女のほうから云うのだし、ことに今朝はこの雪である。伊佐子は女中にその電話を云いつけたが、声が明るくなっていた。

「こんな日でも社に行くの？」

これは世辞だったが、機嫌のいいときに出る。

「ああ」

信弘は帯を解いて坐り、出された新しい沓下をはいていた。ズボン下から出た足には脂気がなく、白く、かさかさしていた。

「これから忙しくなるの？」

「いや、今週二、三回だけだろう」

重要な役員会はほかの者でやるから、自分はあまり用がないという云い方だった。横顔が無表情で、何を考えているのか分らなかった。

女中が、この雪で車がみんな出払っているが、あと三十分したら一台戻ってくるはずだとハイヤー屋の返事を伝えてきた。時計をみると、三十分後は十時半だった。ここにくるまで二十分はかかる。

「電車で行ったら？　そのほうが早いわよ。駅までぐらいなら、わたしの車で送れるわ」

「いや、待とう。電車は疲れる。そう早く行くこともない」

追い出しは成功しなかった。浜口から電話がかかってくればそれまでだが、伊佐子は反動で何となく不機嫌になった。そこを離れて、台所で女中といっしょに片づけものをした。

二十分くらいして居間のほうに行くと、信弘は洋服であぐらをかき、電燈の下で読んだ新聞をもう一度ひろげていた。老眼鏡が太い飴《あめ》色の縁《ふち》なのでかえって顔を若くさせた。

伊佐子が離れたところで障子の傍に立ち雪の降るのを見ていると、信弘は、ばさりと新聞を繰《く》って、

「あのなあ」

と、少し遠慮がちな調子で妻に云いかけた。

「なに？」

気の浮かないときの癖で、そこから立ったままで返事すると、

「今日、社に行ったついでに速記者のことを決めてくるよ。そっちのほうに詳しい男が社に居るのでね」

と、こっちを見て云った。

「いいわよ、どうぞ」

わざと無関心げに答えた。浜口から電話がかかってきたときの含みもあって、不機嫌にしておけば、夫は電話のそばに寄ってくるのを遠慮する。

「契約次第で、どういうことになるか分らないが、週に三回ぐらいこの家に、速記者に通ってもらうことになろう。ときには食事も出してもらうようになるかもしれないがね」

信弘はその面倒に気をかねていた。

「いいわ。長くかかるの?」

「自叙伝だからね。両親のことからぼつぼつ思い出しては話したい。初めてだから、うまくゆくかどうか分らないが、うまくできそうになかったら途中でやめるよ」

「せっかくだからつづけたらどう?」

かえって夫に玩具を与えるような結果になっていいかもしれないと伊佐子は、思い直した。

「うむ。まあ、やってみないと分らないがね」

「でも、その速記者をときには会社に呼んで口述したらどう。あなたの部屋、静かでしょう?」

「うむ、それは、そうだが……」

このとき、信弘の答えは妙に躊躇し、表情をごまかすように顔に手をやって眼鏡をゆっくりはずした。

「……しかし、いくらぼくの部屋でも、社ではそんな私用で速記者なんかを入れられないしね。気分も落ちつかない。ま、時にはいいけどね」

どうして今ごろになって自叙伝を書くつもりになったのか。それもだいぶん熱心なようである。眼鏡を除《と》ったばかりのせいか、信弘は眼が疲れたように指でこすっていた。もう、あまり長く生きないのではないかという気が伊佐子にふとしてきた。彼の手の甲も萎《しな》びているのである。

いつも、何かにつけて伊佐子は信弘との年齢の差を考える。いくら三十歳の違いでも彼に長生きされたら、そのぶん、こっちが年とることになり、前途の可能性が狭まってくる。といって、今すぐに死なれるのも困ることで、何となくあと三年ぐらいが理想のように考えていた。その三年間には自分の愉しみも先の設計も、あらゆる利益がこめられているように思える。

あと三年ぐらいは、この老いたる保護者になんとか生命を保ってもらわなければならなかった。そのためには自叙伝ぐらいの道楽は栄養剤として大目にみようと思う。また、そうなれば、こっちも自由な時間を取得する権利ができるのである。

「いいわ。その速記者、家に呼びなさいよ」

伊佐子は気をとり直して、声まで違ってきた。

「そうか。一日にほんの二、三時間ぐらいの程度だからね。そうかまいつけることもないのだ」

「夕方になったら、ご飯くらい出すわ。特別な設備をしなくてもいいの?」

「ああ、そんなのは要らない。あり合せの机で間にあうことだよ」

信弘の顔も明るくなってみえた。

「いつからなの?」

「さあ、今日、その男に話してみて向うの返事を聞いてからだけど。それほど、こっちも急ぎはしないさ」

車が来たとの報せに、信弘が、そうか、よいしょ、と元気にかけ声を出して畳に手をついて立ち上った。

伊佐子が彼の後について玄関近く行ったとき、うしろで電話が鳴った。

「サキさん、あんた、旦那さまのほうを見て」

信弘がちょっと歩くのをやめた。電話は自分にかかってきたと思ったらしいが、伊佐子は、呉服屋からかかってくるようになってるの、と云って、女中には目配せし、とって返した。信弘の足音が玄関に行っていた。

受話器をとって、もしもし、と云うと、

「奥さんですか?」

と昨日の浜口の声がした。

「そうです」

「お言葉通り、電話したんですが」

浜口の、髪の長い、のっぺりした顔が前に浮んだ。

「どうも、ありがとう」

一方の耳は玄関の動静を聞いていた。かたい物が土間にふれる音がするので、信弘は靴をはいているようだった。

「それでは、石井の伝言や、彼のことを詳しくお知らせしますが……あ、いま、都合はいいんですか?」

浜口は気がついたように訊いた。

「そうですね、ちょっと……」

「じゃ、あとにしますか?」

伊佐子はすぐには返事せず、受話器を当てたままでいると、玄関の格子戸の開く音がした。

「もし、もし」

と、浜口が呼んでいた。

「あ、いいわ。話して。どういうことなの?」

伊佐子の声が自由になった。サキは車が走り出るまで玄関にいるはずだった。

「昨日、ちょっとお知らせしたように、石井は傷害致死の疑いでパクられたんですが、今朝になって石井のやつ、私が乃理子を撲り殺したとはっきり自供したというんです。それで殺人の疑いに切りかわったそうです。ぼくの知合いに同じ署の刑事がいましてね。ぼく、さっき電話で聞いてみて分ったんです」

伊佐子にすぐ起った懸念は、石井の自供に自分の名が出たかどうかだった。

車の出る音が聞えたあと、女中のサキが戻ってきたが、伊佐子が受話器を握っているのを見ると、そのまま台所のほうに逸《そ》れて行った。

「警察のほうでは、どう云ってるの？」

「それは、いろいろと。……弱ったな、電話では長くなるんだけど。それにうまく云えないし」

「およそでいいわ」

「およそと云ったって。乃理子の死に方も、ちょっと不思議なんですよ、ぼくらには」

「石井くんのことづけというのも、そのことなの？」

「それは違います。弁護士を奥さんに世話してもらいたいというんですが……」

「弁護士？」

「はあ。石井は刑事に引張られるとき、隙を見てぼくに耳打ちしたんです。ちょうどぼくも彼の部屋に居合せていましたから」

話はこみ入っているようだった。それに、弁護士を世話しろというのは、こっちに、その費用を出させるつもりかもしれない。なるほど、電話の上では済まなくなった。

「いま、あんたは何処にいるの？」

「ぼくのアパートの近くです。これは公衆電話からかけています。アパートからだと、ほかの者に聞かれますから」

「いいわ、じゃ、わたしがそっちへ行くから。あんたのアパートじゃないわよ。五反田の駅前まで車で行くから、そこに待ってなさい。いま、すぐ支度をするから」

「分りました。こんな雪の日に済みませんねえ」

浜口は中年男のような口の利き方をした。


五反田駅前で、浜口は革ジャンパーを着こみ、ゴム長をはき、寒そうな恰好できょろきょろしながら立っていた。長い髪で額が狭く、眉が下って眼が細い。口を開けているので、顎《あご》がよけいに短くみえた。伊佐子の車が、ほかの車の中から抜けて近づいても気づかず、わき見をしていた。

運転席からガラス窓を少し開けて伊佐子が顔を出すと、彼はやっと分って笑い、頭を下げ急いでうしろの座席に入ってきた。このへんには車を停めるところがなかった。

「済みません、奥さん」

「どこか車をパークできて、お茶を飲むとこある？」

「そうですね。第二京浜を二キロばかり行ったところにドライブ・インがあるのですが」

「じゃ、そこまで行くわ」

「きたない店ですよ。車を停められるのが取り柄なだけです」

雪のせいか自家用車が少く、案外早くそこに来たが、それまでバック・ミラーに浜口の小さな眼が始終映っているのが気になった。

ドライブ・インは大衆食堂のような店で、近くのテーブルではトラックの運転手二人がうどんをすすっていた。持ってきたコーヒーは色のついた砂糖湯だった。

「乃理子さんがあれきり死んだなんて信じられないわ」

顔を対《むか》い合せている浜口の視線がたびたびこっちの胸に落ちてくるので伊佐子は気持が悪く、コートの前ボタンを詰めた。浜口の胸は薄く、彼女の半分もないくらいだった。うすぎたないが、髭だけは出がけに剃ってきたという顔だった。あれで性格俳優を志しているんだよ、と石井が嗤《わら》ったことがある。

「奥さんが帰られて医者が来たんですがね。すぐ胃洗滌ということになって、ぼくと石井とが手伝わされました。乃理子は金盥《かなだらい》にかなり吐いて。あんなの、きたなくて、見るもんじゃありませんね」

伊佐子は飲んだコーヒーが胃で落ちつかなくなった。

「じゃ、そのときは意識があったの？」

「意識はないけど、反応はあったんです。そして、それから十分ばかりすると、医者の見ている前で容態が急に変り、息を引きとりました」

「撲り殺したと云ったわね。おかしいじゃないの。睡眠薬を飲んだからじゃないの？」

「頭のてっぺんに血が出ていたので、そこの部分の頭蓋骨を開いたら内出血が溜っていたというんです。死因はそこを強く打ったためというんですが、石井が乃理子をつかまえて、頭を強く何回も台所の流しのふちに打ちつけたということです。石井が今朝になってそう自供したと、ぼくの知合いの刑事が教えてくれました。それで傷害致死の疑いが殺人の疑いに切り替ったんだそうです」

「石井くんが自分でそう云ったわけね？」

「はあ。そう云ってました。ちょっと、ぼくも妙な気がしますが」

「石井くんは、その前にわたしがあの部屋にいたってこと、警察に云ってなかった？」

「刑事は奥さんのことは何も云ってませんでしたね。ぼくと大村のことは云ったらしく、ぼくのとこに刑事が来て事情を聞いて行きましたよ。現場検証というのですか、石井の部屋に来て調べたあとです。もっとも、石井がぼくらのことを云わなくても、その前に医者がしゃべってますよ。医者は、乃理子の死に方がおかしいというので、死亡診断書を書く代りに、交番に届けたんですからね。奥さんがあの場から帰っていてよかったですよ。もちろん、奥さんには関係がないことだけど、参考人などにされると面倒ですからね。石井もそうだけど、ぼくだって大村だって警察には奥さんのことは云ってありません。ご迷惑をおかけしたくないのです」

「ありがとう」

その心配はひとまずうすらいだが、浜口の云い方には素直でないものが感じられた。どこか粘着性がある。

「でも、おかしいじゃないの。乃理子さんは石井くんに押されてよろめき、台所に倒れた。で、大村さんとあんたとで乃理子さんをタクシーに乗せ、外科の医者に連れて行った。そこで傷口を三針だか縫ってアパートに帰ったけど、ちゃんと普通にものを云ってたし、動作にも変りはなかった。あんたたちに世話になったからといって石井くんにウイスキーを持たせてあんたの部屋に行かせたのね。石井くんからそう聞いたわ」

「そうです、その通りです。その外科医院では手当のあと、医者にはちゃんとお礼を云い、治療代のことも看護婦にきいて、あした持ってくると云ってるんですからね。帰りのタクシーの中でも、お世話になりました、石井と喧嘩して恥かしい、などと云ってたんですから。頭を打って脳内出血が死因だったら、そんな言葉も動作もできないはずですがね。その場で意識不明になって倒れると思いますよ」

「そうね。医者から帰って、お蒲団に入り、あんたがたにあげるウイスキーを石井くんに持たせ、その留守に、自分で睡眠薬を飲んでたんですからね」

「奥さんが帰られたあと、石井がぼくらを呼びにきたから、あの部屋をのぞいたけど、睡眠薬の瓶が半分になっていました。コップの水は空でしたね」

その通りだったと伊佐子も、襖の間から一回、石井といっしょにもう一回見た乃理子の枕元を眼の奥に戻した。

「あの瓶、四十錠入りだそうです。ほぼ二十錠ぐらい飲んだわけです。胃の洗滌でだいぶん吐いたけど、時間が経ちすぎて手おくれだったかもしれませんね」

「じゃ、本当の死因は睡眠薬の自殺？」

「と思いますね。頭を打ったあとで、あんなに普通の状態と変らなかったんだから。自殺ですよ。乃理子は石井とよく喧嘩してたけど、捨てられると思って悲観してましたからね。根は気の弱い女でした」

喧嘩の原因は奥さんですよ、と、とぼけたような浜口の顔が呟いているようだった。細い、切れ長な眼だが、眼頭の粘膜が普通より赤く、不潔な感じだった。

「石井くんは、警察で、睡眠薬自殺だと云わなかったのかしら？」

「むろん云ったと思いますよ。警察では医者の胃洗滌でだいぶん吐いているから、そうじゃないと云ってるらしいです。ぼくは、昨夜ひと晩じゅう警察にいじめられた石井が、乃理子の頭を流しのふちに何回もぶっつけて殺したように自供させられたと思いますよ。で、石井も虫が知らせたか、刑事に引立てられる前に、ぼくに耳打ちして奥さんに弁護士を世話してもらうように云ったんだと思います」

弁護士を世話しろといっても、石井に弁護料を払う金があるはずはなく、結局は弁護料の面倒までみてくれということなのだ。同棲女と喧嘩して、女を死なせ、裁判になってその弁護料をこっちで丸抱えにしてくれというのは少々ムシがよすぎる。それに刑事に引張られるときに、石井が浜口にそれを耳打ちしたというのも何だか手回しがよすぎるように思えた。

もしかすると、浜口や大村あたりが、弁護料の名目でこっちから金をごまかし取るのではないかという疑念が伊佐子の頭をかすめた。新劇の研究生と名はいいが、国もとの親の仕送りやアルバイトで生活している彼らで、始終小遣いに不自由していた。石井がこの二人を弟分同様にしていたのも、証券会社の金を少しずつ回していたからで、二人はそのため石井の云うことをよく聞いていた。石井は自分の口からは云わないが、客の金にも手をつけているらしかった。

弁護士を世話しろといっても伊佐子の立場から、そんなことができるはずはない。どんな筋合いで石井の弁護をお頼みになるのかと正面切って弁護士に訊かれても正直に云えることではない。浜口らはそれを知っているので、結局は弁護士は自分たちで探すから、その費用を負担してくれというナゾに違いない。そうしてうまいことをしようというのであろう。

そう思うと浜口の眼頭に付いている赤い粘膜もたんに不潔とか、いやらしいとかだけでなく、狡猾にみえてきた。

こんな下等なチンピラに莫迦《ばか》にされてはたまらないと伊佐子には急に身分の違いといった意識が出てきて、上体を椅子の背に倒し、浜口を見くだすようにして云った。

「いいわ。わたしが弁護士さんを見つけてあげるわ」

ケースから煙草を一本抜きとって銀の蓋の上を敲《たた》いた。

「ほんとうですか?」

浜口は、伊佐子の顔を見た。その即答が意外そうだった。

「ええ、そうするわ」

浜口が安もののライターを出そうとするのを、伊佐子はあるわ、と断わってハンドバッグから外国製の金張りを出した。浜口がニヤリと笑ったようなので、癪《しゃく》にさわり、

「お金のほうは、わたしがその弁護士さんに払うから」

と、煙といっしょに吐き出した。

「お知合いの弁護士さんでもいらっしゃいますか?」

心なしか浜口はその決定に対して未練そうに訊いた。

「探せば優秀な人がいるでしょう。わたしにはすぐには心当りはないけど、伝手《つて》がたくさんあるから」

「はあ。それはそうでしょう」

浜口は、仔細らしくうなずいて、

「なにしろ殺人容疑ですからね。なるべく腕のいい弁護士さんを頼みたいのですが」

と云ったが、いかにもいっぺんに任せるのが心配だというふうだった。それも見えすいているようで、伊佐子はこっちの想像がますます適中したと思った。

ここで、じゃ、あんたのほうに知った弁護士さんがいるの、と皮肉に訊いてみてやろうかとも思ったが、そうすると、あります、いい方がいます、などと早速引き受けられそうな気がし、それではこの若い男の術策に落ちるのも同然だった。

石井のために弁護士を世話する義理合いはないと浜口に拒絶するのは容易だが、あんまり素気なくするのも考えものだった。うらまれると、取調官に向って、こっちの名前を出し、あることないことをしゃべられるおそれがあった。この浜口にしても、奥さんにはご迷惑をかけたくないといやに強調しているが、それも一種のおどしととれないこともなかった。とにかく、これで浜口や大村の目論見は当てが違ったかもしれないが、弁護士はこっちで雇うというのだから、隙は与えないはずだった。

浜口をそこに置き去りにして、伊佐子は車を都心のほうに向けた。五反田駅前ぐらいまでは彼を乗せてやってもいいが、同乗させると、相手をつけあがらせることになる。このへんではっきりとケジメをつけて、相手に自覚させておかねばならなかった。それに浜口は石井の友だちというところから、何だか馴々しいところをのぞかせている。さっき乗せて行ったときもバック・ミラーの眼がこっちばかり見ていたし、話の途中も気やすげな態度に出ようとしたり、何か粘ついたような表情になったりした。石井がパクられたから、その後釜にというような不遜な勘違いを起させないように、毅然《きぜん》とした態度をとる必要があった。

弁護士にアテはなかったが、伝手があると浜口に云った言葉から思いついたことがあった。この際、頼むのはその人しかいない。思いつくと、躊躇はなかった。

途中の電話ボックスのところで車をとめた。雪はやんで、道に水溜りができていた。独り笑いしながら出て行った中年男と入れ替ってボックスに入った。受話器の温みが手袋の上からも分った。

番号は覚えていた。間違いなく、A食品工業でございます、という交換台の声が出た。

「副社長さんをお願いします」

「どちらさまですか?」

「木下と申します」

「秘書のほうにつなぎます」

秘書課の女の声は一年前のと変っていた。

「はい」

太い、嗄《しゃが》れた声が出た。

「もし、もし」

伊佐子もちょっと声がはずんだ。

「ああ、やっぱりね」

と、向うの声が急に、(私的な)気楽なものになった。

「あら、すぐ分ったの?」

「ああ。そりゃね」

「うれしいわ。お元気ですか?」

「変りはないよ。べつに病気もしないが、いいこともない」

「あのう……いま、お忙しい?」

「なんだね、珍しく」

「ぜひ、ご相談したいことがあるんです。三十分ほど、お会いしてお話ししたいんですけれど」

「いいですよ。ぼくは、いつも暇ですから」

横にいる人や交換台の耳を気にしているのではなく、時にそういう叮嚀な云い方をするくせがあった。

「どこにしましょうか。会社からあまり遠くないほうがいいでしょう?」

「どこだってかまいませんよ。こっちは時間をもてあましてるからね」

Rホテルのロビーで、三十分後ということにした。

ロビーの奥にある喫茶部に坐っていると、塩月芳彦の大きな姿がドアから入ってきた。さっきからそっちばかり眺めていた伊佐子は、手招きするように椅子から立ち上った。見回していた塩月はそれに気がついて笑い、ゆったり歩いてきた。パイプをくわえチェックの上着の衿《えり》に赤いマフラーを捲き、朱色の靴をはいていた。血色のいい顔が、半白の髪によく似合った。

「やあ、しばらく」

塩月はパイプを口からはなした。微笑している眼の奥に感情がこもっていた。

「しばらく。お元気そうね」

伊佐子は彼の眼ざしに応え、

「ちっとも変ってないわ」

と、椅子に坐ってから、相手の顔をまじまじと見て云った。

「白髪がふえたよ」

「ううん。そんなでもないわよ。ぜんぜん変らない」

「この前、会ってからどのくらいになるかな？」

「ええと……まだ一年も経たないわね」

「ふうむ」

パイプを口にくわえ、眼を落してライターを横むきにして炎をつけた。その沈黙の動作に（この前に会ったとき）の会話があった。

「わたし、年とったでしょう？」

伊佐子は顔をつき出した。

「いや、お前さんこそ若いよ。顔も身体もますます充実してきた」

塩月は顔よりも伊佐子の胸から腰のあたりをじろじろと見た。

「そうかしら。もし、そう見えるのだったら、夫婦生活をしてないお蔭よ。亭主がおじいちゃんだとありがたいこともあるわ」

「さあ、それはどうかな。いま、いくつだったかな？」

「だれ、あたし？」

「お前さんの年齢《とし》は分っている」

「イヤねえ。六十七よ」

「六十七か。ふうむ。まだ、そんなでもないじゃないか？」

「パパとは違うわ。パパは元気だもん」

パパと云って平気だった。同じ呼び名でも、伊佐子には信弘との区別はついていた。

「ご亭主よりはまだ少しは若いよ」

「ううん。パパだったら七十になっても衰えないわ」

「ありがとう。希望を持たせてくれるよ」

「謙遜ね。ご自分でよく分ってるでしょう？」

「この年になると、相手によるな」

「柳橋のひととはつづいているの？」

「つづいているような、いないような」

「ずいぶん長いわね。わたしの時からだから、もう十年以上だわ。じゃ、ほかに出来たのね？」

「おいおい、今日は何の話で呼び出したんだい、雪の日に珍しいと思ったら」

「あら、ごめんなさい」

伊佐子は、運ばれてきたコーヒーを手にとった。塩月もぽつんと砂糖をつまんで入れた。

塩月芳彦という男は、保守党の実力者の甥だった。その政治家は一方の派閥の頭領で、やがては党首になると期待されていた。強引な性格で、経済閣僚を長くやっていたから、その省には鬱然たる勢力をもっている。塩月は自分で何度も会社をつくり、何度も失敗したあげく、結局、叔父の口ききでいまの食品工業会社の副社長にはめこまれた。

その食品会社は、水産業界の大手だが、その実力政治家に万事を依存していたので、塩月に与えた副社長のポストも政治家に義理を立てたのである。副社長といっても社内的には何らの権限もなく、会社としては十五年前から高給の捨扶持《すてぶち》だが、これも献金の一部と考えているのかもしれなかった。塩月は自分のことを「カンヅメ屋」と呼んでいる。特定な仕事もないので、会社にいてもぶらぶらしているだけで、私用で一日中外出していても会社の業務にはいっこうに支障なかった。

食べものに道楽のある男で、東銀座の「みの笠」に寄ったのも、その趣味と閑のせいだった。そういう人間によくある性格で（発見）をうれしがる癖があり、会社の人間や知人など、だれかれとなく引張ってきて、普茶料理の味の助言まで講釈した。伊佐子に味の助言をしていたのが、経営の助言となり、伊佐子の援助に発展した。その関係が三年つづいた終りごろに沢田信弘が「みの笠」に現われた。信弘が自分の社と関係のある会社の人たちに連れて行かれたのがはじまりで、それからは信弘が客を連れてくるようになった。

伊佐子は信弘との結婚がきまる間際まで、それを塩月に黙っていたから、塩月の周囲が怒り、信弘に怒鳴りこんできたことがある。かんじんの伊佐子にあまり文句を云わなかったのは、塩月が制《と》めたせいもあるが、実際は塩月に未練があるとみたからで、また伊佐子にもその気があって、信弘のところに長くおさまる女ではないと観測したようだった。最後の予想は外れたが、あとは当っていた。そして、もう一つ周囲の者に分らなかったのは、塩月の本心であった。

「あのね、パパ、今日はお願いがあるんだけど」

コーヒーをふた口ほど飲んで伊佐子は云った。

「よっぽど重大なことらしいな」

塩月は言葉つきとは反対に、ちょっと顔を緊張させた。何か身構えるような恰好になったのは、伊佐子が夫婦別れの相談でも持ちこんできたと思ったらしい。これは直接に塩月の立場にも影響を与えることになる。それは彼が伊佐子を手ばなしたときの本心とも関連していた。見ている伊佐子にはそれがよく分った。

「わたしのことじゃないのよ」

「お前さんのことじゃないのか」

「ほら、安心した」

「がっかりしたよ」

「あんまり無理しないで。そのうち、相談に行くわよ」

「どうぞ」

「また……ドキリとなった？」

「そうでもない。早く話を云いなさい」

「云うわ。パパ、だれか弁護士さんを知っている？」

「弁護士だって？　はい、そりゃ、知らないこともありませんがね」

「大丈夫よ、そうおどおどしなくても。わたしのことじゃないと断わったでしょ。民事じゃなくて刑事よ」

「刑事だって？　何があったんだい？」

「これから話すわ。その前に、刑事事件で優秀で、信用のおける弁護士さんを知ってるわね、パパ、顔がひろいから、それをまず訊きたいの」

「いやに要心してかかるんだね。ああ、知ってますよ」

「腕もだけど、信用のおける弁護士がいいわ」

「その点も大丈夫だ。……いったい、何が起ったというのだね？」

塩月はパイプをくわえ直し、肥えた顔を少し反らせた。

伊佐子の話を聞き終るまで塩月は、二度詰めかえた煙草をたっぷりと喫《の》んだ。

「お前さんに訊くけどね、いったい、その石井寛二という若者にどうしてそんなに肩入れしてるのだね？」

「わたしのボーイフレンドよ。でも、変な関係じゃないわ。その男だけじゃなくて、その友だちとグループごとつき合ってるの。だから、死んだ乃理子という石井の内妻とも知合いなの。みんなして、お酒を飲んだり、ドライブに行ったり、ゴーゴー・バーをのぞいたり、遊びだけの交際ね。だから、ちょっと石井が可哀想なの。その友だちからも弁護士を世話してくれって、頼まれて」

「友情かね？」

「同情よ。わたし、彼らと同じレベルには立っていないわ」

「お前さんも若い男とつき合う年齢になったんだね？」

「変な関係にならない限り、いいことだと思うわ。わたしも若さを保ちたいからね。あのおじいちゃんの傍にいたんじゃ、老《い》いこんでしまうばかりだわ」

「だが、おじいちゃんの傍に志願《と》して嫁ったのはだれだったっけ？」

「パパよ。あんたよ。あまり制めなかったじゃないの。あんたがもっと強くわたしをひきとめたら、結婚しなかったわ」

「それだ」

と、塩月は蒼い煙を撒《ま》き散らした。

「それは今まで何度も云ったね。お前さんがぼくにそれを云ってきたのは、すでに話がきまったあとだった。まあ、ぼくも一時は憤ったがね。憤ったが、よく考えてみると、お前さんは正式に結婚する、年齢はずいぶん違ってるようだが、ぼくに十歳ほど足《た》すだけだし、向うさまは、社会的地位のある人で、お金もある。けど、お前さんがぼくとくっついていたところで、結局は日蔭の存在。まわりの者が多少がたがたしたけど、ぼくはそう思って諦めることにしたのさ。きざな言葉で云うと、そっちの幸福のためを想ったんでね」

喫茶部に客は多かったが、それぞれ自分の話に耽っていて、この中年男女の会話を横から聴く者はいなかった。

「わたしは、パパが狡《ずる》くわたしから遁げたと思ってるわ。そろそろ負担になってきたから、沢田との話があったのがチャンスだと考えたのね。だから強くはとめなかったと思ってるの」

「そういう邪推を前にも云っていたね」

塩月は煙たそうに笑った。

「邪推じゃあない。ね、図星でしょう?」

「的はずれだな。……」

と云ったが、女を譲渡した男は、今となっては否定とも肯定ともつかない笑いに紛らせていた。

「柳橋のほうも、わたしのことでずいぶん険悪だったじゃないの。わたしを放したのは、そのトラブルもあったと思うわ。何よりご安心は、あちらでしょ。……どう、やはりお元気なの？」

「年とったよ。やはり世話を決めるべきじゃなかったね。当人にも気の毒だ、近ごろは水みたいな間になっている」

「それで、もう長期のじゃなくて、適当にほかのをつまんでいるのね。わたしの時から、その癖はあったわ。気づかないふうをしてたけど、知ってたのよ。わたしもまだ年が若かったのね、遠慮してたんだから」

「適当なのは、そっちのほうだったと思うな。……こんな話を淡々と語り合えるようになったのも、歳月だな」

「ずいぶん年寄り臭いことを云うのね。わたしは、まだ、そんなに悟りすましたことは云えないわ。これで、あれからパパとずっと頻繁に会ってたら、愛憎の炎《ほむら》が燃え立つわよ。一年に一度か二度のわりしか会ってないから、冷静なのよ」

「いよいよ別れるときにお前さんはそう云ったな。これからは恋人として、こっそり会おうってね。結婚は結婚だと割り切って云ってたが、こっちはなんだかまるめこまれた恰好だったよ」

「あら、六年間に、何回も会ってるじゃないの。呼び出してもあんたが出てこないから、自然とその程度に疎遠になったのよ。いろいろとご都合もあろうと思って」

「やはり、沢田さんに悪いと思ってね。しかし、もう、遠慮することもなさそうだな」

「うれしいことを云うわ」

「なぜって、罪を犯したのを助けようというくらいのボーイフレンドがあるんだからね」

「そんな仲じゃないってば」

「いいよ、分ってるよ。ご亭主がそういうことだったら、それも仕方がないね。お前さんの身体のほうが承知しないくらい分ってるよ」

「ずいぶん淫らな女のように思ってるのね」

伊佐子は首をかしげて笑い、煙草をとり出した。塩月はライターを持った手を伸ばし、伊佐子の受け唇《くち》や、その下の太い首筋や、ふくらんだ胸を眼でさすり下ろしていた。

「また、少し肥えたね？」

「イヤなことばかり」

と、今度は女が煙を吐き散らした。

「いいよ。見事だよ。色は相変らず白いし、タテもヨコも充実している。それで、毎晩ご亭主に相手にされないというのは可哀想だ」

「ありがとう。同情してくれるのなら、それだけの気持があるのね」

「若い男とは手を切りなさい」塩月が、きっぱり云った。

「若い男とつき合ってては口クなことはない」

「人生相談の回答みたいなことを云うわ」

と、伊佐子は云ったが、さすがにちょっと視線を下にむけた。

「いいかね。若い男というのは無一物だ。お前さんには社会的地位のある亭主もあるし、金もある。若い男は何も無い。ひとり者だ。これは強い。こわい者なしだ。お前さんの損は分りきっている。勝負は、はじめからついてるよ」

「そういう間柄じゃないんだけど」

「弁護士は、ぼくが世話する。この問題は、単に相手を弁護するだけじゃないよ。アトを曳《ひ》かないように、弁護士に相手の男を始末させる。話を聞いていると、当人だけじゃなく、何とかいう友だち……」

「浜口と大村というの。チンピラよ」

「そういうのもいっしょに始末させる。因縁をつけさせないようにするんだ。第一、お前さんが相手にするレベルじゃないよ」

塩月の云うことは、いちいち胸に実感として落ちてきた。

「そういう弁護士さん、いるの?」

伊佐子は上目づかいに塩月の顔をじっと見た。

「いる。叔父はあの通りの政治家だからね。周囲には適当なのがいっぱい居るよ。弁護士の費用も、こっちで何とかしてあげるよ。まともに払ってたらたいへんだからね。うかうかすると、弁護士の喰いものにされる」

「ほんとに、弁護料まで受けもってくださるの？」

伊佐子は、眼を大きくひろげたが、車の中で塩月に思い当ってすぐ電話したのも、その狙いが胸を躍らせたからだった。

「ぼくには金がないが、叔父のまわりにいる弁護士なら、そんな心配は要らない。叔父に世話になっているのも多いし、取入ろうとする連中はひしめいている。献身的にやってくれるよ。そういう手合いだと、処理には馴れている。お前さんが弁護士に会う必要もないね。みんな、こっちでやってあげる。名前も出ないようにしますよ」

「うれしい。なんと云っていいか分らないわ」

伊佐子は肩を震わせるように動かした。

「パパ、ほんとうに、ありがとう。どうお礼を云っていいか分らないわ。助かったわ」

「これを機会に、もう若いのは相手にしないことですな。相手にするなら、あんまり無茶なことができない妻子のある中年以上の男だな、それも適当に地位があって……」

「ねえ、パパ。これから、ずうっとつき合ってくれる？」

「そういうことになるかもしれないよ。だって、弁護士を通じての報告を君にしないといけないしな。当人が警察で自供したのだったら、送検も早いだろうからな」

「殺人というと、どれくらい入るの？」

「心配かね？」

「ううん、ぜんぜん。長く入ってくれていたほうがいいわ、こっちに寄りつけなくて」

「遂に、本音を吐いたな」

「違うわ。パパの云う通り、向うから勝手に煩《うるさ》くまつわってきたの。若い男、一途《いちず》にのぼせてくるから面倒臭いわ」

「お前さんが、いろんなことを教えたのだろう？」

「バカね。まだ、あんなことを云って。……ねえ、本当に何年くらいなの。殺人だから無期かしら？」

「そうだな。お前さんの話だと、内妻殺しだね。十五年くらいの求刑に、弁護士の奮闘次第で、八年くらいになるかな」

「弁護士さんにはあんまり奮闘しないようにそれとなく頼んでよ。八年よりも、もっと長い判決になるようにしてよ」

「おどろいたな」

「それで、ちょうど、わたしの都合によくなるのよ。三年くらいして、わたし、もう一度、もとの商売をはじめるつもりなの。いま居る家が地の利を得てるから、その計画にしてるのよ。その商売の基礎が固まって軌道に乗るまで、変な奴に邪魔されたくないの。そして、八年以上も経ったら、ちゃんとした経営になってるから、だれにも付け入ることができないわ。……ねえ、パパ、その商売にも応援してよ。今度はお金の心配はかけないから」

「三年後といったね。ご亭主はよくそれに賛成したな、あの固い人が」

「まだ賛成はしてないわ、わたしが話してないから。でも、三年くらいしたら、あの人は死んでしまうの」

「死ぬ？　いま、病気か？」

「病気じゃないけど、ずいぶん身体が弱ってきたから。あと、三年ぐらいで、きっと死ぬわよ」

伊佐子は燥《はしや》いだ声で云った。

パイプをとった塩月が、口を開けたまま、伊佐子の顔を眺めていた。

三

午後二時ごろ、朝から会社に出ていた信弘が社の車で戻ってきた。伊佐子が玄関に出ると、信弘の斜め後に髪の短い、十八、九ぐらいの若い女が茶色の折鞄をさげて寒そうに立っている。脱いだコートを手にもっていたが、スーツもコートも地味な鼠色だった。ただ、少し開いた前衿のところに煉瓦色のスカーフがのぞいていた。若い女は、伊佐子をみると、ぴょこんとおじぎをしたが、身体も顔も小さかった。白いというよりも蒼い顔色で、眼と鼻が小さく、前歯が出て、顎が短かった。ほおぼねも張って、器量の悪い容貌だった。

「ああ、こちらね、宮原素子さん。この前話したようにね、速記を頼んでいるひと」

信弘は、ちょっとテレた表情で云った。彼はモト子と云ったが、素子と書くのはあとで知った。

「今日、社に来てもらったがね、君に紹介するつもりでこっちにお連れした」

「宮原と申します」

女速記者は事務的な口調で云い、少年のようなおじぎをした。細い脚に赤茶色のブーツをはいている。衿もとと、靴とがこの小さな女の色彩だった。

伊佐子は、どこに通そうかと迷った。応接間に通すほどの客ではなかった。客ではなく、夫が傭ってきた人間という気持が強く、初めてにしてもたいそうにすることはないように思われた。

「書斎がいい。あっちにお通ししなさい」

信弘がオーバーを脱ぎながら云った。

書斎は廊下を隔てて居間の向い側にある。六畳ばかりのせまい部屋で、ここと応接間だけは洋間にしていた。書斎というよりは学生の研究室といった質素さで、書棚には電気関係の技術書ばかりがならび、読みもののような本は一冊もなかった。小さなガスストーブが椅子の脚もとに置いてある。窓のすぐ下は裏庭に回るせまい通路で、柿の木の枝がひろがり、隣家の物置小屋とその上の物干台が見えた。

かけるところがないので、速記者の宮原素子が隅に突立っていると、伊佐子が片手に湯呑の盆を持ち、片手に台所で使う粗末な椅子をさげてきた。

「おい、もっとマシな椅子はないのか?」

信弘が眉を寄せて云った。

「あら、これじゃいけませんか?」

伊佐子は自分の置いた椅子を見た。

「いえ、わたくしのでしたら結構です」

顔の小さい女速記者は遠慮して云った。

「いや、これからずっと来てもらうんだから。応接間のを持ってきなさい。あのほうが楽だ。それから、宮原さんの机が要るがね」

信弘は伊佐子の顔を見た。

「机って……どれにしますか？」

「小さいのがあるだろう。この前、速記の話はしておいたはずだが」

「それは聞いてますけど、あんまり急なんだもの」

「そうか。じゃ、ぼくが見てくる」

信弘はひとりで出て行った。

伊佐子は、湯呑を夫の机の端に置いて、どうぞ、と云った。宮原素子はまだ立ったままで頭を下げた。手提鞄が事務的で目障りだった。

「主人の口述はもうはじまっているんですか？」

伊佐子は、顔色の悪い素子を微笑のなかからじろじろと見た。脂気のない、かさかさした頬だった。

「はい。会社のほうで、二回ほど。二回とも四十分くらいでしたが」

素子はうつむいて答えたが、下をむいているのは前歯をかくしているように思われた。

「まあ、そうでしたか。主人は上手には話せないでしょう？」

「はじめてのお方は、どなたも思うようには参りませんが、そのうち、お馴れになると思います」

若いせいだけでなく、話しぶりに潤いがないのは、仕事の性質からくるのだろう。

「このお仕事は、もう長いのですか？」

「いいえ。やっと一人前らしいものになってから二年くらいです。まだ、未熟です」

「やっぱり速記の学校のようなところに？」

「はい。そういうところで二年間習いまして、あと四年間ほど、ある速記社で働きました。そこをやめて、自分ではじめてから二年ほどになります」

声は澄んでいた。

「そうすると、宮原さんは……失礼ですがお年齢《とし》は？」

「はい。二十五です」

「まあ。ずいぶんお若くみえますわね」

嘘ではなかった。実際に若くみえる。十九か二十《はたち》で十分に通りそうだった。丈《せい》も身体も小さく、顔も細いので、いったいに若くみえるのだろうが、なんだか女としての発育がとまっているような感じだった。顔は粉がふいているようで、つやつやしたものが全くなかった。若いと云われて素子はうつむいて微笑《わら》ったが、眼尻に浮んだ小皺がようやく実際の年齢の印象に近づけた。

「じゃ、おひとりでお仕事をおやりになってるわけね。つまり、独立ね」

「はい。でも、十分ではありませんが」

「おもにどんなことをなさるの。雑誌社の座談会とか講演会の速記とか、そんなこと？」

「それもたまにはありますが、主要なところは、それぞれ先輩の方たちが入ってらっしゃいますので。わたくしはまだ駈け出しですからその応援に行ったり、座談会でも小さな、目立たないところばかりです」

「いいお金になるんでしょう？」

「いいえ。わたくしはヒマですから。そんなにいい収入にはなりません」

それだから、信弘のような口述の速記をひきうけたのだろうと伊佐子は思い、宮原素子の様子をもう一度観察したが、色気も何もなかった。どこにひとりで仕事に出かけても誘惑されることはなさそうであった。たとえ顔が美しくなくとも、若い女には身体全体の線に柔らかな味があって、その容貌まで不器量なりの魅力があるものだが、素子にはそういうものがまったくなかった。自分が女だからそう思うのではなく、以前に普茶料理屋をやって客あしらいの女中を使っていた経験から、男の感情も分るのである。

信弘が女中のサキと小型卓を持って入ってきた。以前、キッチンで何かの台にしていたのだが、新しいのが入ったので廃物にした。物置の中に入れておいたくらいだから古いものである。

「まあ、そんなもの」

伊佐子は顔をしかめた。これは先妻のころに使われていた。

「当座、ちょっとこれで我慢してもらおう」

色の褪めた卓は、サキが拭きあげてきていた。

「我慢なさることないわ。新しいのを買ったらいいじゃないの」

「そうか」

信弘の遠慮が分った。速記者を傭った上、新しい机まで買うのが贅沢なようで、云えずにいたのだ。伊佐子の口からその言葉が出たので、ほっとしたようだが、まだ、その真意を測るように表情をちらりと見た。

「あの、わたくしのためでしたら、このお机でもわたくしは十分にお仕事が出来ますけど」

素子が控えめに口を入れた。

「いいですよ、こんなきたないものを出してみっともないわ。新しいのを買いなさいよ。安いもんでしょ？」

「そう思うけど」

「ついでに、椅子も買ったら？」

「椅子もか？」

「応接間のを持ってきたんじゃ合わないわ。第一、向うが欠けたら、お客さまのときに困るじゃないの。椅子くらい、値段が知れてるわよ」

「うむ」

信弘は眩しい顔をして、

「じゃ、そうするかな」

と、手で首筋を撫でた。速記者は眼を下にむけていた。

「ねえ、宮原さん、今日だけはこれで我慢してくださいね」

伊佐子は素子にやさしい声を出した。

「はい、いえ、わたくしは、どちらでも」

速記者はどぎまぎして答えた。信弘は椅子にも腰を下ろさずにぼんやり立っていた。

先妻の使っていたこの古い卓を何気なく運び入れたのは迂濶だった。

「今から、口述をおはじめになるの？」

伊佐子は信弘に問うた。

「いや、今日はやめよう。今日はね、宮原さんを君に紹介するためにお連れしただけだよ」

「お目にかかったから、もういいわ。折角ですもの、少しでもおはじめになったら？」

「うむ。今日は、ちょっとな」

「あら、そいじゃ、宮原さんに悪いじゃないの。こんなところまでわざわざお連れしてきて」

「いいえ。わたくしはかまいません。そのつもりでお伺いしましたから」

素子が貧しい一重瞼の眼を向けて云った。

「でも、折角ですもの。社のほうではお話ができなかったの？」

「社では、やっぱり駄目だな。いろんな人が出入りして落ちつかない」

「だから、ここでやったらいいじゃないの」

伊佐子は、信弘が抵抗すると奇妙に苛々《いらいら》してきて、つい、いつもの乱暴な言葉になる。その気分は生理的なものに近い。いまも速記者の前でそれが出た。夫婦のいさかいとも違う。夫のほうで黙ってしまうのである。

電話が鳴った。サキが受話器をとりに行ったが、すぐにもと通りにかけて戻ってきた。

「だれ？」

「もしもし、と云ったら切れました。間違ったのかも知れません」

サキは答えた。

女中の声を聞いて先方で切ったのかもしれない。浜口かも分らなかった。石井の弁護士のことではあのままになっているから、そろそろ訊きにくるじぶんである。それほど彼とは電話で話したわけではないのに、声を聞き分けるところ、そして女中だと知ると黙って切るところなど浜口らしくスレたやり方だった。友だちの石井のことを心配するふうにみせかけて、こっちに接触を求めようとしている。

だが、案外、塩月かもしれないと思った。塩月からは滅多に電話してこないけれど、ずっと前だが、信弘が電話に出て切れたことがある。あんたの旦那さんの声は案外に若くて、やさしそうだね、と後で会ったとき塩月に云われたものだった。そう、何か話したの。いや、話はしないがね、はいはい、沢田です、なんて云われたから、こっちは何も云わずに切ったがね、あの一声だけでそう思ったね、とそのとき塩月は笑っていた。──弁護士のことを頼んだから、その返事をしに電話してきたのかも分らなかった。塩月は、頼みごとは何でも早くてきぱきとやってくれる男だった。

信弘はようやく椅子に坐って煙草を吹かした。女速記者は椅子にもかけず、宙に迷ったように立っていた。切れた電話で、伊佐子の気持が変った。あれが浜口からだったら、もう一度かけてくるかもしれない。

「口述をなさらないの?」

伊佐子は前よりは柔らかい声を出した。

「うむ」

信弘は煙ばかり吐いていた。

「自叙伝だと、ご自分のことだから、すぐに話せるじゃありませんか？」

「そうはゆかない」

「わたしがいて話すのに邪魔でしたら、あっちに行っといてもいいわ」

「どっちにしても今日は駄目だ。この次からはじめる。少し、しゃべりかたも研究しとかないと……」

「でも、二回ぐらいは、もう話したんでしょう？」

「それがうまくゆかないのだ」

「どなたもはじめはそうです。でも、初めてにしては、お上手だと思いますが」

速記者が横から低い声で云った。


宮原素子が帰ってゆくと、伊佐子は速記者がかけるはずだった台所の椅子に腰をおろした。信弘は窮屈そうに二本目の煙草に火をつけていた。

「いまの速記の人、今度はいつ呼ぶの？」

伊佐子は訊いた。

「一応、明日来てもらうことにしてある」

信弘は妻の言葉をおそれるように窮屈げに答えた。

「朝からここに呼ぶの？」

「いや、午後からだ」

信弘は昼食を出す必要はないと言外に云いたいようだった。

「社ではできないの？」

「やっぱり駄目だな。気分が散って」

「あのひと、明日から毎日この家に通ってくるの？」

「いや、毎日じゃない。一週間に二度ぐらいだろうな。ほかにも仕事を持っているひとだから」

「忙しいのかしら」

「決してヒマじゃないだろうな」

「その忙しいひとが、よく、あなたの口述速記なんか引受けたわね」

「頼んでくれた人が宮原君をよく知っていたから、承知してくれたんだな」

「それじゃ、速記料も高いんじゃない？　いくらの約束なの」

「速記代は時間単位らしいが、座談会なんかと違って、ぼくのは、つかえながらぽつりぽつりと話すので、同じようにはゆかない。宮原君もまだ見当がつかないので、当分やってみた上で料金を決めようということになっている。間に立ってくれた人に義理があるとかで、特別に扱うと云っていた」

「特別扱いにしてもらわなくてもいいわよ。ちゃんと普通に料金を払ったら？　速記者に恩恵を受けなくてもいいわ」

「そういう意味じゃない。恩恵とかなんとかそういうことじゃなくて、まあ、便宜だな。こっちの都合のいいときに時間を合せるとか」

「あんまりこっちで弱くなりたくないわ」

「弱いとか強いとか、そんなことじゃないよ」

「まあどっちでもいいけれど。せっかくあなたが道楽を思い立ったんだから、お金をけちけちしないほうがいいわよ。少しくらい高くついても、わたしは何とも思ってないから」

「うむ」

「机も椅子も新しいのを買ってあげようというくらいだもの」

「その必要はないと思うけどな」

「いいえ、こんな古くさい卓なんか机がわりにできるもんですか」

伊佐子は、自分がこの家にくる前からある道具を眼で弾《はじ》くように見下ろした。

「わたし、これからデパートに行って机と椅子を買うわ」

「もう買いに行くのか。そんなに急がなくともいいよ」

「いいえ。きまったら早いほうがいいわ。ちゃんとここに据えておくわ」

信弘は妻の顔を見たが、すぐその視線をもとに戻した。彼女が腰を伸ばして机の煙草を取ると、ライターをつけてやった。

「あの宮原さんというひと、顔色が悪いわね。それに身体が瘠せてて。どこか悪いんじゃないかしら」

「ひ弱そうだな。しかし、ああして働いているというんだから、べつに病気でもないんだろう」

「栄養失調みたいだわ。ちょっと気持が悪い」

「………」

「あれでもう二十五だってよ」

「宮原君と話したのか?」

「そう、ちょっとだけね。あれがビジネス的というの。愛嬌のない云い方ね。わたしは若いといってほめてあげたんだけど、栄養失調のように萎《しな》びてんのね。顔なんか艶がなくて乾き切ってるわ」

その言葉と比較するように信弘は妻の顔を見た。頸のまわりに血の色がみなぎっていた。額と鼻すじに脂が光っていた。受け唇《くち》は濡れていた。

「でも、ちょっとイヤね、この家に他人が入りこむかと思うと」

客でない人間が仕事をしに入りこんでくるという意味だった。

「気乗りがしないのか」

「生活の秩序が乱されるような気がするわね。あのひと、ここに来て、半日くらいは動かないのでしょ。家の中のことが、みんな分っちゃうわ」

「そんなことはないよ。速記をとっている間はそこのドアを閉めて家の中の声が聞えぬようにし、仕事が済んだらさっさと帰るんだからね」

「まあいいわ。パパの好きなようにして。わたし、邪魔しないわ」

「一週間に二回くらいだからな」

「いいわよ、どうぞ」

年寄りには相応の小さな道楽を与えなければならなかった。信弘は速記者に金を払ったり、家の中に呼び入れたりすることで、妻にかなり気をつかっている。皮肉もせいぜいこの程度でやめようと伊佐子は思った。あの栄養失調のような女速記者を相手に、勝手なことをしゃべり、それで気が紛れるようだったら安いものである。小さく萎びたような若い女だが、それを傍に置いただけでも、いくらか信弘の気分が違うのだろうか。

「どれ、着更えようか」

着物をきると、信弘はいっそう老人臭くなった。和服にはそういう退嬰《たいえい》性があって、当人の動作ものろくさくなってくる。カラーで詰めたのと違い、咽喉に浮いた筋が胸もと近くまであらわに見えた。地味な袷《あわせ》の色がいっそうじじむさくする。若いときは、こうした地味な着物も男をひきしめてみせるのだが、年をとると生気を消すほうにばかり役立つ。

信弘は本一冊と、紙とボールペンとを握り、茶の間の置炬燵に入った。テレビの嫌いな男だった。紙は、自叙伝の構想をメモするつもりかもしれない。が、まだ本気になっていないのは、退屈まぎれに読む本を置いていることでも分る。当人は、自叙伝の思いつきに元気を出したようだが、実現するかどうか分らなかった。自分でも、うまくゆかなかったら、いつでもやめると云っている。若いときのことは知らないが、いっしょになった一、二年の間は彼にも何か張り詰めたような姿勢があって、もう一仕事したいような気魄がみえたが、その後は次第に気分がむらになり、根気がつづかなくなってきている。

「わたしは、これからデパートにいって速記者さんの机と椅子とを見てくるわ。早いほうがいいから」

伊佐子は腰を曲げて、置炬燵の上にかがみこんでいる信弘に云った。あなたのために行ってくるという口吻を利かせた。

「友だちのところにちょっと寄ってみるから帰りがおそくなるかもしれないわ。晩の支度のことはサキに云っときますから」

信弘は、眼鏡をサックから出していた。

「そんなにおそくなるのか？」

「え、ちょっとね。まだ、分らないけど」

実際に分らなかった。相手の都合次第である。信弘は誰のところに行くのかとは問わない。聞かないことが習慣になっていた。

信弘は眼を細めるようにして活字を眺め、ページを繰っていた。この前は、本をひらいたまま居睡りし、涎《よだれ》が着物の前をよごしていた。

「パパ、ここで、また睡っちゃ駄目よ。いくら電気ゴタツでも不用心だから。眠くなったら、サキにそう云って床を伸べさせなさいよ」

「よし、よし」


公衆電話の受話器に笑いを混えた塩月の声が聞えた。

「電話は、ぼくだよ。女中のような人が出たから切ったがね」

「珍しいわね。なにか急用でしたの？」

「この前、頼まれたことさ。いい弁護士が見つかった。そっちも急いでいるようだから、とりあえず報告しようと思ってね」

「ありがとう。でも、そんなに急ぐこともなかったわ」

「どうだね。そっちさえよかったら、どこかで話をしようか?」

「わたしはかまわないけど、あなたはいいの。まだ、四時よ」

「ぼくか、ぼくはいつでもいいさ。副社長というのはヒマな商売でね。そうだな、どこかで飯でも食いましょうか。まだ少し早いが、腹に入らないこともあるまい」

「え、いいわ」

「赤坂の料理屋にしよう。いま、電話かけとくから、あと五分してもう一度電話してみてくれないかな」

五分後にかけると、料理屋の都合はいいが、場所が分らないだろうから、近くのホテルのロビーで待っていてほしいということだった。

ホテルに行くと、塩月はもう来て待っていた。

「まあ、早い」

「こっちは会社が近いし、地の利を得ている。いつでも抜けられる身体だしね。そっちは車を運転してきたんだな。そのつもりで、社の車は返しましたよ」

「お料理屋さんでなくてもよかったのに」

「ときにはいいよ。気のおけない小さな家だ。どれ、乗せてもらいますよ」

ホテルの前に置いた車の傍にいっしょに行った。外国人が車で乗りつけてきている。

こういう華やいだ雰囲気になると、伊佐子も活を入れられたようにいきいきとなった。

退屈で、空気が淀んでいるような家に、信弘といっしょにいるときとはまるで違っていた。

塩月は助手席に坐ってパイプをくわえ、あっちだ、こっちだと方向を指示した。

「駄目よ。こっちは右折禁止だから」

「ほい。じゃ、もう一つ向うの角からか」

「そっちは一方通行よ、こっちからは入れないわ」

「よく知ってるんだな。いつの間にそんなに地理を覚えた？」

「運転手をしていると自然に覚えるものよ。それに、亭主の会社がこの近所だから」

「あ、そうだったな。ずっとご亭主を送り迎えしてんの？」

「三年前まではね。運転が上手になってからはこっちで断わったわ」

塩月はパイプを嚙んだ口で唸った。

赤坂の狭い路を角から角へとジグザグに運転したので、家を知っているはずの塩月のほうが眼を回していた。

「ここだ、ここだ」

少し勾配になった路に沿い、同じような構えと短冊形の灯看板のならぶ家の一つを彼は見つけた。「辰新」とあった。

若い女中が表に出てきて、車の置場は横手から入った裏側にあると云った。車を入れるのに難儀した。

「ご苦労さん。運転はうまいもんだね。これじゃ交通事故に会って、いっしょに死んでも文句は云わない」

格子戸の前に女中といっしょに待っていた塩月が笑った。

「わたしは、まだ死ねないわ」

「愉しむことがまだいっぱいある？」

「せっかく生れたんだもの、いま死んだら損よ。パ……」

と口から出かけて、あわててパパを呑みこんだ。「あなたも、長生きしてね」

「ありがとう」

玄関に入ると、四十くらいの女中が迎えていた。

「いらっしゃいませ。さきほどはお電話をありがとう存じました」

「少し早すぎて気の毒だがね。飯だけ食べに来たんだから」

塩月は靴を脱ぎながら云った。女中は伏眼のままで伊佐子を観察していた。

玄関の六畳から狭い廊下になっていて、階段を上った。二階の十畳の間には大きな朱塗の座卓をはさんで、さし向いに座椅子が中央に出ていた。

「あの、こういうかたちでよろしゅうございましょうか？」

女中が、坐る位置を訊いた。

「いいとも。少し、遠すぎるようだが」

「あら、そいじゃ、ごいっしょにおならべしますわ」

「その必要はない。遠くて近いということがある」

「恐れ入ります」

女中は頭を下げて出て行った。

「あんまり変なことは云わないでよ」

伊佐子は、少し調子づいている塩月に云った。

「わたし、この家《うち》、はじめてだから、いきなりそんなふうな眼で見られるの、いやだわ」

「なに、分りはしないさ」

「分るわよ。パパ、始終ここに来てるのでしょう。変よ」

「始終でもないがね。気楽な連中と二次会で飲むときここに寄るだけさ。ほかにはバーにも行くしね。お前さんを見ても、何とも思やしないよ。前にここに連れてきたこともないしね」

前というのは、塩月と関係のあるころのことだった。

「じゃ、あのひとたち、わたしをどう思ってるかしら」

「やっぱり素人じゃないと思ってるだろうな」

「そうお?」

「そりゃ、どことなく様子が違うよ。どこかの女将《マダム》と踏んでいるかもしれない。お前さんは、また、あの商売をやりたいと思ってるんだもの。生地《きじ》が残ってるほうがいいじゃないか」

「そういうことになればね」

「なればって、そのつもりでいるんだろう?」

「あと三年くらいでね、亭主が死んでくれたら理想的だけど」

塩月が返事できないでいると、ちょうど階段を上ってくる足音がした。

「ごめんください。あの、お飲みものはいかがいたしましょう?」

膳を前に置いて女中は塩月に訊いた。

「わたしは、運転がありますから、ジュースにしますわ」

「はい」

「残念だが、仕方がないな。ぼくは酒。……おかみさんは居るの?」

「はい。あの、いま、お湯に入っています」

「風呂か。なるほど、まだ、そんな時間だったか」

「あの、お話のようでしたら、お料理だけお運びさせて頂きますが」

「そう。ちょっと、はじめに打合せがある」

「はい、はい」

女中は塩月にいざり寄って耳もとでささやいた。

「かけなくてもいいよ」

と、塩月は普通の声で答えた。

「あら、お馴染の妓《ひと》を三人くらい呼んだら？　わたしも見たいわ」

塩月は笑っていた。

「近ごろは、どういうのがご趣味？　子供みたいに若いの？」

「まだ、それほど年寄りにはなっていない。……お前さんのほうは若いほうがいいらしいな」

「切りかえすわね。面白いからときたま遊んでやってるだけ。何度も云うように変な関係なんかないわよ」

「石井寛二という青年な、警察で一切陳述したそうだ」

「え？」

「そら、顔色が変った」

「ほんとにどんなことを云ったの？　でたらめを云ったんでしょ」

伊佐子の箸の先が不覚にもちょっと慄えた。

「安心しなさい。お前さんのことは陳述にはないそうだ。若いが、石井というのは見上げた男だね」

「どうしてそんなことが分ったの？」

「頼んだ弁護士がぼくのところに知らせてくれた。警察調書を読んだという。これも若いが、優秀らしい。叔父の関係筋だから張切ったんだな」

実力政治家の威光は隅々まで行き亙っている。この塩月芳彦にしても、その甥というところから食品会社で副社長のポストを与え遊ばせているではないか。会社ではそのことでいつなんどきでも政治家に甥の給与の数十倍のペイを要求できる。会社は政治家との癒着で営利が追求できるし、弁護士は出世に急げる。

しかし、弁護士にあまりに積極的に働かれても困ると伊佐子は思っていた。石井には恨まれない程度に、また浜口や大村あたりには乗ぜられない程度にやってくれたらよかった。

「で、その弁護士が報告して云うにはな、送検が早くていま検事取調べの段階だが、間もなく起訴になるらしい。ところが、この前もちょっと話したように石井は警察での自供を翻えして、その女、なんとかいう名前だったな、その女を台所に突きとばして乱暴したんじゃなくて、女が突っかかってくるのを手で払ったため、ちょっとよろめいた程度だと云ってるそうだ。死んだのは睡眠薬を飲んだからだというんだ。自殺だから自分には関係はないと云い張っているわけだね」

蒲団から出ている乃理子の顔や、枕元の睡眠薬の瓶を思い出し、伊佐子は石井の云うのが本当だと思った。が、この目撃による実感は塩月には云えなかった。

「弁護士が張切ってるのはね、叔父の関係だけでもないいんだな」

女中が料理を運んでくる間、酒を飲んでいた塩月が言葉をつないだ。

「警察で殺人として送ったものが、本人の自供変更で被害者の自殺と主張する。殺人罪か無罪か、弁護士としてはやり甲斐のある事件さ」

「検事さんのほうはどうなのかしら?」

「検事は警察の断定を支持するようだな。殺人罪にするか傷害致死にするか、そこんとこはまだよく分らないが、どっちにしても石井の攻撃行為で被害者が死んだとみている。というのはね、解剖医の鑑定書が睡眠薬の服用は認めているが、それはほんの僅かで、致死量にはほど遠いということを書いてるんだな」

「そお? じゃ、間違いないいんじゃないの?」

「ところが、弁護士はなにぶん積極的だ。鑑定の内容が妥当かどうか、いま、ほうぼうの法医学者に聞いて回っているそうだ。それもだいぶん有利だと云ってね。昨日だったか、社にぼくを訪ねてきて話して行ったが、意気軒昂としていたよ」

「いやね、そんなに張切っちゃって」

「お前さんの意志に副《そ》わなくなりそうだな。といって、お前さんの意向を伝えるわけにはゆかない」

「駄目よ。わたしの名前は絶対に出さないようにして」

「それだけに、こうなるとむずかしくなるね。まさか、依頼者として、余計なことはしないでくれ、なるべく本人を重刑にして牢屋に長くつなぐようになどと、弁護士には云えないよ。せいぜい、まあよろしく頼みます、と気のない返事をするくらいだね」

「運の悪い弁護士に当ったものね」

「話がさかさまだな。だが、お前さんの気持は分らなくもない。こうなったら、やる気のない、平凡な弁護士にすればよかったね。紹介してくれた人が気を利かせすぎた。エライ叔父貴を持っていると困ることがあるよ」

「今から、その弁護士さんをとり替えられないの？」

「そりゃ出来ない。不自然だよ。張切っている弁護士をとりかえたりしたら、かえって何かあるとこっちが疑われちゃうよ」

「無罪となると、すぐに出るのね」

「一審の判決に検事が控訴すれば拘置期間があるが、途中で保釈というのがあるから、三年も四年もということはないだろう。八年以上というお前さんの希望通りにはゆかなくなる」

「困ったわ。なんとかならない？」

「弁護士のほうは極力手綱を締めよう。……しかし、だいぶん切実のようだな。これに懲りて、もう若い男を相手にしないことだよ。これは教訓だ。よく肝に銘じておくんだな」

「いやね」

「教訓だけでは、効果がないかもしれんな。……どうだ、飯が済んだら、二時間ほどどこかに行こうか」

揺り起されたような気がして伊佐子が眼を開けると、うす暗い、白い天井が映り、横で塩月が腹匍いになってパイプの煙草を詰めかえていた。

「あら、わたし、睡ってたのね」

腕時計を見たが、暗くて小さな文字板がすぐには読めなかった。ホテルのヒーターはそれほど利いていなかったが、脚が汗ばんだようにべとべとしていた。

「三十分くらいだよ」

塩月が云った。

「そう。そんな程度。いま、何時かしら？」

「九時ちょっと過ぎ。お前さんでも帰りの時間が気になるかね？」

「そりゃね、一応は主婦だから。それに今日はデパートに机と椅子を註文するといって出たんだけど、デパートに寄る間なかったわ」

「机と椅子を？」

「煙草ほしいわ。そのパイプ、一口喫わせて」

伊佐子は仰向けに二度ほど煙を吐いた。

「机と椅子はね、速記者のよ」

「速記者？　なんだね、それは？」

「亭主がね、自叙伝を自費出版したいと云い出したの。その口述のため、家に速記者を呼ぶようになったの。妙なことを思い立ったものね」

「そりゃ、いつごろからだね？」

「そう、云い出したのは十日ぐらい前よ。今日、その女速記者というのをお目見得に連れてきたんだけど。二十五というのに色気もなにもない女よ。変な顔をして、痩せてがらがらなの。それでも若い女には違いないから、亭主もそういうのを相手に、いい気になってしゃべってれば、年寄りの道楽にはちょうどいいと思って、許可してるの。ねえ、自叙伝なんか思い立ったところをみると、そう長くはないわね」

塩月はすぐには返事しなかったが、やがてぽつんと云った。

「S光学は新社長のもとで経営陣の総入れ替えを近く発表するらしい。一昨日あたり聞いた情報だがね」

「そう。それは亭主からも聞いたわ。この前、赤坂のお料理屋さんで新社長と役員の懇親会があって、ウチのも出かけて行ったわ」

「沢田さんは、何と云ってたかね？」

「べつに何とも云わなかったわね。役員は営業とか経理担当とかが変りそうなことは云ってたようだけど」

塩月が妙に黙っているので、伊佐子にピンとくるものがあった。

「ねえ、ウチの亭主も辞めさせられるの？」

ごそりと身体を回して塩月の横顔を見つめた。彼はパイプを一口喫った。

「まだよく分らんがね。そういうことになるかもしれないよ」

「へえ、やっぱりね」

伊佐子はこっくりとうなずいた。あの懇親会以後信弘の様子がなんとなく曖昧になった。元気もなくなった。それを年齢の疲れにしていたが、新社長から退任の内示があったのを隠していたのか。

「お前さんのご亭主は、技術開発でS光学の恩人だからね。S光学が大会社になったのもそのおかげだ。だから、前社長も沢田さんを終身役員という他社にも例のない待遇をしたんだろうが、新社長というのは、とかく前社長の方針を踏襲したがらない。とくに前社長の不手際で経営面が悪くなり、銀行からの発言力が大きくなっているから、終身役員というのを解くという噂だ。そういう話が伝わっている。技術革新の時代でもあるからな」

信弘の技術がもう旧くなって役立たなくなったということであろう。S光学の看板が物置に入ったことになる。

「しかし、これはまだ噂の段階で、はっきりと決まったことではないからね。ご亭主にはまだ何も訊かないほうがいいよ。しかし、いまの自叙伝の話で、ご亭主の気持が分るような気がするな」

「つまり、引っ込むのを覚悟したわけね。道理で、どうも変だと思ったわ。なんだか、わたしにはコソコソと隠しているみたいなの。クビになったら、収入はなくなるわね」

「そこまでするかどうか、新社長の肚《はら》は分らないけどね。まあ、ぼくだけの感じだが、なんといっても沢田さんはS社の恩人だから、役員は辞めてもらっても、技術顧問という名前で、前官礼遇になるんじゃないかな。前社長との約束をまるっきり無視するわけにもゆくまい。給与だけはさしあげるということだな」

「ほんとにそうなるかしら。いま、収入が無くなったらたいへんだわ。三年間は稼いでもらわないと。そのつもりですべての計画を立ててるんだもの」

「ぼくに出来ることだったら、叔父貴に手を回して、沢田さんの現状維持を銀行を通じて新社長に納得させるんだがな。お前さんの言葉通りだと、三年間でいいというんだからな」

「ほんと？　そうしてくださると助かるけど」

「冗談だよ。いくらなんでも、ぼくの立場でご亭主のことが頼めますか」

「あら、分りはしないじゃないの」

「これでも、気持が咎めるよ。お前さんは沢田さんにいったんさしあげたんだからね」

「駄目なの？」

「倫理観が許さない。お前さんとは、こんなことをしてるんだしね」

「こんなことをしてるから、あの人を助けてあげたらいいじゃないの？」

「どうもお前さんの考えはどこかで常識と歯車がかみ合ってないようだな」

「常識が何よ。常識をきちんと守れたからといって、だれも困っているときは一円も貸してくれはしないわ。みんな、自分の得を大事にする人ばかりよ。自分にひびかない、安全な問題だけは他人のことをいろいろ云うけど、溺れかけている人間には助かることだけで精いっぱいよ。わたしは、間もなく後家になるわ。若くもないし、年寄りでもないという中途半端な年齢でね。女のそういう時期の生き方って、いちばんむつかしいわ。だから、一生懸命なのよ。いまさら、またパパの世話にもなれないしね。あのとき、あんたはうまくわたしを沢田に渡して、ほっとしたんだから。ときどきの、こんなつき合いならいいけど、身ぐるみまた引きうけるというのはごめん蒙るというわけね。あんたの狡《ずる》い気持は分ってるんだから」

「おやおや、こっちに鉾先が変ったね」

「わたしは本当のことを云ってるのよ。だから、今から一生生き延びられる準備をしてるの。自分の思った通りにしないと、やり損うわ。この年になったら、やり直しがきかないんだから」

「今夜は、いやに年齢のことを意識して云うんだな」

「そうよ、ほんとだもの」

「ま、分らなくはないがね。……話が逸《そ》れたが、またこの次に話そう。もうぼつぼつ起きよう」

「そうね。あんたはもう少しそのまま横になってて。わたし、先にお風呂に入って支度するから」

ベッドから下りると、緑色のブラインドの隙間に、街のネオンの赤い光が匍うように滲んでいた。小さな浴槽に湯を出しながら、伊佐子は、早く財産の確保を考えておかなければならないと思った。

ホテルのわきの駐車場からひとりで車に乗って、例のスタンドのところを通りかかると、道路を向いて立っていた従業員が手を挙げた。車をとめると、髪の長い背の高い従業員が走り寄ってきた。

「どうしたの?」

運転席の窓を半分下ろすと従業員は顔をのぞかせた。

「今晩は、奥さん。いま、お帰りですか?」

「そうよ」

「遅いですね」

長い顔を馴馴しく笑わせている。いつか信弘を懇親会に乗せて行くとき、ここで油を入れた三人組の一人だった。

「何よ?」

ひとりだから、あまり白い歯は見せられなかった。

「あのね、ボディがだいぶよごれていますね」

悪ふざけかと思ったが、ここ一週間ばかり車を洗っていなかった。

「洗車なら、明日あたり通りがかりにやってもらうわ」

「洗車だけじゃなくて、ワックスも塗りましょう。だいぶん艶が落ちてますから」

ワックス塗りは一時間くらいだが、ほかの仕事をやりながらだから、いつも三時間はかかる。明日はデパートに行って机と椅子を註文しなければならないから、ワックスの済む間、ここに車を置いてタクシーでデパートに行ってもいいと思った。

「じゃ、明日、お願いするわ」

「そうですか。お待ちしてます。奥さんの顔を見るのをみんな愉しみにしてますよ。さようなら。おやすみなさい」

長い顔が身体を退いて手を振った。こっちで顔をひきしめていたせいか、あんまり冗談口もたたかなかった。

家に戻ると、車庫に車を入れる音でサキが玄関を開けて出てきた。

「お帰りなさいませ」

「あんた、まだ起きてたの？」

「はい」

「旦那さまは？」

「夕食を召上って六時ごろからお寝みです」

「そう。電話は？」

「一つございました。浜口さまとおっしゃる方です。明日、奥さまからお電話を願いますということでしたが」

弁護士のことを知らせてないので、その後の様子を聞くためだろう。あの連中に絡まれないためには、この面倒を早く打切らねばならなかった。

四

置炬燵をはさんで、伊佐子は信弘の朝食を世話していた。パンと牛乳、ステーキと野菜サラダ、それに味噌汁。狭い炬燵の上は皿でごたごたしていた。

伊佐子がバターを塗ってやった一枚のパンを信弘はまだ半分しか食べず、味噌汁ばかり吸っていた。スープよりもこのほうを好む。生野菜と卵は食べるが、牛肉は三分の一も減っていなかった。だいたい口の動かし方がゆっくりしている。何か考えごとをしているように眼を半分閉じて、あまりものを云わない。

庭の塀《へい》の上まで陽が当って、それから下の蔭がうそ寒いが、まだ雨戸を閉めた隣の二階は明るく光っていた。

「肉が冷たくなるわよ。早く食べたら」

「うん」

信弘は催促されてステーキに箸《はし》をつけるが、ひときれ口に入れただけで、あとを休んだ。肉は彼のために紙のように薄く切ってある。

伊佐子はいつもあとからひとりで食べることにしていた。信弘といっしょだと味がなかった。食事にも一種のテンポのようなものがあって、彼のようにのろのろしているのとはつき合えなかった。こっちの気持がいらいらしてくる。給仕だと、そのつもりで見ていられた。

信弘は近ごろまた食欲を無くしてきている。伊佐子が朝からステーキの皿をつけたりするのは、彼のカロリー補足のためだが、あまり食べようとしない。骨つきのチキンを十分に煮出したポタージュだとか、面倒なオニオン・スープなどつくってやるが、そんなのはよろこばず、ワカメの浮いた味噌汁を好む。

信弘には半纏《はんてん》を着せている。青い縞《しま》に赤い細い筋がまじった唐桟《とうざん》で、伊佐子が見立てたものだが、去年あたりまではこの派手さも似合った。が、いまは何だかその半纏だけが浮き上って、年寄りの色気のようないやらしさを感じる。

信弘もだいぶん小さくなってきたようだった。眼の下のたるみが大きくなり、頬が落ち、下唇ばかりが出て、口のまわりの皺がふえた。背中も前よりも前かがみになった。毎日見なれている眼には分らないが、久しぶりに会った人はずいぶん老人になったとおどろくだろう。もう長くは生きないと思う人があるにちがいなかった。

十歳ぐらい違うけれど、塩月芳彦はまるで壮年だった。顔の色艶からして赤く、てかてかしている。皺のない額は脂で光っている。身体の皮膚はすべすべしていた。何でももりもりと食べる。声は大きくて、はずみがある。彼には疲れがなかった。

信弘は汁椀から箸の先でワカメを挟みあげて口に入れている。ワカメの端から汁が胸に滴り落ちた。着物の前はもう二、三ヵ所がよごれていた。伊佐子は前だれをかけていた中風で死んだ伯父の姿を思い出す。

「パパ、会社のほうはどうなってるの？」

伊佐子は、炬燵の上をぼつぼつ片づけるように手を動かしながら訊いた。

「うむ？」

信弘はワカメをすすりこんだ。心なしかどきりとしたように見えた。

「どうということはないが……」

視線を逸らしている。

「社長さんが重役陣を入れかえても、パパは大丈夫なの？」

昨夜の塩月の話をここで確かめておこうと思った。

「うむ。まあ大丈夫だろう」

「まあ大丈夫だろうなんて、心細いわね。この前までは絶対残るようなことを云ってたのに。雲行きが変ってきたの？」

「変ってきたわけじゃないが、新社長も銀行関係とかいろいろの振り合いで、なかなか決まらないらしい。だが、ぼくは前社長の線があるし、申し送りがあるから、退くことはないと思う」

「じゃ、心配ないわね？」

「うむ」

どうも信弘の返事が煮え切らなかった。伊佐子は、塩月の話を持ち出し、それを別な人間から聞いたことにして、もっと質《ただ》したかったが、塩月には昨日会ったことだし、いま云うのはいかにも昨日の外出で仕入れてきた情報のように信弘にとられる。信弘は塩月のことは全く口には出さないが、それだけにちょっと心の知れないところがあった。彼が、妻の別れた男のことを胸から完全に洗い流しているわけではなかろう。いっしょになってすぐ、塩月のほうから人を介して文句を云ってきたくらいだ。

もっとも、あれは塩月の芝居で、自分の女を渡しておきながら、結婚したからにはもう大丈夫、少々のいやがらせぐらいでは信弘が別れはしない、結婚早々の世間体もあるし、若い女をもらっては離れようはないと踏んだからである。つまりは塩月の念押しのようなものであった。それに彼の未練がましい嫉妬も入っていた。

そんなことは信弘に分りようもないが、以前の男ということでは意識に十分にある。表に出さないのは、彼の気取りからくる瘦《やせ》我慢である。伊佐子は、ここで塩月から聞いたS光学の重役異動の話を持出し、その情報が塩月から出たことを暗に推察させて、信弘の知識人ぶった気取りに揺さぶりをかけたい衝動が起らなくはなかったが、いまは抑えることにした。機会としては、さきでもっといい時があろう。それよりも現在は、信弘の云うことを一応信用したようにし、様子を見ながら彼のごまかしを衝いたほうがいいと思った。信弘もはっきりと事実が云えずに隠しているのだったらボロがだんだん出てくる。そういう責め方をしたほうがいい。

「わたし、しばらくお料理学校に通ってみようと思うの」

伊佐子は決心を吐くように云った。

「そうか。何故だね?」

信弘は口の中の茶を咽喉《のど》仏を動かして飲みこんでから訊いた。

「むかしの料理といまの料理はだいぶ違うらしいの、わたしが商売していたころとは……」

「また、普茶料理屋を出すのか?」

「きめたわけじゃないけど、パパの死んだあとのことも考えておかないとね。いざというとき急には間に合わないわ。何も知らないでは板前を使えないもの」

信弘は外を見た。ガラス戸からの庭は、陽がいつの間にか塀の下までおりて、端の土が明るい、長い一線になっていた。廊下と座敷の間の障子が開いている。伊佐子の性質で、信弘が寒がっても部屋の息苦しいのが嫌いだった。

信弘が黙っているので、伊佐子はつづけた。

「それに、パパだって、会社にいつまでも残るという保証はないでしょう？」

信弘の眼が落ちた。

「そしたら、わたしが一生懸命にならなきゃならないわね」

普通の気軽い夫だったら、本心はともかく、口先だけでも、お前に食わせてもらえるのか、それはありがたいよ、と冗談でも云うところだが、信弘は深刻そうな顔で黙っていた。そういうところに、伊佐子はいらいらさせられて、つい、もっと余計なことを云いたくなる。

信弘は、何か云いたそうに口を開きかけたが、すぐ閉じた。この人はいつもこうだと伊佐子は思う。自分の意志を通そうとするときや口答えをしようとするとき、それを反撃されそうなので、不服そうに黙ってしまう。力の強い相手の前では云い負かされるのがオチだから、争わないほうが無難だ、ケガをしてもつまらない、といったふうにみえる。年寄りが、元気のいい若い女とやりあっても圧倒されるにきまっていると諦《あきら》めているようでもあるが、おとなに抵抗できない子供のような劣弱感にもみえた。その弱さが、彼の口辺に漂う苦笑にまぎれ、または、道理の分らない相手に云っても仕方がないといった分別くさいものにもなっているようだった。

こうした、しんねりむっつりとした信弘の態度が伊佐子には反撥が起るばかりで、わたしはあんたと違って単純だから、もっとはっきりしなさい、とか、ちゃんとものを云ったらどう、とか突っかかりたくなるのである。

いまもそうで、信弘が何か云いたそうにしたあと黙ってわきをむいているので、伊佐子は頭の後のほうがキリキリしてきて、自分の言葉がひとりでに辷《すべ》り出してきた。

「それから、わたし、これからはお料理屋さんを少し食べ歩いてみるわ。設備もだいぶん新しいものに変ってきただろうし、参考に、いまから見ておきたいわ」

これは外に出る理由になると、云い出してから気づいたものである。料理学校や料理屋の食べ歩きだといくらでも家を空けられる。毎日でも外出が可能になるのだ。

「わたし、贅沢《ぜいたく》からそう云ってるんじゃないわ。間違えないでね。将来の自活のためよ」

自活はだれの世話にもならないで生活すること、つまり結婚はしないという決意を信弘に見せ、彼をよろこばせて、この土地や家、財産をもらう取引にしようと思う。今でも自分の意志で出て歩いてはいるけれど、やはり名分があるに越したことはなく、そうなれば、真に気兼ねなく自由が味わえる。

信弘には前々から云っていた。

（パパが死んだからといって、わたしがいっしょに死ぬとか、あと追い心中するとか、そんなことわたしはイヤよ。出来ないことを云って亭主をよろこばせる女房が世間にはいるかもしれないけど、わたしはできないものはできないとちゃんと云っとくから。嘘いうの嫌いよ。そのかわり、再婚はしないから。パパの死ぬのがいつか分らないけれど、わたしもいい年齢して、ほかの男といっしょになって苦労したくないわ。だって、あんたほどいい人いないんだもの)

信弘の皺の顔は、よろこびでくしゃくしゃになる。そういうときの会話は、それにふさわしい雰囲気や行動のある際だから、信弘も素直に感動していた。

この人は、今でもわたしが好きで仕方がないのだと伊佐子は思っている。前には「みの笠」に度々人を連れてやってきた。ひとりでは来られないお体裁屋である。他人《ひと》はその信弘が誘惑されたように云っているようだが、男女の間だけは他人の了見では分らぬ。今は夫婦の間、人は、信弘がわがままな女房の臀《しり》に敷かれているように噂しているらしいが、だれも覗き得ない夫婦の床で、彼がどんなに妻の身体に歓んでいるかはだれも知らない。こういうときの信弘はいつもの、もったいぶった気どりをかなぐり捨て、裸の幼児のようによたよたとまつわりついてくる。あせり、もがき、執拗に動作してくる。伊佐子はそういう信弘の前に、年上の男から身体を玩弄《がんろう》されている少女のような気持になっていたり、母親のような気分で彼を慈《いつく》しんでやったり、また年上女のように彼を愚弄したりする。それに信弘がどんなに随喜しているか他人には分るまい。

どうもそういうときの愚弄の調子が、昼間でも彼に対して癖として出てきたことから、それが日常生活の上に定着したように思われる。だから、信弘はやっつけられても心では満足しているのかもしれないのだ。負け犬の亭主の境涯を愉しんでいるのかも分らぬ。顔では、憤りを抑えているようにみえるが、結局彼の無抵抗はそのひそかな愉悦につながっている。伊佐子は、そんなことを考えているので、信弘の諦めたような沈黙も、どこか拗《す》ねたような、陰《いん》にこもった姿勢も、いっこうに気にならず、滑稽になることさえある。

いまも信弘は炬燵に両手を突いて立ち上り、書斎のほうに怫然《ふつぜん》とした顔色で歩いて行ったが、信弘の虚勢は、こういう時いつものことだから伊佐子は鼻のさきで嗤《わら》い、彼の姿が見えなくなって、かえって気持が明るくなった。

信弘がどう考えようと、料理学校と料理屋さんには行くつもりでいる。学校のほうはともかくとして、料理屋のほうはぜひ食べ歩きをしてみたい。塩月を電話で誘えば、会社で退屈している彼のことだから、すぐにとび出してくる。金は彼が社の交際費か何かで出してくれるので、こっちの腹は痛まない。塩月なら遊んで面白い相手だった。

伊佐子は塩月との現在のつき合いが面倒な発展になるとは思っていなかった。彼は出会いのときからおとなで、こっちも成長している。たとえ信弘が死んでも塩月と前の、いきまった関係に戻ることはない。彼は策略でやっとその絆《きずな》から抜けたくらいだから、いまさらその気があるわけはなかった。遊び手の塩月には女関係も多いが、現在あまり寄りついてないらしい柳橋の女を除くと、特定の者はいないようである。

伊佐子は塩月の肚が分っているから、「友だち」として遊んでいながら、利用するところは利用しようと思った。塩月の叔父の大物政治家の線は貴重である。商売でもはじめたら、そっちからの客をできるだけ世話してもらうつもりでいる。それに、塩月はふしぎな男で、神経が太いようだが、料理の吟味から、女の着物、室内設計にいたるまで、いろんなことを知っていた。料理は各地をほうぼう食べ歩いているためで、講釈だけでなく自分から包丁をにぎる。味つけから盛りつけの具合は旦那芸を脱していた。女の着物には呉服屋の番頭なみの知識があった。伊佐子の和服の趣味は塩月といっしょにいたころの仕込みによる。

もともと以前に塩月にたぶらかされたのは、着物をほめられたからで、素人の眼に立たぬ地味なものをさりげなく着ていても、塩月は寄ってきて眼を近づけ、指の先で布地に触り、産地から織元まで云い当てた。帯から下着まで詳しく、色や柄にも撰択眼が高かった。伊佐子は塩月に賞められようと思い、着物を買っているうちに前の関係に陥ったようなものだった。塩月は茶室のことにも、庭のことにも心得があり、絵や道具の目利きも相当なものだった。「みの笠」の数寄屋風な部屋には彼に教えられるところが多く、気のつかない隈などに彼のデザインを採り入れると、見違えるように雰囲気が出てきて締る。書《しょ》もなまじっかな習字の先生ぐらいには書き、一筆画ものする。ちょっとした大工仕事もした。

そんな器用な人物だが、会社の経営実務といったほうは出来ず、これまでも失敗をつづけ、今は叔父の威勢で食品会社の副社長には就いているものの、会社では彼の無能を知っているのか、社務には絶対タッチさせないようであった。しかし、塩月は他人さまの会社のために働いても仕方がないといって、その奇態な礼遇をべつに不満とも思わず、時間の自由をよろこんでいた。

天は二物を与えず、あのセンスや器用さが、仕事の上に半分でも発揮されたら申し分ないと思うが、これればかりはどうにもならないようであった。

しかし、考えてみれば塩月の言葉の通りで、少々経営のほうが切れるといってもしれたもので、いざ会社のピンチというとき、もっと大利益をあげようというときには追いつくまい。そのとき頼みになる有力筋を握っているほうがどんなに会社のためになるか分らなかった。

伊佐子も将来の商売のためには塩月は握っておかなければならなかった。それに彼は、信弘には不可能な歓びを与えてくれる。そして、塩月の忠告も、人生経験に富んだ含蓄があって自分の手綱になりそうだった。彼は、こっちが彼自身の立場をおびやかさない限り、親切であった。

昼すぎ、速記者の宮原素子が訪れてきた。玄関に立っていてもまったく目立たない女だった。顔も身体も細いし、黒い服をきてもすらりとした姿だった。眼と鼻が小さく、生気を感じない。手提鞄をかかえた宮原素子は、伊佐子を見て、今日も少年のようなおじぎをした。

「いらっしゃい。ご苦労さまです。寒いのにたいへんでしたわね」

「いいえ、今日は暖かです」

宮原は、微《すこ》し出た前歯を見せたが、その笑顔も、女の潤いがなかった。

信弘のご機嫌が直るきっかけだと思い、伊佐子は宮原を連れて書斎のドアをノックした。人前ではちゃんと振舞う。

「あなた。宮原さんがお見えになりましたよ」

机に背をまるく屈めていた信弘が、こっちをむいて、少してれ臭そうだが、眼を細めていた。

「やあ」

「今日は。お伺いしました」

宮原素子は信弘にぽきぽきしたおじぎをした。

「あの、宮原さんの机と椅子ですけど、昨日デパートに行って頼んでおきましたから、そのうち届くでしょう」

デパートには今日あすのうちに行かなければならないと伊佐子は思った。

「あ、そうか。それじゃ、それまでに何かないか？」

と、信弘は立ってきょろきょろした。伊佐子に気兼ねしている様子が分る。

「じゃ、昨日のを持って来ましょう」

伊佐子は物置に行って、平気で古い小型卓を持ってきた。昨日の気まずさの原因になっている。信弘が複雑な顔をしていた。椅子は食堂のが昨日のまま隅に置いてある。

「新しいのが来るまで、これで我慢してくださいね」

宮原に云った。

「おそれ入ります」

「ちょっと、かけ具合をお試しになって？」

宮原は椅子に腰を下ろしたが、椅子が高いのと卓が低いのとで、書く姿勢が窮屈そうだった。

「机がちょっと低すぎますわね。何かほかに無かったかしら」

思案顔をしていると、

「もう、これでもいいよ。どうせ、あとで、デパートから新しいのがくるなら」

と、信弘が伊佐子に気をつかった。

「はい。これでも書けますから」

宮原も恐縮していた。

「あなた、今日からおはじめになるんですか?」

「うむ、そのつもりで、話をするメモをとっていたんだがな」

机の上にはノートと万年筆が置いてあった。炬燵の前から立って、今までそんなことを書いていたのだろう。伊佐子に抵抗するのをやめてから、こもっていたのだが、それで気分をまぎらわせていたのか。それでも、他人の前の信弘は悠然とした態度をとりつくろっていた。

宮原が鞄の中から、速記用の薄い紙の綴じたのと、ボールペン三本とをとり出した。サキが茶を持って来て入り、その速記道具に視線を流して引込んだ。

「おはじめになるの?」

伊佐子は椅子にもどってメモを見ている信弘に云った。今日は会社には出ないつもりらしかった。

「うむ。はじめるけど、まだ馴れないからな。この前、会社に来てもらって二回ほどは練習したが、文章を書くのと違って、やっぱり要領が分らない」

信弘は机に肘をつき顎を支えていたが、

「宮原さん、うまい人の口述速記というのはどんなふうにしていますか?」

と訊いた。方法の見当がつかなくて迷っていた。

「そうですね、講演か座談でもなさっているようなお話しかたで、あとでお手を入れて文章のかたちにされる方もございます」

「講演か座談ね。ぼくは学者や文化人と違って、講演や座談会に出たことはないからね。困ったな」

「自信がないのね、あなた。いやに張り切っておはじめになったから、もっと自信があるかと思ったわ」

伊佐子が口を出した。

「大丈夫です。この前のような調子で、けっこうです。はじめは多少、ぎくしゃくとなりますけど、そのうちお馴れになります。あとでいくらでもお直しになれますから。速記を意識しないでお話しください」

宮原素子は、紙の上にボールペンをかまえながら激励した。

「わたしも、ここにいて、ちょっと聞こうかしら」

伊佐子が云うと、

「どうぞ。ご主人さまは奥さまに語りかけるようなお気持でお話しになったほうが調子が出るかも分りませんわ」

と、宮原はおとなびたことを云った。が、女の二十五歳で、おとなびた口のききかたもないものだが、顔も身体も、小さく、ちぢまっているような感じなので、錯覚する。

だが、このぶんでは女速記者の経験が信弘を当分リードしそうだと、伊佐子は宮原の貧血したような横顔を見ていた。

信弘は、なかなか口が開けずにメモばかりのぞいては咳払いし、はては困ったように煙草ばかり喫いはじめた。

宮原はボールペンを置いて茶をすすった。

「どうなさったの、あなた。なかなか出ないわね？」

「うむ。どうも、出ない」

「わたしがここにいたんじゃ邪魔になって駄目かしら」

「いや、そうでもないが……」

信弘は眉の上を指で搔いた。

「宮原さん。じゃ、とにかく、話してみよう。どうも勝手が違うのでうまくゆきそうにないが、ゆっくり云いますよ。つっかえるだろうけど」

「はい。けっこうです。どうぞ」

宮原はまたボールペンを握った。伊佐子は、信弘がどんなことから云い出すだろうという興味で黙っていたが、信弘の思いついたこの道楽が、孫を相手に遊んでいるような様子に見えないこともなかった。

「ええと……」

信弘は、云い難《にく》そうに二度ほど小さな咳をした。

「ええと、……わたしは山口県の長府という小さな城下町に生れた。……あ、長府のチヨウは長い、フは府中のフの字です」

「はい」

「こんな調子でいいかな？」

信弘は宮原と伊佐子と両方の顔に訊いた。

「けっこうと思います」

宮原は微笑してうなずいた。伊佐子はもう少し先を聞くつもりでいた。

「……長府は下関から東に三里、いまの云い方にすると十二キロだな、十二キロに直しておいてください」

「はい。分りました」

ボールペンを走らせながら宮原は云った。

「父は士族の子だった。長府藩は山口の毛利家の支藩で……シは支店のシです。しゃべると字が云えないから不便ですね」

「はい。それはあとで埋めることにします。どうしても分らない部分は片カナで書いておきますから。どうぞ、それはお気になさらないでお話しください」

「うむ」

信弘はチラリと伊佐子の顔を見た。てれ臭そうな、困ったような、子供に近い眼だった。伊佐子は、自分の口もとに浮んでいるうす笑いを気にしているなと思った。

「士族とはいっても、祖父は五両三人扶持くらいの……扶持のフは手ヘンにオットという字です、チは持つ。どうも字が気になるな」

「けっこうです。思うようにおっしゃってください」

「……五両三人扶持くらいの足軽程度の家であった。その父は高杉晋作や久坂玄瑞を……ゲンズイは、まあいいや、あとでぼくが漢字を書き入れましょう。……玄瑞をはじめ伊藤博文や山県有朋を尊敬、いや、崇拝だな、崇拝していた。この人たちがみんな足軽の出身だったからである。乃木大将が生れたところでもある。父は小さいとき軍人を志望していたが、身体が弱かったのでその望みを捨て商人になった。穀物類の仲買だったが、わたしは父が軍人になっても陸軍少将ぐらいには出世したと思う。父は何をやっても眼はしが利き、度胸があった……」

その商人の子としては信弘には度胸がないと、伊佐子は思った。父親についてそんなふうにほめるのは彼にその自覚があるからであろう。

「どうだな、こんな調子でいいですか？」

「たいへん、けっこうですわ」

宮原は答えた。伊佐子はもう少し聞くつもりでいた。

「父は商売をかなり手びろくやっていたが、なんといっても長府は田舎町なので、わたしが七つのときに関門海峡を一つ越えた門司市に移った。それでわたしの小さい時の記憶は、長府と門司にかかっている。……いや、長府の町と門司の街の二つにかかっている、としてください。そのほうがよさそうだ」

「はい」

サキがドアを低くたたいて入ってきた。伊佐子は御用聞きでも来たのかと思っていると、

「あの、奥さま。ガソリンスタンドから車を届けに参りましたと云っていますが」

今朝早く、ガソリンスタンドから車をとりに来て持って行ったのが、かえったらしい。

「そう。じゃ、すぐ行くわ」

椅子から起つと、信弘がこっちを見た。

「車がどうかしたのかね？」

「昨夜、ワックス塗りを頼んでおいたの」

昨夜帰ったとき信弘は睡っていた。今朝になっても、何処に行ってたかと訊かない。炬燵でこれから料理学校や料理屋の食べ歩きをすると云ったとき不服そうだったが、外出について直感のようなものが働いているのかもしれないと思った。

玄関の外に出ると、ぼさぼさ髪の丈の高い従業員が一人立っていた。伊佐子の車を運転してきた男で、スタンドに帰るときの車はそのうしろにならんでいた。そっちは別な

男が運転してついて来たのである。

ワックスを塗り立てた車は陽に輝いていた。

「きれいになったわね」

「はあ。奥さんの車ですから、一生懸命にこすりつけました」

従業員の冗談はいつもきわどいもので、笑う目つきも狎々《なれなれ》しかった。ガソリンスタンドの彼らの職場だったら面白く聞いてやるけれど、自宅の前に来てまで同じ調子で云うのは度《ど》しがたかった。

「いくらなの？」

声を変えて訊いた。

「はあ。千二百円いただきます」

むっとした顔で財布から金をとり出していると、

「奥さん、あの方が何かお話があるそうです」

と、従業員がにやにやして低い声でささやいた。

伊佐子が何気なく指さすほうを見ると、うしろの車の運転席の窓から、浜口が眩しそうな顔をつき出して、ぺこぺこ頭をさげた。

ガソリンスタンドの車に浜口が乗っているとは思わず、またここに現われるとは予想もしていなかったので、この不意打ちには声も出なかった。

「あの方が、奥さんに話があるから、どうしても店の車に乗って行きたいと云われましたのでね。ほら、前に奥さんが乗せてらした若い人のお友だちで、ぼくらも一、二回見たことがありますから」

石井寛二を乗せたときに、浜口もいっしょに乗ったことがあったかもしれない。仕方なしにうしろに停っている車に歩いた。浜口を睨みつけると、

「済みません。ガソリンスタンドに行ったら、ちょうど車を奥さんの家に届けるところだと云うもんですから、いっしょについてきました」

と浜口は言葉ほどには遠慮してなく、眼の隅の赤い粘膜を見せて、狡そうな顔で云った。

「困るじゃないの、家の前なんかに来て」

伊佐子は叱言《こごと》を云った。

「はあ。でも、奥さんにお電話しても、なかなか話せないもんですから」

「話って、何よ?」

「やはり石井の弁護士のことです。奥さんは心当りがあると云われましたが、はっきり決まりましたか?」

「だいたいね」

「決まったのだったら、ぼくも弁護士さんに会っていろいろ頼みたいですね。大村もそ

う云っています。石井が有利になるような証言も法廷でしたいのです。あの晩のことはぼくと大村とがいちばんよく知っていますから」

乃理子が死んだ夜は、同じアパートにいた自分たちが詳しく知っている。奥さん、あんたが現場にいたことも分っていますよ、と浜口の赤い眼は云っているようだった。自分たちも弁護士のところに頼みに行くというのは、石井寛二の友人面《づら》をして、実は弁護士にも打ち明けてしまう、法廷でも証人としてしゃべってしまうよ、というおどしにもとれた。これは頭の少しいい大村の知恵かも分らなかった。

「弁護士にはまだわたしも会ってないのよ。はっきりと決まったわけではないから」

「いつごろになりますか?」

「もう少しかかりそうね」

「あまり遅くなっては石井が可哀想です。奥さんが任せてくれというから任せているけど、はっきり見通しを聞きたいですね。大村もそう云っています」

浜口は横着な口のききようをした。

「大村くんはどこにいるの?」

「アパートにいます。ぼくが奥さんの返事を伝えるのを待っているんです」

やっぱり背後に大村がいた。

「こんなところで話しても仕方がないわ。そうね、今日昼からNデパートに行く用事があるので、三時ごろにAホテルのロビーに待っていてちょうだい。大村くんも来るならいっしょでいいわよ」

「分りました。じゃ、そうします」

浜口は今度は軽く頭をさげて窓から顔を引込めた。

伊佐子が玄関に入る前に見返ると、ガソリンスタンドの従業員が運転席の浜口と入れかわっていたが、二人で笑い合っているのが見えた。

書斎をのぞくと、信弘が宮原を相手に口述をつづけていた。

「……長府の海岸には満珠、干珠という二つの島がある。マンは満足するという満、カンは干《ほ》すという字、ジュはソロバンのタマ。いいですね。……この二つの小さな島は、子供心にも強い印象的な風景となっている。満珠のほうは渡れないけれど、干珠は干潮時には陸地から歩いて行ける。そこには母につれられてよく貝拾いに行った。母はたびたびワカメを海から採ってきた……」

五

伊佐子は外出の支度をした。信弘と速記者の宮原素子との口述筆記がつづいている途中に顔を出した。

「パパ。ちょっと用事があるから、出てくるわよ」

満珠、干珠の島の説明のところで信弘は振りむき、

「ああ、行っておいで」

と、常のようにべつに行先もきかなかった。眼つきも口述のほうに気をとられているふうだった。宮原素子は、立ち上って、いってらっしゃいまし、と断髪の頭をぴょこんと下げた。態度のすべてがあっさりしすぎて、ぽきぽきしていた。

「宮原さん、明日あたりデパートから註文の机と椅子がくると思うけど、急ぐように出先から電話で催促しておくわね」

「おそれ入ります」

玄関までサキが見送った。信弘にはこの色気のない女速記者を宛てがっておけば世話

はなかった。

車は磨きたててある。これを持ってきたガソリンスタンドの従業員のあとから浜口がくっついて来るとは思わなかった。浜口の狡猾には思った以上に執拗さがある。それも半分は大村の知恵だと思うと、二人組相手では簡単ではないと伊佐子も考えた。

デパートに寄ったあとAホテルに回るつもりだった。ホテルのロビーで大村と浜口に会うのは、いまのところ、こっちに何の対策もないから不覚をとるかもしれない。出たとこ勝負で、いい加減にかたをつける肚だったが、そうはうまくゆかぬかもしれない。なまじ高飛車に出たつもりが、どこで揚足をとられるかしれぬし、その場のやりとり次第で心にもない鷹揚さをみせ、実は彼らに一歩譲るという結果にもなりかねなかった。二人がかりでネチネチと出てこられたら、もつれるばかりである。

塩月の助言を聞いてみたくなった。なんのかんのと云ってもこういうときは塩月がたよりになる。

途中の公衆電話に寄ったのが一時すぎだった。いつも昼飯の遅い塩月が出かけていなければいいがと思ったが、幸いなことに彼の声がすぐに出た。

「はいはい、それじゃ、どこぞご馳走を食べに行きましょう」

用を云わなくとも塩月は心得ている。場所は銀座のビルの地下にある関西料理の店を教えた。このぶんでは、デパートの机と椅子の買物はまた明日になりそうだった。

「会わないとなれば間が遠いが、会うとなれば激しいもんだな」

塩月はエビと鯛の刺身からはじめてビールを飲みだした。

「こう毎日となると、滋養のとり方を変えなくてはいかんな」

「バカね。そんなんじゃないわ。今日は少し、相談に乗ってもらいたいの」

「相談？」

「そう眼をぎょろりとさせなくてもいいわ。パパに直接響くことじゃないんだから」

「響いても響かんでも、俠気《おとこぎ》を出すときは出す」

「嘘ばかり。安心したから、そんな軽口が出るのね。絶対もう、わたしのためには危ない橋は渡らない人だから」

「何の話ですか？」

「そうだったわ、いまから云うわ」

「いざ語らんと座をかまえ……」

「それほどでもないけど」

伊佐子は、浜口と大村の話をした。石井寛二とこの二人の関係は前に云ってある。かれらに絡まれそうだとはっきり云うのは初めてだったが、それだけに内容は複雑さを帯びた。料理をつつきながらの軽い話し方だが、ここで身にふりかかるわずらわしさを払いのけたいという気持は滲み出ていた。

「若い男とつき合ってロクなことはないとこの前にぼくは云ったたっけね。いや、あれは石井という男のことだが」

塩月は大きな肩を少し前こごみにして云った。

「そういう奴の友だちも同類だ。石井を看板にしてお前さんをいたぶろうというのかね？」

「お金にきまってるわ。この前は自分のほうで弁護士をたのむので、いい人がいたら世話してくれとイヤ味半分に費用のことをちらつかせたから、弁護士ならこっちで考えてるからと封じたでしょう、それで今度はほかの口実を考えてきたんだわ。ガソリンスタンドの車に乗って家まで来るなんてやり方が図々しいじゃないの」

「厭がらせをするのは連中の得意だ。お前さんがお高くとまった恰好をしているからそのやり方で効《き》き目があると睨んだんだな。ところで、連中の狙いは金だけかね？」

「ほかに何があるの？」

「ほら、その眼つきじゃ自分でも分ってるんだろう。お前さんの若い燕が監獄に行って留守になるから、その友だちの身代りをつとめたいというのじゃないかな」

「いやらしいわ。それに若い燕だなんて、古風なことを云うわね」

「もうごまかさなくてもいいよ。この前はその関係を隠していたけど、隠しおおせることじゃないわな。そら、法廷にはそれが出ないように弁護士にはさせる。けど、そのためには事実をぼくに打ち明けておかんとな。防衛もその上に立っての策だから」

「……過ちはあったわ」

伊佐子は目蓋を伏せ、半分は照れ、半分は捨て鉢気味に低く云った。

「ううむ。やっぱりな」

塩月は鼻の奥で唸り、あとの声を絶って、うつむいた伊佐子の額《ひたい》をじっと見ていた。

「だから……だから、云いたくなかったのに」

さすがに頬に血の上るのを意識し、塩月に顔をあげて、その複雑な視線をかき乱すようにした。

塩月は急にコップにビールをついで、仰向いて流した。咽喉が、痛いものを飲みこむようにごくごくと動いた。柄《がら》にないことだった。

「憤《おこ》ったの？」

顔を戻した塩月は、いまのしぐさのてれかくしに、舌を出した。

「ひどい女だ、と云っても仕方がないだろうが、その口からはっきり聞くとね、どうも気分が妙だよ」

「それごらんなさい」

「前から判っていたから、それほどおどろきはせんがね。お前さんには若い男と浮気する血があるんだな。それともそういう年になったのかな」

「今度は、婆《ばばあ》にしてやっつけるつもり？」

伊佐子は顔を突き出した。

「若い男は危険だ。これに懲りてやめなさい。相手は無一物だ。失うものはない。これは強い。どう見たってお前さんの損だ」

「重々よく分りました。これからは年寄りの男だけを守ります」

「年寄りとは、おれのことかね？」

「さあ、どっちにしようかしら」

「ご亭主のことなら何にしてもお前さんに無難だ」

「無難すぎるわ。だから不満になってくるの。で、変な気になって、困るわ。酔ったときみたいに自分が分らなくなってくるの。自棄《やけ》気味になったりして」

「若い男と浮気した弁解か？」

「こんな身体に仕上げたのは、パパ、あんたよ。あんたの血がわたしの身体に入ってから濁《にご》って騒がしくなったのよ。そんなふうにしておいて、弱い年寄りに上手に渡して、すうと自分は逃げるんだもの。狡いわ」

「ほう、捲き返しかね？」

「これからは、今までみたいに、たまに会うくらいじゃイヤよ。わたしをだんだんノイローゼにさせるようなものだわ」

塩月が眩しそうな眼をした。

「ご亭主に心配をかけないというルールは守ってもらいたいな」

「うまいわね。それ、あんたの身辺を脅かさないルールでもあるわけね。分ってるわ。そんなに念を押さなくても」

伊佐子は手首を見た。

「あら、もう二時になるわ」

「ホテルのロビーで連中と会うのは何時だな？」

「三時よ」

「一時間あるな」

塩月は考えていたが、ぽつりと云った。

「ホテルにはお前さんがひとりで行かないほうがいいな。ぼくもいっしょに行くよ」

「え、パパが？」

「ぼくがその連中の前でどうするというわけじゃない。口ききには馴れた奴がいる。ついでに弁護士もお前さんに紹介しよう」

こっちになんの腹案もないことだし、伊佐子も咄嗟《とつさ》には言葉が挟めなかった。

塩月は、電話をかけてくると云って部屋から廊下に出て行ったが、十分間ぐらい戻ってこなかった。早速、弁護士にかけているのだろうが、口ききには馴れた奴がいると云ったのは、弁護士のことではあるまい。別な人間のような口ぶりだった。思い当らないこともなかった。塩月の叔父に当る保守党の政治家は右翼の大物と提携があるのは一般の噂となっている。塩月もその方面の知合いから何かドスの利く男を呼びよせるのかもしれないが、ことがかえって大げさにならなければいいがと思った。弁護士にしてもその通りで、なるべく塩月が間に立って、自分は出ないようにしたいと云っておいたのに、勝手に呑みこんでこれからホテルに呼んだりする。塩月にはそんな慎重さの欠けているのは前から承知だが、もう少し釘をさしておけばよかったと思った。

「そんなことは心得てるよ」

電話から戻って、伊佐子の話を聞いた塩月はうなずいた。

「弁護士のほうはね、いつまでもぼくが衝立になっているわけにもいかんでね、やはり依頼人であるお前さんが会っておかないと、弁護士がかえって釈然としなくなるよ。もちろん、お前さんと石井寛二との関係は、いまのところ弁護士には伏せてある。だが、公判段階になって石井の口からボロが出ても困るでね。そのスキャンダルが表向きになったら、お前さんの困るのはご亭主の手前もある、それに将来料理屋を開くときの大きなマイナスになる。だから、その口封じのためにも弁護士には働いてもらわないといけないわけだ。それには、本人のお前さんを弁護士が知っておかないとね」

「奇妙なことになったわね。こんなことだったら、石井の弁護なんか引きうけなければよかったわ」

「そういうわけにはゆくまい。そもそもが石井の弁護というよりもお前さんの防衛のためだからね。石井に弁護士をつけてやったということで彼に恩を売り、詰らんことをしゃべらせないことが一つ、そのことで大村とか浜口とかいうチンピラに付けこませないことが一つ、それから弁護士には法廷技術でお前さんの名が出ないようにすることが一つ。狙いはそういうことだったんじゃないかね？」

塩月は要点を整理した。

「それは、そうだけど、むずかしいわね」

「矛盾は初めからあるよ。その一方では、石井はなるべく監獄に長く置くようにさせたい、そのためには弁護士にあんまり張り切ってもらっては困ると註文するしさ」

「そこんとこ、両方見合ってうまく出来ないかしら？」

「厄介だよ、これは。お前さんの考えるようにそう単純にはいかん。たとえばだよ、大村と浜口は警察での証言では、お前さんの名前を隠していたが、法廷でどんなことをしゃべらないとも限らないからな」

「………」

「その前に、検察官の証人調べというのがある。弁護士に聞くと、幸い、検事はまだ大村も浜口も喚《よ》んでいないそうだがね。しかし、先のことは分らん。この辺からして、もう防禦を考えなきゃならんよ」

「パパ、どうしたらいい?」

「そら、お前さんには分らんだろう。そこまでは考えてなかったろう。蒔《ま》いた種を人に知れずに苅りとるには、いろいろと知恵も苦労も要りますわな」

塩月の調子が、だいぶんふだんのものに戻っていた。

Aホテルに行く途中の車の中で伊佐子は塩月と小さな声で話した。

「弁護士さんに会わなければならない理由がやっと分ったわ。思い切って打ち明ける勇気も出てきたわ。その弁護士さん、どういう方?」

「佐伯義男というのだ、まだ三十五だがね、前に刑事専門の大家の川島弁護士の事務所にいたが、三年前に独立したんだそうだ。叔父貴の筋の紹介だから間違いはない。しかし、打ち明けるほうはそうあわてててやることはないよ」

「ええ。そのへんはパパに相談してからね」

「そうしなさい」

「これから大村と浜口とに会うのも、その弁護士さんなの?」

「いや、それは違う。そうだ、その打合せがあったな。お前さんは二人にはちょっとものを云うだけでいい、立ったままでな。椅子にかけてしまうと交替がしにくい」

「交替?」

「恰幅のいい男が傍にくる。そうしたら、お前さんは、すっと立去って、ぼくと弁護士とが坐っているところにくればいい。あとはその男がしかるべくやってくれるだろう」

「柔道だか空手《からて》だかをやる人じゃないの？」

「その人は紳士だよ。任せて安心さ。……いま三時二十分前だね、こっちが早く着いとかないとまずいな」

Aホテルのロビーに入ると、椅子や長椅子にかけているまわりじゅうの人の顔がちらちらした。

「まだ来てないわ」

伊佐子はささやいた。

「お前さんはこの辺にいなさい。この奥のほうは仕切りの壁のうしろになってここからは見えないが、そこにも客待ちの場所がある。ぼくは弁護士とそこにいるからね。お前さんは打合せ通りに例の人が現われたら、そっちに来なさい」

塩月は伊佐子を残して離れた。

伊佐子はそれとなくあたりの人々を見回したが、どれが彼のいう恰幅のいい男だか分らなかった。塩月に電話で呼ばれて、もうここには到着しているのだろうが、外人を含めて体格のいい男が多すぎた。

玄関のほうをむいて、そこにぼんやり立っていると、回転ドアを押してくる大村ののっぺりした顔が見え、そのうしろに浜口の長髪がつづいた。

二人は入ったところでロビーじゅう見渡していたが、浜口のほうが先に伊佐子を見つけて、大村の腕をつつき、あすこに居るよ、というように顎をしゃくった。こっちに顎をしゃくるなどいかにも憤《むっ》とするしぐさで、自分らの女でも見つけたような態度だった。で、伊佐子は大村と浜口とが近づいてきても、眼も笑わせないで突立っていると、二人ともまん前に来て気やすげにちょっと頭を下げた。

「奥さん、今朝ほどは、どうも」

と、浜口が大村の肩のうしろからにっと笑った。大村とはずっと会ってなく、アパートの一件のときも顔を合わせずじまいだった。小肥りで背が高く、顴骨《かんこつ》が張った扁平な顔だった。

「奥さん、しばらくでした」

大村は、落ちついて云ったが、切れ長な細い眼をまっすぐ伊佐子にむけた。これは女と対《むか》い合っているときの得意の姿態らしかった。

「しばらく」

伊佐子は微笑するでもなく、冷淡でもなく、半身の構えで応じた。

「石井はたいへんなことになりました。どうも」

ご心痛でしょうとは云わないが、身内の者に云うような挨拶だった。

「そうね、災難だったわね」

大村の細い瞳が心なしかちょっと光ったようだった。

「浜口から聞いたけど、弁護士さんを心配してくださったそうで、どうも」

「頼んではあるわ」

「拘置所での面会がまだ許されないので、石井と話ができないけど、あいつも心で奥さんに感謝してると思いますよ」

心で、というところを大村は少し長く引張った。そこを伊佐子に聞かせたいらしかったのだが、つまり石井は彼女の名前はまだ当局に云ってない、弁護士を傭ってくれた好意か誠意に感謝して迷惑をかけないようにしている、それは自分らの心得でもあるという意味の強調らしかった。

伊佐子は、もう塩月のいう恰幅のいい男が現われそうなものだと心待ちしていたが、あたりをさがすわけにもゆかなかった。

大村と浜口とはそのへんに腰を下ろして落ちつきたそうな顔をしている。そして外に連れ出す機会を狙っているようでもあった。幸い椅子はみんな塞がっているが、だれかが立上らないとも限らないし、そうなると、まあ坐りましょうや、と大村が云うに違いないから、心があせった。実際、二人とも場所を探すようにその辺をじろじろと見回していた。

「大村さん、わたしに用事というのは何なの。その前に云っときたいけど、浜口さんが今朝家の前に来たけどね、あれ困るわよ」

「浜口から聞きましたが、電話がどうしてもうまくかからないので、やむなく、ご迷惑がかからないように前までお伺いしたと云うんですがね、まあ、しかし、あれはいけないからぼくも今後はやめるように云いました」

大村は皮肉な調子で云った。

このとき伊佐子の斜め正面に見えるドアが動いてミンクのオーバーの女と、それにつづく男とが入ってきた。女はフロントのほうに足早に進む。男は伴《つ》れでないらしく、ドアが余勢で背後に回転している位置にひとり立ち停った。伊佐子は、その箱のような体格を包んだ黒い洋服を眼の端に入れて、まさしく塩月に呼ばれた男がいま到着したのを知った。

大村と浜口はこっちをむいているので背後のことは分らない。伊佐子は二人に向けた眼を動かさずにいた。視野の端、焦点外での輪廓のぼやけた黒い姿はその位置に立ちはだかって、じっとこっちを見ている。思うに、彼は電話を受けたが、準備の時間が少なかったために此処にくるのが遅れたらしかった。彼は中年の女一人と若い男二人とが立話ししている姿で、電話で聞いた特徴をたちまち理解したようであった。そうして、こっちの様子をそこから窺っていた。

「大村さん、わたしにどういう用なの?」

「それです。実はね、奥さんにお願いしたという弁護士さんのことですが、大丈夫ですか?」

男の影が眼の端から少し動いた。近づき、話し声の届く位置に移ってきたのだった。いつでも飛びこんでこられる姿勢でいた。

「大丈夫かというと?」

「つまりですな。腕が優秀かどうかということですよ。石井の奴、あの通り微妙なところに立っているでしょう。石井の殺しになるか、乃理子の自殺になるか、石井にとって生命の瀬戸際でね。崖ぶちに立っているようなものでさね。よっぽどしっかりした弁護士さんでないと、心配なもんだから」

「しっかりしてらっしゃるわよ、その弁護士さんは」

「相当経験を積んでいる人ですか?」

「まあね」

「いくつぐらい?」

「年? そうね、三十五、六かしら」

黒い洋服の影はもう少し近づいた。間を人が通過する。

「大丈夫かなあ、そんなので」

浜口がうしろから云った。伊佐子が浜口を黙殺していると大村が引取った。

「そういう若い弁護士でいいんですかね？」

大村は、その弁護士に遇《あ》わせてくれというのだろうか。これも伊佐子と石井の関係を弁護士の前に出すという脅迫にしないとも限らなかった。それとも自分らのほうでいい弁護士を知っている、それにしたいというのだったら、その費用を出してくれということだろう。それだとあきらかに金が狙いであった。

「わたしは、その弁護士さんでいいと思っているわ」

「うむ。そりゃ、奥さんが費用を出すんだからどの弁護士にしようと自由なわけだが、ぼくらからすると、親友が危ない断崖に立っているんだから、どんな弁護士でもというわけにはいかないという気がするんですよ」

大村が云った。

「へええ、じゃ、どうしたらいいというの？」

「そうですな、それはね……」

それはね、と云ったとき、これまで眼の端に存在していた姿が視野の中央に入ってきた。大村の言葉も遮断し、三人の会話的な配置の中に割りこんできた。

「やあ、奥さん、今日は」

大きな声だった。はじめて正面で見るその顔はまるく、髪は苅り上げにして、ずんぐりとした体格であった。眉はうすく、眼は腫れぼったくて睡たげで、鼻翼が肥え、唇が厚かった。カラーの上の顎が二重にくくれ、酒焼けしたような両頬が垂れ下っていた。それでいて、さっきぼんやりとみえた輪廓に間違いはなく、もりあがった両肩から胴体にいたる恰好が粗い地の背広の上からでも四角にできていた。

「今日は」

伊佐子は初めての男に微笑して頭をさげた。

大村と浜口とは邪魔が入ったので仕方なさそうに一歩退って、わきを見ていた。が、伊佐子の顔のひろさを知っての上で、その交際の種類を見きわめるように、それとなくちらちらと男に視線を当てていた。

まったく、彼らにだしぬけのことだったが、黒背広の男が急にその二人の正面に向き直って笑いはじめた。

「はははは。いや、どうも、初めまして」

おどろいたというよりも、二人は呆気にとられていた。眼をみはってその男を見たものである。

「いや、こんなところで、どうも。ははは」

笑いは明るくて太かった。男自身が両人の前にぴったり密着するように近寄っていた。

伊佐子からみて、箱のような身体は背中になっていた。群衆の殺到を押止める警官の姿を思い出す。

伊佐子は左横に歩き出した。大村と浜口がすぐ追ってきそうな様子だった。

「まあまあ、あとで……」

高い笑い声がつづくのに変りがなかったが、どうやら二人の出足を男は両手で抑えているようだった。伊佐子が仕切りの壁の裏側にまわる低い階段の途中でふり返ってみると、笑っている男は、毒気を抜かれた顔でならんでいる両人に名刺を渡していた。

仕切りの壁の向うは、せまいがロビーの一部で、テーブルや椅子が配られていた。回り舞台の裏側のようで、そこには塩月芳彦ともう一人の男とがテーブルの前で会話の姿勢をとっていた。

歩いてきた伊佐子に塩月が眼をあげた。

「いらっしゃい」

声に、相手の男は棒のように立ち上った。椅子の横に手提鞄が残った。

「こちらが、弁護士の佐伯義男さん……」

髪を七三にきれいに分けた弁護士は、髭の剃りあとの濃い顔だった。うつむいて名刺入れに指を動かしている。伊佐子は、この表舞台でくっくっと笑いながら名刺を大村と浜口に出していた小肥りの男を考え、いまは三人で何をしているのだろうと思った。もらった名刺には弁護士事務所と自宅の二つの住所がならんでいた。

伊佐子が塩月の横の椅子に落ちつくと、彼は今まで弁護士と話していた要点をとりついだ。

「佐伯君は、この事件にはたいへん乗気のようです。被告が無罪だという証明ができると云われるのです。ぼくも、ちょっと聞いたが、なるほど面白いところを考えておられる。佐伯君、沢田さんにちょっと話していただけますか」

承知しました、と弁護士はうなずくともなく頭をさげて、伊佐子に眼をむけた。まるい眼をした、口のひろい男だった。顎が張っている。

弁護士が手提鞄から書類を出すのを見ながら、塩月が自分のことを彼にどんなふうに話しているのだろうかと伊佐子は思った。

塩月は知らぬ顔で煙草をふかしていた。

「事件は三日前に起訴になりました。罪名は殺人罪になりました」

佐伯弁護士は云った。殺人罪——伊佐子は塩月の顔を見た。塩月は煙が滲《し》みたように眼をすぼめていた。

「ぼくは、過失致死罪と思っていたのですが、検事は予想よりきびしい決定をしたわけですね。いまのところ公判は来月はじめに開かれる予定です。いま塩月さんにもお話ししましたが、内容について簡単に報告しますと……」

石井が起訴になったとすると、大村も浜口もまだ検察側の証人にはなってなかったのだ。検事は二人を喚ばずにいる。参考人としても調べていない。そういうことがあるのだろうか。裁判は平凡な常識の外かもしれない。油断はならないにしても、伊佐子は一つの危険が去ったような気がした。

「起訴状によると、公訴事実はこうなっています」

佐伯弁護士は書類の一枚を読みはじめた。

「……被告人は昭和四十×年三月二日午後四時半ごろ、東京都×区×町×番地××梅棠荘アパート階下自室において同棲中の福島乃理子（当二十二年）に殺意を生じ、同女の顔面を殴打した上、六畳の部屋より台所に引きずり出し、さらに数回殴打し、或は突飛ばし、流し場の金属性のフチに後頭部を強く打ちつける等の暴行を加え、因《よ》って同女に後頭部挫裂創等の損害を負わせ、その結果、同日午後八時半頃、前記自室において同女を脳震盪《のうしんとう》により死亡するに至らしめたものである」

佐伯の声は渋いがよく徹《とお》り、マイクに乗せたいくらいだった。

「公訴事実はこんなふうになっていて、乃理子という女性が睡眠薬を多量に飲んだという事実は死亡原因に関係がないこととして除外しているのですね。これは何といっても検事の判断がおかしいわけです。ぼくは解剖医の鑑定書を見ましたが、その中にこういう箇所があります。……胃内には汚染暗褐色の溷濁《こんだく》内容約三〇〇・〇 竓《ミリリットル》を容れている。内には未消化の米飯粒及び野菜片、並びに白色の硬い、剤片少し許りを混じている。

米飯粒は指頭で圧すると、やや容易に崩壊する」

もう一度メモのような紙から顔をあげた佐伯弁護士は、まるい眼を伊佐子にむけ、渋い声をつづけた。

「胃袋にあった白色の硬い剤片……これはいったい何かということですね。前に塩月さんから、乃理子さんは被告人に突きとばされて台所の流し場で後頭部を打ち、その傷の手当で近所の医者のところに治療を受けに行き、アパートの自室に戻ってから睡眠薬を飲んで寝たと聞いていました」

塩月から聞いたと弁護士は云うが、その塩月には伊佐子から話しているので、塩月のは受け売りである。だから、その話に間違いはないかと佐伯弁護士のまるい眼は伊佐子に向って訊いているようであった。彼女はかすかにうなずいた。

「それで、鑑定書にある、白色の硬い剤片が睡眠薬ということがすぐぼくに分りました。そのつもりで鑑定書をつづけて読むと、ありました。……本屍の解剖時採取した胃内容、血液及び尿それぞれ一〇〇・〇瓩について睡眠薬の有無を化学的に検せるに、その成績は次の通りである。……このあとは検査上の面倒な学術用語が出てくるのですが、要するに、その成績はいずれも陰性である、というのです。検事が起訴事実から、睡眠薬の飲用をはずしているのは、この鑑定結果からです。

ところが、脳の内部ですが、それにはこうあります。棒読みします。……脳皮質及びその周辺に於ては著変を認めないが、淡蒼球に於て小血管周囲に偽石灰の新生と覚しきもの並びに限局性の神経細胞の変性萎縮が散見せられ、神経質内リポフスチンが認められる」

伊佐子は、乃理子の寝ていた姿を思い出す。その頭髪は枕に乱れかかり、かけ蒲団をめくったときの顔は眼を閉じて、軽い鼾《いびき》を立てていた。あの頭が物体として縦横に截断され、軟体な淡紅色の脳髄は刻まれて薄片となり、顕微鏡の下に花びらのように置かれている。

「頭部内景に存する創傷……これは略しますが、要するに被告の石井君が乃理子さんを台所流し場の稜角に打ちつけてつくった傷だというのです。そして、本屍の死因は脳震盪によると推定し、胃内容、血液及び尿中に睡眠薬の存在を化学的に証明できない、というものです。ご承知のように、睡眠薬は胃で吸収されて血管内に入ったとき、作用を起すわけですから、血液、尿が検べられたのです」

弁護士は一息ついた。塩月の煙草の煙が横から流れていた。

「ところが、さきほども云いましたように、胃の内容物に混って、硬い錠剤の欠片《かけら》のようなものが解剖のときに出てきているのです。乃理子さんが睡眠薬を飲んで昏睡状態になったので、石井君の頼みで、大村と浜口が内科の医師を呼んできた。医師は胃洗滌などの手当てをしたが、薬は胃にまだ残っていたんですね。とにかく、解剖医はこの剤片については調べていない。物そのものを抽出して検査していないのです。もちろん睡眠薬とは分っていたが、とくに化学的検査を行なっていない。米飯粒や野菜などの胃内容物といっしょに捨ててしまっているんですね。これは何といってもおかしい。睡眠薬はバラミンというのです。これは乃理子さんの枕元にあった瓶と函とを証拠品として警察が押収したのを地検が領置しているから、はっきりしています。医者や薬剤師に聞いてみると、このバラミンというのは事故の多い睡眠薬だそうです。事故が多いというのは危険率が高いということです。ですから多量に服用すれば、他の同量の睡眠薬よりも、死亡の確率が高いということになります。こういう危険な睡眠薬の未消化の残片をどうして解剖医が検査しなかったのですかね。ぼくは疑問に思ったから、ある法医学者のところに行って意見を聞いてみたのです」

佐伯弁護士の話術に引きこまれて、伊佐子は耳を傾けた。大村も浜口も、そして箱のような身体つきの男もここには現われず、三人が何処でどうなっているのかという気持すら、いまの場合は忘れていた。

「その法医学者、これは有名な方ですが、それは変だ、普通その場合は剤片そのものについてよく検査するものだ、それをしなかったのはお粗末な解剖医だなと云われたのです。ぼくはそれでピンときましたね。おそらく解剖医は警察の者からさきに話を聞いて、石井君が乃理子さんに暴行したというのが頭に入り、頭部の創挫傷と脳の所見には気をつけたが、睡眠薬のことは問題にしなかった、だから白い剤片を胃内容物の中に見つけてもそのまま棄ててしまった、とこう思うんです。だいたい解剖医は屍体に対して死亡原因の先入観を持ってはいけないのですが、警官から話を聞くから多少はやむを得ないにしても、このケースはひどすぎる。粗暴な解剖というよりも、先入観に支配された片手落ちの解剖です。こういう事実を発見したので、ぼくは、弁護に非常に自信をもちました。ぼくにこういう事件を担当させてくださった方に感謝したいのです」

佐伯弁護士は顔に昂奮を示し、まるい眼が光を帯びていた。その張った顎がいっそうに角ばって緊張しているようにみえた。殺人罪を無罪にするという弁護士の野心が赤々と燃え立っていた。弁護料無しでもこの事件と取り組みかねまじき勢いであった。

伊佐子は、塩月の顔をそっと見た。彼は小さく咳きこんだ。石井寛二をなるべく長く刑務所に入れておきたい伊佐子の希望と、弁護士の功名心との間に挟まって彼はあきらかに当惑していた。

殺人罪としての検事の主張が公判で認められると、判決は石井に死刑か無期懲役か、軽くても十年以上の刑にするだろう、それこそ石井との永遠な隔離なのに、と伊佐子は弾《はず》む思いだったが、この若手弁護士は依頼人の意図を取り違えている。

「ぼくは、この前から三回ほど拘置所に通って石井君に面会してきました」

佐伯弁護士が話したとき、伊佐子はどきりとした。

「石井君は、なかなか好青年ですね」

弁護士が、塩月にともなく伊佐子にともなく云ったときも、彼女は視線を逸らした。

石井は弁護士に自分との関係を云っただろうか。

「石井君は元気でしたよ。血色もいいし、そう悄気《しよげ》てもいませんでした」

これは誰に向って伝える消息だろうか。佐伯の徹りのいい声はとくに伊佐子にだけ流れてはいなかった。

「石井君は絶対に殺意の点を否定していました。乃理子さんの死は、睡眠薬による自殺だと云うのです。それも、石井君に好きな女ができたので、いつも喧嘩が絶えなかった、その日も乃理子さんと激しい口論のやりとりがあって、台所で乃理子さんが突っかかってきたので、その手を払ったところ、彼女はうしろむきに倒れて流し場の角で頭を打ち医者に行った。そういうこともあったので、乃理子さんは面当てに狂言自殺を企てた。それがほんごとになったと云うのです。頭の治療で外科の医者から戻ったときは、その介添でついていった石井君の友人の大村と浜口という人、これは警察の参考人調書にも出ていますが、二人とも乃理子さんは異状はなかったと云っています。もちろん頭の疵《きず》の治療に当った医者も、軽い脳震盪はあったようだが死亡の原因になるものではないと云っていて、これはその外科医の証人調書にあります。石井君はその点を強く云うのですよ。……ところで、ぼくは検事が、警察の参考人調べを見ただけで、その大村君と浜口君とを検察側の証人調書にしなかったのは、二人とも乃理子さんはたいへん元気だったと述べているからだと思いますね。つまり検事の主張と違うからですね」

大村と浜口とが検事に喚ばれなかった理由はそれで伊佐子にも分った。ところが、次に吐いた弁護士の言葉が彼女をおびやかした。

「もちろん、ぼくは公判になったら、こちら側の証人として大村君と浜口君とに出廷してもらうつもりです。近いうちに、両人に接触しようと思っているんですが……」

塩月は、昨日弁護士の手綱は締めると云ったのに、この様子ではそのことが全く実行されていなかった。伊佐子は、佐伯の髭剃りあとの青い、角張った顎を見ているだけであった。

「そう心配することはない」

佐伯弁護士が先に帰ったあと、塩月は伊佐子に云った。彼も少々困惑顔でいた。

「佐伯君には、まだ、何も云ってないからね、あの通り元気を出している。しかし、彼もこの前会ったときよりは、ずっと張り切っているのにはおどろいたね。功名心を起したらしいな」

「あの弁護士さんが大村と浜口に会って証人なんかにさせたら困るわ。せっかく検事が二人を切り捨てているのにね」

「今日は、お前さんがいたので云えなかったが、弁護士に会って二人を証人にしないよ

いから」

「早くしないと間に合わないわよ。その前に弁護士さんが二人に接触するかもしれないから」

「それはそうだ、今夜にでも佐伯君ともう一度会おう。が、大村と浜口のほうは別のほうから手を打って、うかつなことは云えないようにしてある」

伊佐子に、大声で笑って二人に名刺を渡している肥った男が浮んできた。

「大村と浜口に会ってたあの人は何なの？」

「あの男か、あれはね、怕《こわ》い男さ」

「右のほう？」

まさか暴力団かとは口に出せなかった。

「まあ、そんなところだ。それも、かなり上のほうでね。あの男が適当に二人に重石《おもし》を利かしているから、お前さんの名は滅多に出せないはずだ。あの男の団体の名前は、これは広く通っている。二人がやくざがかっているだけに、普通市民よりはピリピリくるわけさ」

「嚇かしたということで、大村なんかが反感をもって逆に出ないかしら？」

「その気づかいはないよ。こっちも眼を剝くばかりじゃないからね。あの男、ここから二人を飲み屋に誘って行っているはずだが、その猫撫で声がどんなに気味悪いかは、連中にも十分に分ってるよ」

「そう」

塩月がまた頼もしくなってきた。

「今夜、佐伯君と会ったとき、お前さんと石井との間は打ち明けておくよ。弁護士の依頼人がお前さんになっているから、佐伯君だってうすうすは察しているだろう。知人の好意だけではいつまでもモタないよ。それに、お前さんの名を表むきに出さないこと、被告の弁護を手加減すること、などを頼むには、ある程度事情を打ち明けないと、話の筋が通らないよ」

「そうね、仕方がないわ」

伊佐子は、佐伯の顔を思い泛《うか》べた。

「恥を忍ぶというほどでもないだろう。なに、相手は弁護士だ。世間の表裏に通じた粋人だよ」

「なぐさめてくれるのね、ついでに云うと、あの弁護士さん、パパとわたしのことも察しているかもしれないわよ」

「そりゃ、もう大察し。普通の仲ではないと鑑定している。そのほうがかえって何でも弁護士に云えて気が楽ですよ」

久しぶりに塩月の軽い声が出た。

——Aホテルを出て伊佐子は車で家に帰る途中、いろいろな思案が胸に湧いて錯綜した。塩月は気軽にひきうけたが、功名心のつよい弁護士が承知するかどうかだ。殺人罪を無罪にすることで佐伯は野心に燃え上っている。彼はこれで名を挙げようとする昂奮があきらかにみえていた。佐伯にとって、この事件の弁護はもはや依頼人から離れて独立した、彼の出世の場であった。

石井とのちょっとした気紛れが、この面倒に拡大されるとは思わなかった。まだまだ、さきで何が派生するか分らなかった。

車を車庫に入れて、玄関に入ると、暗くなった奥からサキが顔を出した。女速記者の靴はなかった。

「パパは？」

妙なもので、同じパパといっても、顔は別々に浮んで混乱はなかった。

「はい。いま、お医者さんにお出かけになりました」

「お医者に？　どうしたの？」

「はい、なんですか、ちょっとお身体の調子がよくないとかおっしゃって」

「お医者に来てもらわなかったの？」

「電話したら、往診はずっとあとになるということなので、旦那さまのほうからお出かけになりました」

六

五年前にいっしょになってからの信弘は医者に行ったり、来てもらったりすることはあまりなかった。少しぐらいのことは買い薬で済ませていた。風邪をひいて熱が出た時などは、近くの平川医師に来てもらうが、ふだんは医師を敬遠しているほうである。S光学にも会社の嘱託医がいて、これは大きな病院から医局員が医務室に来ているのだが、そこにも足を運んでいる様子はなかった。平川医師に来てもらうのは、むしろ伊佐子のほうで、ときどき起る胃痙攣《けいれん》では深夜でも往診の厄介をかけている。

年はとっていても、また瘠《や》せてはいても、信弘は自分より健康だと伊佐子はときどき憎らしく思うことがあり、ああいうのが死ぬときは老衰というのにちがいない。老衰死は八十以上でないと訪れないのかもしれぬ。新聞に出る知名人の老衰死に八十五歳や九十歳というのがあるが、そんなに生きられたらたまらない。あと三年もしたら信弘が死ぬだろうというのは、彼が七十になるからで、七十歳という齢に漠然と生の終りを重ねていたからだった。これは三十も年下の若い女が考えることであった。その漠然とした観念がいつのまにか三年後には夫が死ぬだろうという期待になっている。塩月などに向っては度々そう云っているので、云っているうちに言葉のほうが確信めいたものになっていた。店を開く計画も、塩月に云っているうちにひとりでに三年後という基準をつくってしまった。

三年後に信弘が死ぬとは限らないが、まあ、ズレても二年ぐらいの延びだろうと伊佐子は思っている。計画と準備は早目に越したことはない。死期に誤差があるように、計画にも誤差を見込まねばならない。

他人の八十歳代になっての老衰死にがっかりすることはあっても、信弘だけは七十かそのちょっとすぎぐらいで死ぬだろうという伊佐子の期待にあまり変りはなかった。瘠せた彼が健康で、医者にもあまりかからないことを小憎らしくは思っても、年齢の支配を信頼していた。これはもう絶対的だろう。第一、計画のほうが進んでいるので、これに死のほうが合わせてくれるような気がする。

そういえば、ここ一年以来、信弘は急に身体が老いてきて、活動力がなくなったように思う。背が屈《かが》んできて、歩くのにもよちよちしている。足のもつれを要心するのか、運び方もゆっくりだった。身体もなるべく動かさないようにして、すぐに椅子にかけるか、畳に坐るかする。

信弘は肉類を前から好きでなかったが、近ごろはいよいよそれを避けている。いっしよになってからはコーヒーを欠かさなかったが、一年ぐらい前から夜睡れないからと云ってそれも飲まぬようになった。それだけ神経も年齢をとったのであろう。ただ、煙草だけはやめていない。彼もだんだん自分の身体を大事にするようになった。

それでも、身体を医者に診せるふうはなく、栄養剤を服用するという様子でもなかった。彼自身、年齢を感じながらも、これという病気がないから、まだまだ健康を恃《たの》んでいるようである。

――その信弘が、医者の来診を待ち兼ねて、自分で平川医院に行ったというので、伊佐子はどうしたのだろうと思った。が、当人が歩いて行ったくらいだから、大したことではなかろう。

サキに様子を訊いてみると、

「なんですか、ご気分が悪いとおっしゃって、蒼《あお》い顔をなさっていました」

と云う。貧血でも起したのかと思った。信弘は瘠せているせいもあって、血圧は低いほうだった。

「気分が悪いって、どこか異常があるのかしら?」

「はい、胸が痛いとおっしゃってました」

「胸? ヘンね、いままで胸なんか痛んだことがないくせに」

サキは眼を伏せていた。

「ハイヤーかタクシーを呼ばなかったの?」

「はい。わたくしがそう申し上げても、歩いて行くから要らないとおっしゃいました。それでも、ゆっくりゆっくり歩いておられましたけど」

「そう。出てからどのくらいになる?」

「もう三十分以上にはなります」

「わたしが帰るまで待てばいいのに」

伊佐子は呟《つぶや》いたが、サキの眼が、それは無理だろうと云っている。伊佐子の帰ってくる予定が分らず、時間のかかる往診も待てないくらいだった。伊佐子もそれに気づいたが、

「まあいいわ。歩いて行けるくらいだから、半分散歩かもしれないわ」

と、軽く云った。

着がえのため奥に行きかけたが、途中で気がついた。

「ねえ、宮原さんは何時ごろ帰ったの?」

ひょっとすると、女速記者といっしょに出て行ったかもしれないと思った。

「はい、三時間ぐらい前でした」

三時間前というと伊佐子が出てから二時間そこそこである。宮原素子は案外早く仕事が済んで帰ったらしい。

「そのころから、気分が悪くなったのかしら？」

「いいえ、そのときは何ともないご様子でした」

信弘の口述は難儀のようだった。それであれから一時間でおわりにしたようだが、まさかその精神的な労働がこたえたわけでもあるまい。

そろそろ信弘も死が近くなった前兆かなという気もした。いままでにないことである。だが、今すぐ死なれては困る。あと三年生きてもらわねば準備が間に合わない。三年後にすべての目標を置いているので、それよりあまり遅延してもならず、早く来てもならなかった。

着かえるのをやめて、平川医院に電話してみた。

「はい、いまこちらでお寝《やす》みになっています」

と、看護婦の声が云ったが、少々お待ちくださいと引込んで、平川医師の声に交替した。

「奥さまですか。なるべく早く、こちらへおいでいただけませんか」

平川はぼそぼそした含み声を出すが、この場合、それが妙に威厳をもった。なるべく早く、というのが病状の重大さを知らされたようだった。

「気分が悪いとか、胸が痛いとか云っていたそうですが、わたしが留守をしていましたので様子が分りません。病気は何でしょうか？」

「そのほうの発作は一応落ちつかれました。でも、まだ、こちらでやすんでいただいたほうがいいと思います。病名のことはお目にかかって申上げます」

電話で云えない病名というのも重大そうであった。もっとも平川医師は日ごろの診断でも大事そうに云う癖がある。

「あの、救急車でどこかの病院に運ばなければいけないでしょうか？」

平川医院には入院設備がない。

「いいえ、まだ、その必要はありませんが……」

平川の返事は正体を出した。病気はたいしたことはないのだ。とにかく、参ります、と云って電話を切った。

Aホテルでちょっと緊張したせいもあって、少し憩《やす》みたかったが、そうもならず、車庫にしまったばかりの車を引張り出した。

ハンドルを握りながら、塩月や、石井、浜口、大村などの外の境界と家庭とをじぐざぐ運転しているような気がした。だが、このボーダーラインははっきりしない。髭剃りあとの青い角張った顎の佐伯弁護士や、大村と浜口に大笑いしていた、ずんぐりした右翼団体らしい男の姿がその境界線の向うに見えかくれした。平川医院までは五分もかからなかった。

夕方の医院はがらんとしていて、玄関には信弘の下駄が一足あるだけだった。着物で来たことがそれで分ったが、洋服に着かえる間がなかったか、その動作ができなかったかだろう。和服で外出するのが嫌いな人である。だれもいない待合室にあがって、受付の小窓に近づこうとすると、こっちの気配を知ったのか診察室の仕切のドアが細目に開いて看護婦が眼をのぞかせ、すぐに引っこんだ。次にそのドアが勢いよく開いて、髪のうすい、大きな顔に眼鏡をかけた平川医師が白い上っ張りで出てきた。

「先生、どうしたんでしょうか?」

「どうも」

平川医師は、おちょぼ口にちょっと愛想笑いを洩らして、

「心臓の軽い発作なんです」

と、伊佐子のすぐ前に立ったまま云った。

「心臓の発作?」

今までそんな症状を信弘に見たこともないので、違う人間の病気を聞いたようだった。

「心臓の病気なんですか?」

「そうですね、発作ですな」

平川医師はぼそぼそと云う。口が狭いので大きな声が出ないようだった。

「どういう状態ですか? うちのお手伝さんに聞くと、胸が痛いといって蒼い顔で出て行ったといいますが……」

「そうなんです。こっちに見えた時は真蒼になって左の胸を手で押えておられました。額から冷汗がだらだら出ていて、あの状態でよく歩いてこられたと思います。もっとも、歩く途中で悪くなったと云われましたが」

「まあ」

「すぐに注射を打つなどして手当てしましたから、今はおさまっておられます。血圧も上ってよほどよくなっていますし、胸の苦しいのも除《と》れました」

「病名は何ですか？」

「そうですな、まあ、狭心症みたいな発作ですな」

平川医師は眼鏡の奥の細い眼をしばたたいた。

「狭心症？」

名前は聞いていたが、どういうのか具体的には分らなかった。が、急激な死につながることだけは察しがついた。

「そんな、こわい病気を持っていたんですか？」

「狭心症じたいはきまった病名ではありません。この発作はほかの病気でも起ります。また、まったく健康と思われた者にも瞬間的に起ることがあります。ただ、心臓を握り潰《つぶ》されるような痛さなので、当人は死ぬんじゃないかという不安が大きいのです。でも、ご主人は落ちついておられましたよ」

「その発作は、ほかの病気でも起るとおっしゃいましたね？　主人のほかの病気というのは何でしょうか？」

「さあ、それは精密に検査しないと分りませんが……」

平川医師は何となく口ごもった。

「じゃ、とにかく今は、急にどうということはないんですね？」

「それはありません。発作は約七分くらいでおさまりましたから」

「普通の発作もそのくらいでおさまるものですか？」

「通常は一分間から五分間くらいですね。心筋梗塞《こうそく》を伴う場合は、一時間以上もつづき、ときには何日もつづくことがあります」

「主人のが七分もつづいたとすると、普通の場合より長いですわね。それは、いまおっしゃった心筋梗塞の気《け》があるからですか？」

「そうですな」

いつものんびりと開いている平川医師の眉が皺を伴った。

「心筋梗塞の兆《きざし》が全くなかったとは云えないけれど、あっても非常に軽いですね」

心筋梗塞のことも伊佐子には、はっきりした知識はなかった。狭心症がすすむとその病気になるくらいに思っていた。

「主人はどこに休ませていただいているんですか？」

「ご案内します。せまい部屋で恐縮ですが」

医師は先に立った。

診察室に隣合った六畳の部屋に信弘は蒲団を敷いてもらって寝ていた。看護婦などの休憩室らしいが、窓ぎわには机が寄せてあって、健康保険料の請求伝票などがうず高く積んである。ペンも算盤もあるので、そういう作業の場でもあるらしかった。

信弘は眼を閉じていたが、伊佐子が横に坐ったのでうすく開いた。窓にカーテンがひいてあるので暗くてよく分らないが、顔色はそれほど悪いとは思えなかった。伊佐子を見て、てれ臭いような、体裁の悪そうな微笑を出した。

「パパ、どうしたの？」

伊佐子はべったり彼の顔の横に坐った。

「うむ、ちょっと気分が悪くなってな」

声はふだんと変らぬくらいしっかりしていた。

「もう、快《い》いの？」

「いいよ。何ともない」

「外から帰ってきてびっくりしたわ。パパ、初めての経験なの？」

「初めてだ」

信弘ははっきり云った。

「急に、そんな発作が襲ってくるなんて、どうしたんでしょう」

「なんかの拍子だな。丈夫な人間でもこういうことはあるそうだよ」

信弘は、伊佐子の傍にいる平川医師のほうに眼を走らせて云った。

「先生、年とってきたから、そういう発作が起るんですか？」

「いや、そうでもありませんね。若い人でも起ります」

「狭心症というのは、前からその癖を持っている人に発作が起るんじゃないんですか。主人のように初めてというのは、老年に関係もあるんですか？」

「さあ、そこですがね……」

平川医師は眼を二、三度瞬《まばた》いた。日ごろから歯切れの悪い人が、病人の前を意識してかよけいに口の中でものを云う調子になった。

「狭心症というのは、冠不全によって起る状態だと云うんです。心臓の冠動脈《かんどうみゃく》というのは心筋の要求する血液をつかさどる役目をしているのですが、一口にいうとその心筋の要求する血液循環が冠動脈でうまく供給できなかった場合に、心筋に酸素欠乏が起って狭心症の症状を起すというんですな。たとえば激しい運動をしつづけるとその発作になるというのは、心筋の仕事が急にふえて一時的な冠不全になるのです。その時は走るのをやめれば直るということで自分で調節ができます」

「パパ、わたしの留守に何か激しい運動でもしたの？」

信弘は枕の上で黙って首を振った。

「口述筆記のことが負担になったのかしら？」

「そんなことはあるまい。べつに身体を動かすわけではないからな」

「ほう、口述筆記をなさってるんですか？」

膝を揃えている平川医師が口を挟んだ。

「そうなんですよ。なにを思いついたか、自叙伝を出版するといって、今日から速記者に家に来てもらっているんですの。文章にして話すんだから頭を使うわけでしょう、そういうのも、こたえているんじゃないでしょうか？」

伊佐子は幅のひろい平川の顔を見て云った。

「さあ。それはあまり心臓には影響しないでしょうな」

「でも、先生、主人は年寄りですから、若い人とは心臓の強さが違いますわ。考えごとをするには頭に血が必要になってくるでしょう、それで、心筋とかの血液の供給が不足して発作になったんじゃないでしょうか？」

「まさかそんなこともないでしょう」

平川医師はおちょぼ口をすぼめて苦笑した。

「でも、さっき血圧が上ったから良くなったとか云われましたが……」

「狭心症の場合は血圧がずっと下りますから、それを普通の状態に上げるようにします。さっき注射をいくつも打ちましたから、そっちのほうも恢復しています。……ご気分はいかがですか？」

「大丈夫です」

医師は信弘の顔を上からのぞきこみ、蒲団の下にある手を握って脈搏を見た。

「胸の骨のうしろから締めつけられるような痛さというのはおさまりましたね？」

「なおりました。今は何ともありません。もう起きて家に帰りたいのですが、かまいませんか？」

「そうですな」

平川は腕時計を見たまま、

「発作がおさまってから一時間と少し経っていますね。もう一時間くらい居ていただきたいのですが、家も近いし、ゆっくり車で帰られて、今晩と明日いっぱいくらいお寝みになっていればいいでしょう。でも、あと十五分ぐらい、ここでじっとしていてください」

と云った。信弘はうなずいた。

「先生、これからもこの発作はときどき起りますかしら？」

「起るかもしれませんね」

「外に出ているときに起ったら困りますわね」

「そうですな。旅行なんかなるべくなら当分はお控えになったほうがいいでしょう」

「次に発作が起ったときにポカリと死ぬということはないでしょうね？」

「ご主人のは極く軽いですから、そうご心配なさることもありません」

「でも、さっき発作が七分間ぐらいつづいて、普通よりは長かったし、長ければ心筋梗塞になるかもしれないと云われましたわ」

「いや、そうは云いません。狭心症というのは心筋梗塞に関係があるのと、ないのとがあって、これはよく検査しないと分らないと申し上げたまでです」

そうかな、そう聞いたかな、と伊佐子は首をかしげたが、医者の言葉は分りにくい上に、平川のはぼそぼそ声だからよけいにはっきりしない。

「ただ、年配の方は狭心症の発作の場合、冠硬化の存在というのも考えられますが、ご主人に伺うとぜんぜんそくはないそうですな。そっちのほうは安心です」

平川はまた新しい病名をあげて否定した。信弘は眼を閉じていた。

医師が出て行ったので、伊佐子もそっと起つとあとを追った。廊下でつかまえて待合室に連れこんだ。

「先生、さっきおっしゃった病名のことはほんとうなんですね？」

平川は細い眼の中の瞳をうろうろさせた。

「はあ、いまのところ、そういうことです……」

「わたくしにはなんだか先生が隠していらっしゃるような気がしますわ。さっきの心筋梗塞のお言葉だって、前に伺ったのと少し違うような気がするんです」

伊佐子は笑った。

「いやですわ、先生。心臓ってすぐに生命にかかわる病気でしょう？　わたし、大丈夫ですからほんとうのところをおっしゃってくださいな」

平川は、鼻の上の眼鏡のふちを指でいじりながらもじもじした。

「奥さんにそう云われると弱りましたな」

「あら、やっぱりそうなんですか？」

「いや、重大なことを隠しているわけじゃないのです。重大なことでしたら、家族の方にまるきり隠しておくわけにもゆきませんが……実は、ご主人が家内が心配するから伏せておいてくれと云われたのです」

「主人が……？」

「ぼくもご主人とお約束はしたのですが、心では奥さんのお耳にも入れておいたほうがいいと思ったもんですから、つい、曖昧に申上げた言葉から奥さんの追及にあいました」

「どうぞ正直におっしゃってください」

「実は、ご主人には軽度の心筋梗塞があるのです」

「まあ」

「ご主人のお話では、これが二度目の発作だそうです」

「二度目？　第一回目のときも何も云いませんでしたわ。いつごろでしょうか？」

「一年ぐらい前だそうです」

「一年前……」

「ぼくのところにおいでになってないから知りませんが、S光学の嘱託医になっているB病院で診察をうけられたそうです。そのときは、二分間ぐらいの発作だったそうで、非常に軽かった。病院から、なるべく入院してくれと云われたが、そのときは会社がたいへんで、拝み倒して断わったんだと云っておられました」

云われてみると、一年前に、たしかに二、三日会社を休み、家に寝たきりのことがあった。あのときがそうだったのか。

背中を前こごみにして曲げ、一歩一歩と足を小さな幅でゆっくりと運ぶようになったのも一年前からだった。今まではそれを年をとっての弱りと、自分の身体へのいたわりだと思っていたのに、そういう病気を知っての要心深さだったのか。そう聞かされて、そのほかいろいろと思い当ることがあった。

「先生、心筋梗塞というのは、そんなに軽いことで済むんでしょうか？」

「重症もありますが、ご主人のは幸いなことに軽いのですな」

「発作が二度、三度と出るたびに重くなってゆくんじゃないですか？」

「ううむ……そりゃ軽くはなってゆきませんが」

平川は当惑した顔をした。

「とにかく、ぼくも今日ご主人の手当てをしたあと、一年前のことを聞いておどろいたのです。B病院では精密な検査をしているでしょうから、詳細なカルテや検査表は向うに保存されていると思います。しかし、ぼくのほうは安静に必要な入院の設備もないし、見にゆくわけにもゆかないのですよ」

「この状態でも入院しなければいけないのですか？」

「二度目の発作ですからね、病院となると安全第一主義をとりますから。ご主人はそれが今は困るのだと云われていました。軽いのだから家内にも内緒にしてくれと云われたのも、入院をすすめられるからじゃないですか」

信弘が現在入院をいやがるような情況があるのだろうか。塩月の話でも、会社のほうは役員を馘《き》られることになっているらしいが、信弘自身はまだはっきりとは云わない。情勢は未だ流動的で、信弘が元気でいて会社に顔を出せば残る、入院となったら退任が決定的となる、だから頑張りたいということなのだろうか。

「先生、その心筋梗塞の原因というのは何でしょうか？」

「原因としてあげられるのは病巣感染のほか糖尿病ですな」

「糖尿病はないはずですわ」

「ないですね。さっき検査を済ませました。コーヒーや煙草などがいけないことがありますが、さっき伺うとコーヒーは好きだったがおやめになったそうで、煙草も半分くらいふかした程度で捨ててしまうのだと云われました」

その通りで、煙草の喫い方が粗雑になったのも実は一年前にその警告を聞いてかららしい。好きなコーヒーをやめたのも、睡れなくなったからではなかった。

「それと、精神的な過労がありますね」

S光学の陣容改革がこたえたのかもしれない。信弘は見たところそうでもなかったが、役員に残りたくて焦燥《あせ》っていたとすれば、当てはまる。

「精神的な過労といっても年齢的な負担、若い人はそれほどでなくとも年寄りだと過重になるんでしょうか」

「大いにありますね。壮年者にはそれくらいの程度でと思っても高年齢だとこたえるんですよ。それに長い間累積された疲労ということも計算に入れなければいけません」

「そういう疲労が突然心筋梗塞になって出るんですか？」

「いや、きっかけになるのは、非常な心配ごとですな、おどろき、とかショックといったものです。奥さん、ご主人には最近そんな精神的な激動はありませんでしたか？」

「さあ……」

信弘のショックを考えた。

あくる日の午後、伊佐子は塩月を昨日のAホテルのロビーに呼出した。午前中に一度電話して、信弘のことをだいたい伝えた。

「で、どうだな、沢田さんの様子は？」

と、塩月はパイプをくわえ、眉を寄せて訊いた。

「いま、家で寝てるけど、何ともない様子よ」

「そら、発作がおさまれば何ともなく見える。しかし、心筋梗塞とは厄介な病気にかかったものだな」

「すぐ死ぬかしら」

「症状によっては、その危険は充分にありますね」

「いやだわ。いま、ぽっくりゆかれたら困るわ」

「やっぱり夫婦の愛情だね」

「わたしの身になってよ。計画が宙に浮いちゃうわ。パパは口ばかりで、わたしを引きとってはくれないし……」

伊佐子は煙たそうな塩月の顔をじっと見た。

「こっちのパパもね、いつ副社長をお払い箱になるか分りませんよ。そうなったら、お前さんを路頭に迷わせることになる」

「こっちのパパは大丈夫よ。大きな重石がうしろに控えてるんだもの。副社長の肩書だけで、何にもしなくても、会社の莫大な利益になるんでしょう。会社の重役連はパパのほうに脚をむけて寝られないわけよ」

「そうおだてなさんな。それほどでもないから」

「パパ、いまのうちに財産づくりをしといたほうがいいわよ」

「ありがとう。そうしたいんだけどな。わたしはそのほうの才能がないでな」

「そうね。パパはダメね。少し叔父さんとまぜ合せたらいいと思うんだけど」

「お前さんとは交り合ってるから、少しはよくなると思ったんだが」

「交り合いかたが足りないわ」

伊佐子は笑った。

「このぐらいがちょうどいいところでしょう。身体の節制のためにね」

「そら、すぐそう遁げる」

「そうすると、沢田さんとの交り合いもほんとに少なかったんだな、そんな病気だと……」

「そうよ。まだ信用しなかったの？」

「一年前にB病院で診てもらってその病気を知らされた。それから心臓を庇《かば》っていたんだね」

「そう。思い当ることがあるわ。あのときでもずいぶん要心してたもの。こっちは老人になったからだとばかり思いこんでいた。二度目の発作というからびっくりするじゃないの。わたしには絶対に内緒にしてくれと医者に頼んでるんだもの」

「その気持はいじらしいよ。で、お前さんは昨日、医者から連れて帰って、そのことを云ったのか？」

「憎らしいから、わざと黙っていたわ。何も訊いてやらなかった」

「そのほうがいい。お前さんにその病気を知らせたくないという心根を考えてあげなさい」

「ねえ、どういうのかしら？」

「いつまでも元気でいるというところを見せたいのだ。若い女房をもらった老人の気持は分るよ。ぼくだって初老に入ったからな。沢田さんは頑張っているのだ。お前さんに弱いところを見せたくないんだね」

「そんな無理しても、病気じゃ仕方がないじゃないの？」

「若い女房に強がりをみせるのが、年寄りの特徴さ」

「いやね、若い女房女房って……」

「事実がそうだから仕方がない。だから、沢田さんのそのいじらしい気持をくんであげなければならない」

「くんでばかりはいられないわ。こっちはどうなるの。いまお陀仏になられたら、わたしの計画は一頓挫よ。遺言書も出来ていないしさ。土地も全部はわたしのものにならないでしょう?」

「遺言書のない場合、遺産は法律に従って細君が三分の一、あとの三分の二が子に等分される。沢田さんには前の奥さんの子が二人いたね」

「娘二人よ。わたしが沢田といっしょになってから家に寄りつきもしないわ。沢田は隠しているけど、娘たちは会社に訪ねて行ったりして、外で会っているようよ。……わたしはいやよ、そんな娘たちに三分の二を取られるなんて。それじゃ計画が滅茶滅茶になっちゃうわ」

「財産相続税を六割ぐらいとられるしね」

「そんなに?」

「もともと相続税は根こそぎ不労所得の遺産を取りあげて富の平均化を図るのが狙いだ。戦後にアメリカさんが来てやったことだよ」

「アメリカかなにか知らないけど、わたしはいやよ。いまの土地だけは全部もらうわ。わたしの生活のためじゃないの。一坪でも娘には渡さないわ」

伊佐子は下唇の端を捲きこんだ。

「執念だな」

「パパにも責任があるわよ。協力しなさい。わたしを沢田に渡してしまった罰よ」

「やれやれ、二口目にはそれだな。が、沢田さんに遺言書をかかせるのはお前さんしかないよ。わが力の及ぶところにあらず」

「どうしたらいい？」

「ほんとにまだ書いてないのか？」

「前からそれとなく云ってるけど書かないの。わたしと娘たちの間に入ってうろうろしてるらしいの。まだ大丈夫だからそのうちにと云ってるわ」

「しかし、今度は心筋梗塞がはっきりしてるんだから。これみなさい、お前さんから電話がかかってきてから、大急ぎでその病気の要点だけを社の医務室の本から写してきた」

　塩月はポケットから二枚折の紙を出した。秘書課の者にでも筆記させたらしい。

《心筋梗塞症＝冠状動脈またはその分枝に血栓、塞栓、きん縮などが起り、急激にその血液が減少し、その高度のときは速かに死亡し、そうでないときは血栓ないし塞栓部位から末梢の心筋が急速に栄養障害に陥り、後に結合組織が増殖し、ついに胼胝《へいてい》を形成するようになる。(原因) 病巣感染、たばこ、コーヒー、精神的過労、糖尿病などが関係するところが大きい。しかし発作の直接誘因としては肉体的労苦および心痛、驚きなどの精神的激動が最も緊密な関係がある。……（予後）初回発作で死亡するものは二〇％以上に及んでいる。また第二回発作で死亡するものもあり、発作中間にも梗塞、心室破裂、心不全の起るおそれがあり、数年以上生存するもの少ない》

伊佐子は自分の頰から血が引くのをおぼえた。平川医師から聞いたこととあまり変らないが、こっちのほうがずっとひどい。

「たいへんだわ、パパ」

「お気の毒だね」

と、塩月はパイプからひとかたまりの煙を吐いた。

「困るわ。どうしたらいいの、ねえ、どうしたら……」

「まあ落ちつきなさい。ぼくもこれを読んでおどろいたから、うちの医務室の医者に訊いてみた。すると、医者が云うには、この解説は最悪の患者の場合で、みんながみんなそうじゃないと云うんだな。ずっと軽症の人だってある。大事にしなければいけないが、そう、おろおろすることもないと云うんだね」

「そうお？」

「げんに沢田さんは今日も落ちついているんだろう？」

「そう。わたしが出るときは睡っていたわ」

「そうだろう。ただね、二回目の発作というのが、医者に云わせると気に入らないそうだ。これは充分に警戒する必要がある。入院させたほうがいいと云うんだな」

「沢田は入院を嫌がってると思うの。いま、会社での立場が微妙でしょう？　心痛というのも、前からの会社のごたごたじゃないかと思うわ。それで自分が辞める羽目になりそうなので、それがここに書いてある『驚き』になったんじゃないかしら。いま入院したらクビになるのが決定的だし、それに最初の発作のときすでに入院を断わったと思うわ」

「それは当っているかもしれないな。幸いに軽かったからね」

「ねえ、パパ。沢田はやっぱりクビになりそうなの？」

「うむ。なんとも云えんな。どっちかというとその可能性が強いが、まだあそこの重役人事は揺れてるようだな」

「それじゃ、よけいに入院を断わって頑張ると思うわ。そうすると、ぽっくりゆくということはあるわね。遺言書を書かないで死なれちゃ困るわ。それが出来ていたら、ここに書いてある通り、数年以上生存するものは少ない、というのがまさに理想的だけど」

「ふ、ふふ」

塩月は煙草にむせたように咳と笑いとをいっしょにした。

「そんなことを云うのだったら病院に入れるんだな。本人も病院に入ったら、遺言書を書く決心になるだろう」

「そうね。……でも、B病院はいやだわ。S光学の嘱託だから会社の人にこっちの事情が筒抜けになるわ。本人もいやがってるのよ」

「そうか……」

塩月は考えていたが、

「どうだろう、昨日、ここで会った弁護士の佐伯ね、あの男の兄貴が本郷のほうで病院を経営している。そこに入院させたら？」

と、伊佐子の顔を見た。

七

《——×日。

夫の入院のことで塩月さんとAホテルのロビーで話合う。弁護士の佐伯義男氏のお兄さんが本郷で病院の院長をなさっているので、そこに入れたらどうかとすすめられる。夫も、勤務先と関係のあるB病院では何かと煩さいと思っているので、気持が動く。幸い、佐伯弁護士には塩月さんに紹介を受けたばかり。

夫の意向がまだ分らないが、参考のため、その朱台病院というのを見学に行くことにする。院長にも会ってみたい。塩月さんは、それでは佐伯弁護士に連絡をとってみようと云われ、その場で佐伯法律事務所に電話してくださる。

その結果、佐伯さんはすぐ実兄の病院長に電話しておくから、なるべく一時間以内に行ってくれとのこと。生憎と塩月さんは会社の会議がこれからあるので同行ができないと気の毒そうに云われる。この上、塩月さんに迷惑をかけてはいけないので、わたしがひとりで車で行くことにする。塩月さんを途中まで乗せ、会社の近くで落す。

朱台病院は本郷三丁目附近で、すぐに判ったほど大きな綜合病院。五階建。某財団法人の経営。ロビーは人でいっぱい、腰を下ろすところもなく立っている人が多い。はやっている病院のようで心強い。院長との面会をどこで申込んでいいか分らず、受付の窓口でうろうろしていると、思いがけなく声がかかって、佐伯弁護士が近づく。わたしがまごつくだろうと思って、院長を紹介するつもりで来られたと云う。感謝する。塩月さんがいっしょだと思いましたが、と云われる。

直ちに院長室に案内してくださる。院長は五十すぎの方、半白、血色よく、小肥り。兄弟よく似ているが、弟さんのほうがひきしまって精悍な感じ。

院長は、夫の容体をわたしからだいたい聞かれた末、それは平川医師（近所の開業医）の診断の通り心筋梗塞症のように思われるが、早く拝見したい、その結果ではすぐに入院されたほうがよかろう、と云われる。本来なら第一回の発作時に入院されるのが普通だとおっしゃる。

病院は五年前の改築とかで清潔。近代設備が整っている。完全看護。三階病棟の特等室を見せてもらう。廊下の突当り。八畳と四畳半とをつないだような広さで、間に衝立の仕切りがあって、せまいほうにテーブル、クッションなど応接セット用のものがある。立派。テレビの備えつけ。入口から病室までの細い通路わきがキッチン。電気冷蔵庫備付け。病室の窓からお茶の水、神田一帯の展望。気に入る。特等室の部屋代は一日八千円。夫を快適にするためにはやむを得ないと思う。来てくださる見舞客の手前もある。特等室はすぐに塞がるから、なるべく早く決めてほしいと案内の事務局の人が云う。

とにかく夫の意見を訊いた上、明朝までに返事すると云って病院を出る。この病院で診断をうけるのが入院ということになる。佐伯弁護士は別れ際に、この病院の循環器系統（心臓病など）の治療は好評だとちょっぴり推薦される》

伊佐子は、この日から日記をつけることにした。明日から沢田を入院させるとなると、心おぼえにも何かつけておきたくなった。同じメモをつけるならば、日記の体裁にしようと思う。そのほうが、書くのに変化があって、面白い。面倒になったら、とばせばいいのである。

日記にしたほうが、事実が隠されると思った。メモだと、人に見られたとき、露わに知られてしまう。符牒でつけておいたらなお怪しまれる。とくに秘密文書のようにいちいち隠匿することもいらない。机の抽出しに入れて置く程度でいいのである。

日記には、自分だけが分るメモをその行間に埋めておけた。日時と人事をさらりと記すだけで、そのときの複雑な出来ごとが記憶に蘇る。つまり日記の文字は、書かれざる文字を焙《あぶ》り出す鍵《キイ》であり、手がかりである。オモテの文字はウラの文字の飾りにすぎない。

伊佐子がこの方法を思いついたのは、何ヵ月か前に、ある雑誌に載っていた「虚栄の闘病日記」という文章を読んでからだった。

それを雑誌に書いたのは哲学者で、「闘病日記」の主人公も哲学者である。ただ日記の本人は偉い学者のようだが、これを批判したのは中堅のようである。伊佐子には、両方の氏名とも初めてである。

雑誌で中堅のほうはこういうことを書いていた。

――R教授が不治の病で入院して以来書いた日記は、死後に出版されることを予想した文章で、はじめから作為的なものである。教授は、その日記に見舞客の氏名をつけているが、これは礼儀上当然としても、不可解なのはそのもらった見舞品を克明に記録していることである。そのことごとくが有名店舗のものばかりで、さし入れの料理弁当は何屋、果物は何屋、花束や観賞植物は何屋、菓子は何屋、スープは何屋、スッポン汁は何屋というふうに一流店名をならべている。北海道もの、京阪もので遠く産地から携え来ったものもある。

なかには一流品でない見舞品もあろう。そういうものは一切記されていない。これは教授が日記刊行の際にいかに自分が大物であったかを読者に想わせるためである。

また、見舞客あるいは見舞状を寄越した人々の名でも、地位の高い人や有名人については、その談話の様子や見舞状の文句が紹介されている。この日記には見舞客の名がほとんど連日のように記され、その羅列こそいかに教授が学界や世間に尊敬され、顔を売っていたかを読者に印象づけるためのものだが、無名の人との会話はほとんど記されていない。なかには真実や情味のこもった挨拶もあったろうに、有名人の空疎な、おざなりの言葉ばかりが記録されている。これも教授の夜郎自大的趣味からである。

教授の学説には独創性がないばかりか、これといってみるべき論文もない。なのになぜ教授が偉くなったのか。それは時流に泳ぐうまさと、たくみに学界の権門にとり入って、多くの仲間を得たからで、自然と一方のボスになれたからである。かれは有能な友人とのつき合いで、実力以上の虚名を得たにすぎない。

これに輪をかけたのが、不治の病との闘病による同情である。これで彼の業績に対する点数がぐっと甘くなった。悲壮感と実質とは何の関係もないのだが、日本人的な感情が教授の実体を過当に評価した。

教授の闘病日誌を読むと、ずいぶんと哲学的なキレイごとが書かれているが、実際はそうでなかったことは知る人ぞ知るである。入院中、夫人はずっと附添っていたが、有名人の見舞のない時は、教授との間は険悪な空気で、口論が絶えなかった。その原因がきわめて生臭い男女関係にあった、とは一部でささやかれている通りである。教授は、死を予感して大悟徹底し、高邁な瞑想に耽っているように書いているが、その生臭い人間関係から、夫人の眼をぬすみ、病院側の隙をうかがって、病室からの脱走を企てたことも一再でなかったという事実は日記には書かれていない。これは教授が死後の日記の公刊を予定しているためである。

教授は生前、極めて愛想のよい人で、それだからこそ交際によって偉くなれたのである。しかし、教授が二重人格的性格であったことは、すでに学界には知れ渡っている。教授のために裏切られ、つき落された人は少なくない。学界とはそういうところだと云えばそれまでだが、教授はあまりに腹黒いところがあった。先輩、同輩に対して利用価値がないか、自分に損だと思うと、さっさと離れてしまう。そうして陰で悪口を云う。友人、後輩には、面と向っては賞めあげておだてるが、その相手がまだ背中を消さないうちに、傍らの者にむかって舌を出し、あんな阿呆はいないと罵る。おれの皮肉の通じない低能だと嗤う。

日記についている見舞客にしてもそうだ。教授の著書を多く出している書肆の番頭は、教授の気に入りで、番頭もまた忠勤をはげみ、教授の自宅の台所まで入るような具合で、両人の親密ぶりは学界の美談ともなっている。日記にはこの番頭が三日にあげず病床を見舞い、その情誼に教授の妻は感謝しているが、消息通によると、教授は別の日記には、この番頭を罵り、何も分らない奴、おべっか使い、たいこ持ち、硬骨にみえて権門に弱い男と、あらゆる悪口を連ねているそうである。つまり、教授の日記は脱税商社のように二重帳簿になっていて、オモテとウラとがあるわけである。

教授が死亡して年月は浅い。死屍に鞭うつのは不道徳とされているが、この礼儀が教授の評価に対する後進の誤りになっても困るので、真実のため、あえて一部からの非難を承知でこれを書いた。もっとも、この一文を書かなくても、数年のうちには教授の著書の評価は下落するだろうが。……

——伊佐子が読んだのは、だいたい、こういった意味だった。

哲学のことも学界のこともさっぱり分らないけれど、高名な学者がオモテの日記とウラの日記とをつけているというのは彼女のヒントになった。

伊佐子は、べつに二冊の日記を必要としなかった。オモテの一冊だけで、ウラはこの中に二重焼されている。書かれた文字はその手がかりにすぎない。

朱台病院を出るとき、佐伯弁護士は、実兄が院長をしているこの病院が心臓病の治療で評判をとっていると控え目に自慢しただけではなかった。そのとき弁護士が、

「奥さん、石井君の裁判のことで、ちょっとご相談したいのですが」

と、云ったことは、日記につけていない。

「はい、結構です」

「それとも、塩月さんがごいっしょのときでないと都合が悪いでしょうか?」

「いいえ、わたくしひとりでも伺いますわ」

「そうですか。ちょうどいい機会なものですから。ほんの十分間ばかり。どこか近くの喫茶店でも」

「わたくし、ここに車を置いているんですが」

「それじゃ歩くのは面倒ですね。この近所じゃ、歩いても、いい喫茶店もないし。お宅は……？」

「渋谷のほうですの」

「じゃ、青山まで行きましょう。ぼくも車ですから、あとからついてきて頂けますか？」

「でも、先生はこっちからだと日比谷の事務所にお帰りになるのに遠回りでしょう？」

「あなたのほうのことも、仕事ですよ」

佐伯弁護士は、青い剃りあとの、角張った顎を反らせて笑った。


弁護士の黒塗中型の国産車は伊佐子のグレーの中型ベンツを先導して青山に向った。佐伯の運転はことさらに軽妙な腕を見せたいようで、ほかの車の間を泳いでは信号のところで彼女を待つ。バック・ミラーで追いつくのを眺めているのがよく分った。伊佐子はわざと遅れ、信号でも必ず三、四台ぐらいあとにとめた。佐伯が若い女なみに思っているのがばかばかしくなったのだが、佐伯は窓から首を出してこっちを振り返り、とうとう普通の、おとなしい運転になった。

青山でも外苑の西側で、新しくできた店は、南欧風を気どっていやに白い飾りの目立つ店だった。客は若いアベックが多かった。

「ここには、よくいらっしゃるんですか？」

席をとって伊佐子は訊いた。

「いや、はじめてです。仕事でこの前をよく通るもんですから、知ってはいましたがね。それでふと思いついたんですが、こういう店においでになるのはお嫌いですか？」

佐伯は、まずかったかな、という顔をした。

「べつに何とも思いません。若い方ばかりですわね」

「多いですね。入ってきてから、これはと思ったんですが」

「あら、先生はまだお若いですわ。おかしくありませんわ」

「それなら、奥さんもご心配いりません」

「そんなことはありませんわ。わたくしなんかこの雰囲気には年をとりすぎています」

「とんでもありません。すっかり融け合っていますよ」

「弁護士さんだけにお上手ですわ」

「弁護士は真実を述べますよ」

メニューを前に立てて、まるい瞳で伊佐子を見ていた佐伯はゆっくり活字に眼を落す。いまの眼つきが女には自信があるのかな、と伊佐子は思った。

「何になさいますか？」

佐伯は眼を配って訊いた。

「軽いものをいただきます」

「あんまりいいものはなさそうですよ」

無難だというのでサンドウィッチと紅茶をとった。

「ご主人はたいへんですね。軽症だといいですがね」

佐伯は同情して云った。

「はあ。そう願っていますけど」

「昨日、Ａホテルのロビーで奥さんにお目にかかったときは、その発作の徴候は全然なかったのですか？」

「はい、なにも。あれから帰りましたら、近所のお医者さまのところで横になっていましたの」

ホテルのロビーで別れて真直ぐに帰宅したか、それとも塩月とどこかで過して遅くなったのかと佐伯が探っているような気がする。塩月との関係はもちろん判っているに違いない。弁護士だもの、こっちが云わなくても、それくらいは察しているよ、いろんな事件を手がけているから、それくらい日常的なことで格別珍しくも思ってないよ、と塩月は云っていたが、やはり塩月との間は弁護士にも興味のあることだろう。

だが、佐伯はその素振りを見せることはない。礼儀の点もあるが、もともと依頼は塩月の叔父の線から回ったもの、実力政治家にとり入ろうとすればそのほうへの配慮がある。機嫌を損じてはならないはずだ。

で、佐伯は、有夫の女が恋人を持ち、その男が女の亭主の入院先を心配し、女は亭主の病気を憂えているといった状況をつつしみ深く観察しているだけのようだった。

「実は、お耳に入れておきたいのは、石井君の供述のことなんですが」

サンドウィッチが来たのが区切りのように、佐伯は見舞話から裁判の話になった。声も急に落した。

「これは、塩月さんとお話しする前に、奥さんと打合せをしたいと思いましてね」

伊佐子は顔をまっすぐにむけた。

「いや、たいしたことじゃありませんが、実は石井君が検事に新供述をしたのです。警察では云わなかったことなんですが、乃理子さんが睡眠薬を飲んで寝ているとき、奥さんがアパートに来ていた、と云うんです」

「…………」

弁護士は、ちらりと伊佐子の顔を見てから前のサンドウィッチを眺め、ちょっと間をおいてつづけた。

「そのとき、石井君はアパートの二階の大村君の部屋に遊びに行っていた。部屋に戻ったところ、奥さんがみえていた。奥さんは、乃理子さんはよく睡っているわね、と云っ

たので、石井君は変に思って奥を見に行ったところ、枕元に睡眠薬の瓶がころがってい
て乃理子さんは鼾をかいていた。これは奥さんも見ているから証明してもらえる。いま
まで黙っていたのは、よその奥さんに迷惑がかかってはいけないと思ったからだが、殺
人罪で起訴されるなら自己の防衛のために云わなければいけない……こういうことを検
事に云ってるんです」
ああ、やっぱり石井は云い出したのか、と伊佐子は胸の速い鼓動を聞きながら眼を据
えていた。視線の先にサンドウィッチの桃色のハムがうすい線になっている。石井にそ
れを黙らせるために、弁護士の世話などしておいたのだ。弁護士の費用一切こっち持ち
というのは、石井に恩義を感じさせるためだった。石井は奥さんのその好意を感謝して
います、と大村も浜口も云ったが、嘘だったのか。もっともその後になって石井が危険
を感じて沈黙を破ったともいえる。
「奥さん。石井がそんなことを云い出しても決してご心配になるには及びません」
佐伯は今度は伊佐子の顔を正視して云った。
「対策はあります。ですが、その前に、石井の云っていることが本当かどうかを伺って
おきたいのです。弁護士としては、事実関係を把握した上で対策を立てないといけませ
んから」
佐伯の大きな眼がまたたきもしないで見つめた。眼は潤んだように光っていた。青い

剃りあとの、角張った顎は鞏固《きょうこ》な意志と精力を何か威圧的に感じさせた。

「……だいたい、その通りですわ」

伊佐子は弱い声で云った。この嵐の程度を見きわめるまでは、身を低めているほうがよかった。次に予想される石井との関係の質問に、どう答えるかである。

「その状況を詳しく伺いたいのですが」

弁護士は紅茶をすすって云った。

「奥さんが石井君のアパートに行かれたときは何時ごろでしたか？」

「六時四十分ごろでした」

「腕時計を見られたのですね？」

「ええ」

腕時計を見たと云って悪かったかしら。人の家の前について時計を見るのは約束の訪問だとか、でなかったら、こっそり訪ねるときに思わずそんなことをする。弁護士はどう考えているのだろうか。

「そして、奥さんは石井君の部屋に入られた。そのとき石井君は大村君の部屋に遊びに行っていたが、それは二階ですね？」

「そうです」

「部屋に鍵はかけてなかったですか？」

「鍵はかけてなかったのです。ですから、すうっと入りました。声をかけたけれど、返事がなかったものですから」

ここでも伊佐子は気がついた。返事がなくても黙って部屋に入るのは、どういう間柄か、と弁護士が訊く前に説明した。

「わたしは、乃理子さんとも知っていましたから」

知ってはいても、二、三度石井といっしょのところを見た程度で、話をしたわけではなかった。あの若い女はいつも顔を硬ばらせ、眼を光らせて自分を見ていた。石井との関係がすすんでからは、石井のほうで会わせないようにしていた。石井にいわせるとヒステリー女である。

「で、奥に行かれて六畳の次の四畳半で乃理子さんが睡っていたのを見られたのですね？」

「よく見たわけじゃありません。襖の隙間から乃理子さんが蒲団にくるまって寝ているのが頭のほうだけ見えたので、リビングキッチンのほうに引返したのです」

伊佐子は証人訊問を受けているような気がした。法廷に出されたら、こういうことになるのだろう。

「そのとき、乃理子さんの枕元にはすでに睡眠薬の函があったのですね？」

「睡眠薬かどうか分りませんが、とにかく小函とコップとが置いてありました」

「ははあ。で、リビングキッチンに引返されてから石井君に遇われたのですね？」

「二階から戻ってきたのです」

「そのとき、石井君は乃理子さんのことで、どんな話をしましたか？」

「昼間、乃理子さんと口争いになって、煩《うるさ》いので出ようとしたら、乃理子さんが追いかけてきた。そして摑みかかってきたので、その手を払ったら台所の流しの角に仰向けになって頭を打ち、大村君と浜口君とで医者に連れて行くやら大騒ぎをした、というようなことを話しました。それで、わたしが、いまあそこで乃理子さんはよく睡っているようだけど、枕元には函もあるし、コップもある、何だか変よ、と云うと石井君はすぐに奥の四畳半に行ったのです」

「そのときは、奥さんもいっしょに行かれたのですね？」

「いっしょではないのですが、石井君が呼ぶので、すぐあとから行きました。石井君は乃理子さんを揺り起したが眼がさめないし、枕元の函から瓶をとり出して、これは睡眠薬だ、瓶の半分ぐらい飲んでいる、ばかなことをする奴だ、狂言自殺かな、と云いました」

「狂言自殺かな、と石井君は云ったのですか？」

「ええ」

弁護士は眉を寄せた。

「それから、どうなさいましたか?」

「睡眠薬を飲んだのだったら早くお医者さんに来てもらって手当しなければいけない、それとも一一九番に電話して救急車を呼んだほうが早いかもしれないから、そうなさい、と云うと、石井君は救急車がくるのは近所に大げさになるからいやだとかなんとか云って、ぐずぐず云ってたけど、結局そうすることになりました。そのとき、石井君は、わたしがその場に居たのでは迷惑だろうから早く帰ってくれと云ったので、わたしは誤解を受けてもつまらないので帰ったのです」

どういう誤解かとは佐伯は訊かなかった。塩月との交際の性格に立入らないように、石井とのつき合いから受ける誤解の種類の確認はしなかった。

「奥さんのおっしゃることは、石井君の新供述と合っています。彼もだいたい同じようなことを云ってますよ」

佐伯は、サンドウィッチの一片を半分食べて云った。

「それで、わたしは法廷に証人か何かで出なければならないんですの?」

伊佐子は、なるべく平気な顔を装って訊いた。そうなったら、最悪の局面を迎える。石井と証人との関係を質問されたら、ただの友人だけで済まされるだろうか。石井が何もかも暴露したら終りである。

「いや、そういうことにはならないでしょう」

佐伯は案外軽い調子で答えて、紅茶の残りを飲んでいた。

果してそうだろうか。弁護士は依頼者を安心させるために気休めを云っているのではなかろうか。弁護の依頼主といえば、石井はそれがだれかを知っているはずだ。大村が拘置所にいる石井に面会して教え、げんに感謝しているという石井の言葉を大村は伝えてきている。

乃理子の死は睡眠薬の自殺で通りそうだ、まかり間違っても傷害致死で二、三年の刑、それには執行猶予もつく、と思っていたらしい石井は、殺人罪で起訴されそうになって狼狽し、少しでも有利なように、暗黙の約束を破って、自分の名前を出したのではないかと伊佐子は思う。石井は死物狂いになったのだ。何を云い出すか分らない。そうなれば、検事にしても、裁判官にしても自分を証人に呼び出すことになるのではないか。

大村にしても浜口にしても、警察では調べられたが、まだ検事側の証人にはなっていない。二人とも、奥さんのことはしゃべらなかった、と云っている。それは本当だろう。しかし、二人の脅迫を断わった現在、このあとどんなことを検事に告げに行くか分らないし、そうなると、法廷の証人調べで何を云い出すか知れない。

あの二人には、塩月が叔父の政治家の線から出したらしい右翼のような男が手なずけにかかったようだが、おどし半分の術が効くかどうかである。塩月はだいぶん自信ありそうだが、だいたい彼はものの見方が楽観的である。伊佐子には、Ａホテルのロビーで大村と浜口に両手をひろげる、ずんぐりした身体の、肩のもり上った男の豪傑笑いが耳に残っている。いや、そういうことにはならないでしょう、と軽く云った佐伯は紅茶の茶碗から顔をあげた。

「実は、ぼくが担当検事をよく知っているのです。大学も同期、司法研修所でも同期でした。いい奴ですよ。検事を知っているというのは、弁護士の強みですよ」

佐伯は、煙草をとり出して、うれしそうに笑い、白い歯を見せた。

「いかがですか？」

「いただきます」

相手の握っている煙草ケースから一本をつまむ間、その指に佐伯の眼がじっと注がれているのを伊佐子は意識した。つづいてその眼のままでライターを伸ばしてくれた。

「石井君の供述があっても」

と、佐伯は顔の位置を戻して煙を吐いた。

「……それは事件とはあまり関係がありませんからね。奥さんは、石井君が乃理子さんの手を払って、乃理子さんが台所に倒れた現場には立会っておられないのです。また、乃理子さんが睡眠薬を服用する場にもいらっしゃらない。肝要な場面には居られないのです。ただ、乃理子さんが睡っているところを目撃されただけでしょう。事実関係について奥さんの証言は何も影響しないのです。つまり、奥さんを証人によんだところで、事実関係ではあまり役立たないというわけですね」

佐伯は少し弁論めいた口調で云った。

「そりゃ、厳密に云いますとね、石井君の口からそのことが出た以上、検事は奥さんを証人にしなければなりません。石井君の実行行為に関係はなくても、被告の知人という立場で、被告の日常の行動とか性格とかを検事は聴取したいわけです。それによって検事は被告の日常の性行を知り、論告や刑量請求の参考にするわけです」

「日常の性行」という言葉が、伊佐子の胸に石のように飛んできた。

「しかし、それはね」

と、佐伯はどういうわけか煙を前にいっぱい吐き散らした。

「大村君や浜口君、その他、石井君のつとめている証券会社の上司や友人たちに代表してもらいましょう。とりわけ、大村君と浜口君とは同じアパートの住人、台所で後頭部を打った乃理子さんを連れて近所の医師のところに行っている。乃理子さんはそこで三針だか縫ってもらったがケロリとしてアパートに帰ったのを知っています。次に、乃理子さんが薬を飲んで昏睡状態になっていたときも、この二人が内科医を呼びに行って、医師が胃洗滌するところを見ています。この両人の証言さえあれば充分ですよ」

その両人がよけいなことをしゃべったら、どうなるか。

「ぼくは、検事に話したんです。石井君が新供述で奥さんの名前を出したもんですから。どうだ、こういう程度だから、証人にする必要はないだろう、そういってはなんだが、石井や、大村君、浜口君のようなチンピラとは違って、少し社会的地位のある人の夫人だから、余計な迷惑をかけてもいけない、証人にすることはないだろう、と云ったら、検事は、判った、その程度ならいいだろう、と云いました」

「まあ、それで済みましたの？」

「検事も証人申請をしない、弁護人もしない、となると、これで奥さんの出場《でば》はなくなります。裁判官のほうも、被告がどんなことを云っても軽く聞き流す程度で取り上げないでしょう。公判審理は、無関係な市民をやたらと呼んで、個人のプライバシーに迷惑をかけるのが本意ではありませんからね」

佐伯は、個人の迷惑とは云わないで、間にプライバシーの語を挟んだ。それだけでも、石井と自分の間を知っている。いや、推察しているだけでなく、石井が名前を出す以上、何もかも関係をしゃべっているにちがいない。弁護士との相談に、検事が証人を諦めたのも、そのへんを踏まえてのことであろう。伊佐子は、佐伯が自分をどう考えているかと思うと、じっと眼を伏せているほかはなかった。すると、さっき、煙草を抜きとるときに指に注がれた佐伯の視線が浮んできた。

佐伯が何だか窮屈そうな咳をした。

「それから」

と、彼はそれまでとは違って、低く落ちついた声、というよりも、しんみりとした調子になって訊いた。

「これは塩月さんから伺ったのですが、奥さんは石井君をなるべく長い刑期になるようにしてもらいたいという意味のご意向を洩らされたそうですね？」

「ええ」

伊佐子は、はっきりうなずいた。塩月は弁護士があまり張切らないように手綱を締めていると云ったが、やはり間接的な云い方では弁護士に真意が達しないと思ったのだろう、とうとう、ざっくばらんに云ったとみえる。また、そうでなければ、弁護の依頼人が被告の罪を重くするようにと弁護士にたのむのは不可解で、それなら検事のところに行くべきだった。いくら塩月でも禅問答では佐伯に話が出来なかったらしい。ただ、塩月はその理由までは云ってなかったろう。

「それは、いけませんね」

と、佐伯は諭《さと》すように云った。

「つまり、それは弁護人が被告の防禦にあまり力を入れないということになるでしょうが、被告は弁護人の熱意のないのをいちばん怒るのです。怒ると、弁護人を当てにしなくなって自力で自分を防衛しようとする。当人にとっては必死ですからね。それこそ何を云い出すか分らない。法廷のルールも、弁護の戦術もあったものじゃありません。滅茶滅茶です。まあ、無理もありませんがね。なかには狂気のように怒鳴り散らす被告もあります。何を喚くか、分りません」

「…………」

「それは不得策です。それよりも被告のために一生懸命に弁護してやることです。その熱意に被告は弁護人を信頼しますよ。信頼すれば弁護人の云うことをよく聞きます。ちゃんと聞き分けて、約束を守ります。云ってはならないといえば決して云いません。奥さん、こういうやり方のほうが賢明ですよ」

それが奥さんの利益だと云いたそうであった。

「いいですか。石井君の場合は非常に面白いケースです。昨日、Aホテルのロビーで塩月さんを交えてご説明しましたね。乃理子さんの胃袋にあった睡眠薬の錠剤の欠片《かけら》、未消化のまま残っていたのですが、解剖医はこれをピンセットでつまみ出して顕微鏡の検査をしていない。分っていると思って、ちょっと横着をしたんですね。よくあることです。これがぼくのつけ目になりました。これで争いたいと思います。非常に有望なんです」

弁護士の静かだった声が、高くなり、速くなった。

「有望とおっしゃると、無罪になりそうですか？」

「その可能性はあります。ぼくの友人ですが、検事は飽くまでも脳震盪による死亡、つまり石井君が乃理子さんに殺意を抱いて台所に頭を打ちつけたという見方で進みます。これは友人の検事の個人的な意見ではなく、検察側が一体となっての見解ですから、友人の検事も変えようはないのです。華々しい論戦になるかもしれませんね」

佐伯のまるい眼がうれしそうに濡れた輝きをもった。

「ま、そういうわけで、ぼくは熱を入れるつもりです。この熱意は被告にも分るから、必ずぼくの云う通りを守りますよ。そしてね、もし石井君が無罪になって出てきたら……そのときは、ぼくが彼を処理します。奥さんに迷惑をかけるようなことは絶対にさせません。ぼくを信用してください」

《——×日。

午後一時に夫を朱台病院に入院させた。

昨夜から入院の説得に懸命。夫は、まだ病状はたいしたことはないから大丈夫、と云い張って嫌がる。心臓病にはいい病院だから、とにかく診断を受けたら、とすすめたが、診断をうけたら直ちに入院の可能性があるのが夫にも分っているので、てこずらせる。ようやく、しぶしぶ承諾。

午前十時に朱台病院の佐伯院長にお電話すると、正午に手をあけて待っているからとのこと。はじめから入院準備をすると夫が嫌うので、夫の身体だけ車に乗せて病院に行く。

待ってくださっていた院長の診断がすぐにはじまる。私は廊下に出て結果を待つ。佐伯弁護士が見える。この病院の紹介者として、お兄さんの院長にいろいろ便宜を計ってもらうように頼みに見えた由。お忙しい中を申訳なく思う。廊下で立話。

四十分ばかりして、院長に呼び入れられる。夫を前にして簡単な病状説明。いまの診察では、病状の悪化は認められない。思ったより軽症のようだが、二度も発作があったことだし、精密検査をしたい。その上で対症療法を決めるから入院してもらいたいとのこと。夫は承諾する。少々、心細い顔をしているので、決してご心配になるには及びません、と院長は笑われる。兄弟でも、佐伯弁護士とは違った感じ。

病室に夫を連れて行く。夫は贅沢な部屋だな、と云い、入院料のことを訊く。せっかくの機会だから、お金のことは気にしないで、ここでゆっくり静養してください、と云う。それでも夫は応接間つきが気に入った様子。ここで口述筆記が出来るな、と云う。例の自叙伝のこと。病気にさしつかえなかったら、本人にも気がまぎれていいだろうから、速記者の宮原素子さんに頼んで、病室に来てもらうことにしたい。

三階の係の主任看護婦さんと会う。完全看護の由、面会時間その他規則を聞く。家族の病院泊りこみはできないが、病院の近くにホテルがあるので、病院と契約がある由。

入院ときまったので、荷物をとりに家に戻ることにする。夫と、連絡先の打合せ。とりあえず会社関係。会長さん、社長さん其の他。夫は本を持ってこいと五、六冊の書名をいう。当人は案外楽観しているので安心する。

帰りがけに院長にお会いして、さっきの診断の結果を詳しく聞こうと思ったら、昼食に外出されていた。

帰宅して、とりあえず病室に運ぶものをサキといっしょにまとめる。あれこれと思いつくと、ないようでもかなりな荷物になる。

夫の書棚から指定の本を抜く。百科事典があるので、「心筋梗塞症」の項を見る。

『……症状は定型的病像のほか、多くの異型を示すこともまれではない。定型的症状は、突如狭心症様胸痛が起るとともに、ショック症状を呈するものを特有としている。すなわち、突然に死の恐怖感を伴う胸痛が起るとともに、皮膚は冷汗でおおわれ、嘔吐、失禁を起し、顔は蒼白になって苦悩状を呈し、四肢の末端にはチアノーゼが現われ、脈は著しく細小多数で、ときには触知不能となる。血圧は低下し、呼吸数は増加し、肺にカタル症状を呈する。最悪の場合には数分あるいは数時間以内に意識が溷濁し、あるいは心臓衰弱のために急死する。さいわいに発作に耐えうるときには、血圧は漸次正常に復し、脈の数も減少し、痛みも消散する。そして第一あるいは第二病日に38℃程度の発熱と白血球増多、血沈促進とが現われ、後次第に回復に移行するが、しばしば再発作がある。心電図はとくに梗塞曲線といって特有の変化を呈する。
発作に耐えても少なくとも六週間ないし八週間の安静を保つことが必要で、赤沈反応、心電図の異常所見の回復などの所見を参考として床につかせ、再発作を予防することが大切である。食物、強心剤（必要によりジギタリス、ジウレチン、安息香酸ナトリウムカフェインなど）鎮静剤（臭素酸、カノコソウ剤）を投与し、精神的不安を除くことにつとめ、離床後も漸次肉体的および精神的に鍛練させ、その後にはじめて職業其の他に復帰させるように注意して、看護と養護を怠らないようにすることが必要である』
これはやはりたいへんな病気のようで、読んだあと胸がどきどきした、平川医師はこちらを安心させるためか、ひどく軽くおっしゃったので、この事典の解説に脅かされる。どうか早く健康に復帰できるように祈る。
S光学の本社秘書課に電話する。会長さん、社長さんとも不在。板倉専務が電話に出て、おどろかれる。社長、会長には早速伝えるが、自分もすぐに病院に行くと云われる。いまは何も変ったことはなく、ただ精密検査のために入院しているのです、と一応お伝えする。
塩月さんに電話、夫が入院したことを報告する。午後五時ごろ、車に荷物を積んで朱台病院に行く。夫はベッドで睡っていた。……》
塩月に電話すると、彼は早速、社を出てきた。Aホテルのロビーで落ち合ったのが二時半ごろだった。

「いよいよ入院か」

と、塩月はちょっと深刻そうな顔をしていたが、パイプをふかしているうち、眼に微笑をみせてきた。

「どのぐらい入ってるようかね？」

「精密検査の結果をみないと分らないけど、順調にいっても一ヵ月かかりそうだわ」

「一ヵ月か。その間、お前さんは毎日病院通いかね？」

「そうよ。でも、あの病院、完全看護だから夜間の家族の附添はできないわ」

「ふうん。そうすると、夜はお前さんはひとりで家で寝るのかね？」

「そうなるわね」

病院の近くに、病院が契約しているホテルがあるという話は云わなかった。これはいつでも云えるが、まだ早い。

「ひとりで家に寝て寂しくないかな？」

パイプをくわえている唇の端がゆるんだ。

「怕《こわ》いわね。あんな年寄りでも男がいるのといないのとでは心理的にずいぶん違うわ。これからは毎晩、戸じまりを厳重にして寝るわ」

「うまく話を逸らせたな。男手がいるんだったら、ときにはぼくが遊びに行ってもいいよ」

「ばかね。女中がいるじゃないの。家に来られては困るわ」

「冗談だ。おれが行けるわけがないじゃないか。それに、病院から沢田さんが電話をかけてくるだろう？」

「そうね。かけてくるかもしれないわ」

それは気づかなかった、と伊佐子は思った。信弘は睡れないままに電話してくるかもしれない。それが単純な退屈しのぎでないことも想像できる。さすがに塩月は男だけに男の心理が分っていると思った。

「ねえ、これからパパにはいろいろ相談したいの。いま百科事典を見てきたんだけど、心筋梗塞症というのは、おそろしい病気ね」

「だから早く入院させなさいと云ったんだよ」

「入院してても、亭主はある日突然発作を起して死ぬかもしれないわ。いまのうちに早く財産処分の手続きをしておきたいの」

「沢田さんにはお嬢さんが二人いたね？」

「そう。一人は他家《よそ》に嫁いでるけど遺産の分配請求権はあるの？」

「それはあるが、問題はその比率だな。弁護士に相談しないと分らない」

「娘二人は、家のほうには寄りつかないけど、会社には父親に会いに行ってるの。小遣いをもらってるらしいわ。だから、入院したとなると、向うでも二人して遺産のことで戦術を練っていると思うわ」

「早く沢田さんに遺言書を書いてもらうことだが、入院してすぐとはお前さんも云えないだろうな。そのうち万一ということになっても困る。今から弁護士と相談したほうがいいが、これは民事専門の人のほうがいいだろうな。佐伯は刑事が専門だから」

塩月はそこまで云ってから訊いた。

「それはそうと、あれから佐伯に会ったかね、入院のことで兄貴の院長に頼むように云っておいたけど」

その言葉で、佐伯が自分と会って、一時間も話合ったことを、塩月には何も報告していないのを伊佐子は知った。

八

沢田信弘は朱台病院の特等室のベッドに酸素テントをかぶせられて横たわっていた。入院した日から酸素テントなので、当人もショックだったらしく、悄然と横たわっていた。半分は、うつらうつらと睡っている。その酸素テントもずっとではなく、三時間ぐらい胸の上から頭まですっぽりとビニールの中に入れては、取りはずし、三時間ぐらい休んでは、また入れる。

「重症患者だと、昼夜のべつなく酸素テントの中に入ってもらうのですが、ご主人の場合、幸いにも軽症ですから、この程度にしましょう」

佐伯院長は伊佐子に云ったが、テントに入っている沢田にも、眼が醒《さ》めていれば、聞かせる言葉だった。ビニールが光ったところは沢田の顔が消えている。院長は短い半白の頭で、よく肥っていた。顔はどことなく弟の弁護士に似てはいるが、頬の弛《たる》んだ柔和な貫禄で、弟のきびきびしているのとは違って緩慢な動作だった。

沢田は発作後三日経っているのでよほど平常に戻った状態だが、入院となると手当ても大げさだと伊佐子は思った。

「酸素テントに入れないといけないんですか?」

伊佐子は医局に出むいて主治医の浜島に訊いた。浜島は三階病棟の主任でもある。院長に直接いろいろ訊くのはまだ遠慮があったし、小男の浜島は活動的で、こっちも気が軽かった。第一、主治医だから何を訊いてもいい。

「そうですね。そのほうが年輩の方には安全ですね」

老人と云わずに年輩と表現するところに主治医の心遣いがあった。が、年齢の違う夫婦と見られるのにはこっちも馴れている。今では相手の遠慮の仕方が面白くなっていた。浜島は三十六、七くらいで、柔らかい髪の毛がいつもせまい額にかかっていた。

「心電図の検査が頻繁にあるんですのね?」

「はあ。心筋梗塞だとあれが診断の基礎になるもんですから、しかし、心電図の所見が百パーセント当てになるものでもありません」

「主人のはいかがですか?」

「グラフはいいですね。悪くありません。伺うと肩の痛みとか凝《こ》りとかはあまりないそうで、これもいい傾向です」

「肩凝りはいけないんですか?」

「いちがいには云えませんが、心筋梗塞からくるものとすれば無いほうがいいですね。

お年齢《とし》からくる肩凝りは別ですがね」

「主人の心筋梗塞は性質《たち》のいいほうなんですか？」

「一年前に第一回の発作があってそれが何ということはなく済んで、今度の第二回の発作でもこの程度ですから、たいへん幸運といえますね。第一回の発作時に、ほとんどはすぐに入院するものなんですがね」

「主人はその発作のことはわたしに知らせてもくれませんでしたわ。今度の発作で、その隠していたことが分ったんです」

浜島はうすい唇に軽い苦笑を漂わせた。年寄りの夫がなぜそれを若い妻に秘密にしていたか察したようだった。医者はいろいろな入院患者を見てきている。

「今度は折角入院なさったのですから十分な診断と治療をしたいと思います。あと四、五日してレントゲンを撮《と》ってみたいと思っています」

「ここに入ってからずっと睡ってばかりいますわ」

「心臓の負担を軽くするため睡眠薬をあげてます。絶対安静が必要ですから」

「食事も牛乳と半熟の卵ばかりですわ。あれがずっと続くんですか？」

「ここに入られて三日目ですね。食欲が減退してもいけませんから、明日あたりからお粥《かゆ》に切り替えましょう」

「寝たきりの絶対安静というのはいつまでつづくんですか？」

「だいたい一週間をメドにしていますから、あと四日間ぐらいですね。それから床の上に起き上ってもらうようにし、様子をみてぼつぼつ足馴らしをしていただきます。早く社会に復帰していただかなくてはなりませんからね」

「ねえ先生、三回目の発作にコロリといくんじゃないですか？」

「すぐにそういうことになるかどうか分りませんが、危険ではありますね。しかし、その三回目の発作というのは人によってはだいぶ遠いのです。五、六年から十年ということもあります」

「十年？　主人のような年寄りでも？」

「年輩の方は、うら若い人からみると少し条件が不利ですが……」

浜島はちょっと具合の悪そうな顔で云った。

「先生、ご遠慮なくほんとうのところを教えてください。わたしは主人があの通り老人ですから、心の準備もしておきたいんですの」

浜島は当惑したように眼を逸らした。机の上にはカルテが散乱していた。

「報告例で見ますと、第二回の発作後の死亡例の大多数は最初の三年間にみられますが、全例が心臓死ですね。しかしですな、もちろん第二回発作後の予後が第一回の発作後と同じように良好で仕事に復帰した例も多いのです」

「じゃ、癒《よ》くなって退院しても三年以内が危ないというわけですか？」

「報告例ではそうなっていますが、いま申し上げたように予後のいい方はそうとは限らないのです。無理をされなかったら、長生きできるわけです」

「先生、主人は六十七歳ですわ。わたしはあと三年は保《も》たないように思いますが、どうでしょうか?」

「さあ、それは何とも……寿命のことですから」

「でも、年寄りの場合は条件がずっと悪いとおっしゃったでしょう?」

「はあ、それは当然に不利ですが、やはり個人差がありますから。……奥さん、われわれでできるだけ手を尽してみますから」

浜島は辟易《へきえき》して云った。

伊佐子が医局を出ると、浜島が婦長に、

「なんだ、あの奥さん、主人を助けてもらいたいのかなァ、それとも早く死んでもらいたいのかなァ」

と呟いた。

背の高い、眼の大きな婦長がクスリと笑った。浜島に手伝ってカルテを整理しながら告げた。

「先生、あの奥さんは千谷ホテルに泊ってらっしゃいますよ」

千谷ホテルはこの病院の近くで、病院が完全看護の建前から家族を病室に泊めないため、病院で契約して重症患者の家族の便宜をはかっていた。病院との直通電話もつけ、急を要するときは家族と連絡できるようになっている。病院とホテルの間は五百メートルくらいで、歩いて五分とかからなかった。

沢田信弘の場合、わりと軽症で、発作後は状態がおさまっているし、いわば精密検査と完全治療をかねた入院なので、家族がホテルに泊りこむほどの必要はなかった。しかし、病気が病気なので、入院直後は家族が心配してそのホテルをとってもふしぎではない。

「でも、あの奥さん、ひとりで泊ってらっしゃるようよ」

と、婦長は云った。

「ふうん」

白い上被《うわつぱ》りをきた病棟主任は、股をひろげて椅子にかけ、カルテに何か書き入れていた。

「子供さん、居ないのかね？」

「あの奥さんにはいないのかもしれませんわ」

「と、いうと？」

「今日、三十二、三と、二十七、八くらいの女のひとが病室に見えましたの。顔が患者さんと似ていたから、きっと前の奥さんの子供さんですわ。わたしに、父がお世話になりますって、ちゃんと挨拶されましたもの」

「その年齢だと、ちょうど合うな。結婚しているようなひとかね？」

「お姉さんのほうは四つくらいの男の子の手を引いてらしたけれど、妹さんのほうはどうだか分りませんわ。長い髪を垂らして革ジャンパーにコールテンのズボンで、ヒッピー族ではないけど、絵描きさんみたいな恰好でしたわ」

「そのとき、あの奥さんも病室にいたのかね？」

「そうなんです。それがね、奥さんはベッドの枕元のところに椅子を持ってきて坐ってらっしゃるから、娘さんたちは中腰で患者さんを脚に近いほうからのぞいてらっしゃるんですの。奥さんも娘さんにゆずって、お父さまの顔をよく見せておあげになればいいのにね。ベッドの横は椅子が一つしかないでしょう、だから、お二人とも立ったままなんです」

「奥さん、知らん顔かい？」

「そうなの、気むずかしい顔をしてね。それだけじゃないんです、娘さん二人に、あんたたち、いつまでもそこに立ってたってキリないわよ、パパは睡眠薬の注射を打ってもらったばかりで眠ってるんだから、ねえ婦長さん、とわたしに相槌《あいづち》をうたせるように促すんです。早く帰れと云わぬばかりなんですの。わたし困っちゃって。だって、患者さんは四時間くらい睡ってるから、そろそろ眼がさめるころなんですもの」

「それで、どうした？」

「妹さんのほうが、婦長さん、パパは何時ごろ目覚めますかときかれるので、さあ、もうしばらくかかるんじゃないですか、と返事してすぐ病室を逃げ出してきたけど。……あとで一階の薬局に行くときに見たら、外来患者の待合室で姉妹がしょんぼり長椅子にかけてるんです。お姉さんのほうは泣いてましたわ。きっと、あの奥さんに病室を追出されたにちがいありません」

「ふうん、深刻なものだな」

「ね、先生、あのご夫婦はいくつぐらい違うかしら？」

「年齢かい？　さあ、三十ぐらいかな」

「旦那さん、六十七歳ですわね、奥さんが三十八歳……そんなに違うかしら？　もう少し、奥さんいってると思いますわ。派手な化粧をしてらっしゃるけど、四十は、ちょっと出てるんじゃないかしら」

「男も、五十代のときはいいけど、七十近くになると、三十も違う女房だと、ちょっと悲劇だな。男は枯れ細るばかりなのに、女はますます脂ぎってくる」

小男の主治医はドイツ語で何か云って眼尻に皺を寄せた。それが婦長には聞きなれた卑猥《ひわい》語だったので、あらあら、また、と云って白い歯を出した。結婚している婦長は眼元も赧《あか》らめなかった。

「患者さんは、どこかの会社の重役さんですってね？」

婦長は白い帽子を直して云った。

「そうらしいな」

「院長先生の弟さんの弁護士さんの紹介で入院されたそうですよ」

「弁護士は義男さんというんだ。若手ではやり手だと聞いたけど、その会社の顧問弁護士か何かをやってるのだろう。昨日も一昨日もぼくのところに容態を聞きにきたよ」

「義男さんというんですか。今日も午前中に病室にみえてましたよ。患者さんは睡ってたけど、お二人で応接椅子に坐って話しこんでおられましたわ」

「義男さんは院長と違って、なかなか精力的な顔をしているじゃないか。大丈夫かな」

婦長はくすりと笑った。浜島も、院長の弟のことなので遠慮したか、あとを黙った。

看護婦が酸素テントをとり除《の》けにきたときから沢田信弘は眼をさましていた。

「おい」

と、信弘が呼んだ。応接用のソファにかけて編物をしていた伊佐子が立ってベッドに歩いてきた。

「いま、何時だな？」

「四時二十分よ」

窓の陽が萎《しぼ》んでいた。うす暗い部屋の中で、枕の上の信弘の白い髪が乱れていた。

「睡っている間に誰か来たか？」

「いいえ、どなたも見えませんよ」

仰むいたままの信弘は虚《うつ》ろな眼で天井を見つめていた。

「睡ってばかりいるんだな」

信弘はぼんやりと云い、手で合図した。伊佐子が蒲団の裾から溲瓶《しびん》をさし入れた。信弘はもぞもぞして、口を開けていた。入歯を除《と》っているので、下の前歯四本を残すだけで空洞のようになっていた。もう一度手をあげると、伊佐子が溲瓶をとりのけた。茶褐色の尿がガラス瓶の底に溜ったのをそのまま伊佐子はベッドの下に置いた。

「おとどい、糖尿病の検査をしていたな、結果はどうだったかな？」

信弘は伊佐子に訊いた。

「さあ、どうだったかしら」

「聞いてないのか？」

「だって、何も云ってこないんだもの」

信弘は何か云いかけたが黙った。

「パパ、あんた糖尿病の傾向があったの？」

「いや、今までは無かったはずだ」

「糖尿病と心筋梗塞とは関係があるのかしら」

これには返事のなかった信弘が、

「睡っている間に豊子と妙子の声がしていたようだが、夢だったかな」

と、気兼ねした声で訊いた。

「そうね、ちょっと顔を見せてたようよ」

伊佐子はよそごとのように云った。

「もう帰ったのか？」

「帰ったらしいわ。あんたが睡ってるのをみて、眼がさめるのが待遠しくなったのね」

「どのくらい此処《ここ》にいた？」

「さあ、十五分か二十分ぐらいだったかしら」

信弘は妻の声の調子で、機嫌を測っているようだった。

「この次は、いつ来ると云っていた？」

「さあ、なんとも云わなかったわ。明日か明後日あたり現われるんじゃないかしら。あの二人、揃ってこっちに来たんだから、いつも連絡し合ってるのね」

「………」

「あんたに小遣いをせびりに会社に行くときも、二人で連絡し合ってたの？」

「そんなことはない。あんまり来やしないよ」

「どうだか。あんたが隠してることもわたしは知ってたわよ」

伊佐子は、不愉快がる信弘の顔を皮肉な眼で見つめた。

「一人にどのくらいお小遣いをやってたの？」

「たいしたことはないよ」

信弘は渋りながらも相手になった。黙ったままだと、妻の反動が娘たちに向いそうなのをおそれているようだった。

「でも相当な額でしょ。豊子さんとこは商売がうまくいってないらしいじゃないの？」

「そんなこと、おれには分らんよ」

「わたしには分るわ。今日来たときの身なりだって変よ。貧乏たらしくて。子供だって汚れた洋服を平気で着せてんの。あれ、お金の無いところを見せびらかすつもりかもしれないけど」

「………」

「豊子さんの旦那さんには、ここ三年ばかり会ってないわね。ちっとも家には寄りつかないんだもの。よっぽどわたしはあの人たちに嫌われてるのね」

「そんなことはないだろう。ただ……」

「ただ、何なの？」

「君が子供たちのくるのを好まないのだろう。それが子供たちを遠慮させているのさ」

「わたし、憎まれてるのね」

「煙たがられてるのさ」

「憎まれてても平気よ。わたしはこの通り開けぴろげの性格だから誤解をうけても仕方がないわ。いちばんわたしを憎んでいるのは妙子さんね」

「そんなことはない」

「いいえ、そうよ。あの人、なまじ絵を描いて自活してるだけに気が強いのね。自尊心も相当なものだわ。でも、かげではどんなことをしてるか分ったもんじゃないわ。違った絵描きの男と三度くらい同棲してたんじゃないの。女の絵描きの中には画商に身を売っているのもいると聞いたわ。いいえ、妙子さんがそうだと云うんじゃないけど」

信弘が空咳《からせき》をした。

「あの人の顔、荒《すさ》んだ皮膚をしているわ。革ジャンパーにコールテンのズボンなんかはいて男みたいな恰好をしているけど、あれでわたしをおどかそうとしてるのね、向うの気持、見えすいてるわ。妙子さんが姉の豊子さんをケシかけてると思うわ。豊子さんの旦那さんだって、けっこう組んでると思うの。商売には無能力者のくせに、ずるがしこい人よ。あの顔ですぐに分るわ」

「そうあんまり昂奮するなよ」

「昂奮なんかしやしないわ。あんたこそ、この話、聞きたくないような顔をして昂奮してるようだけど。わたしは冷静よ。事実を云ってるだけだわ。……あんたが入院したのをあの二人、どうして知ったのかしら？」

「君が知らせたのじゃないのか？」

「わたしは何も云わないわよ。だって、今度の入院は検査のためだもの、生き死《しに》にかかわることじゃないもの。びっくりさせないほうがいいと思って。そりゃ、わたしだって、あんたが重態だったら知らせるわよ。意地悪して知らせなかったんじゃないんだから。それなのに、妙子さんは、パパの入院をどうしてすぐ報《しら》せなかったかとわたしに喰ってかかったわ。だから、わたし云ってやったの。精密検査のための入院は人間ドックに入ったようなものだから、そんなドック入りまで報せる必要はありませんって。そしたら、妙子さんは、あなたには旦那さまかもしれないけど、わたしたちにとっては父ですからね、と云って睨みつけたわ」

信弘が窮屈そうに身体を動かした。

「もう止《よ》せよ」

「もう少し聞いてちょうだい。で、あなたたちはどこからパパの入院のことを聞いたの、と云ったら、会社に電話して分ったと云うじゃないの。これは豊子さんのほうよ。語るに落ちるというのはこのことね。じゃ、パパにはたびたび電話して会社に会いに行ってるのね、わたしの家には全然電話をくれないけど、と云ってやったら、豊子さんは赤い顔をして黙ったわ。すると妙子さんがね、妹の根性のほうがよっぽどしっかりしてるわ、会社のほうに電話したほうが面倒臭くなくていいんだって。挑戦ね」

「いい加減にしないか」

「ちょうどいい機会だから云うわ。二人ともあわてて病院に駆けつけたことといい、ふたこと目にはわたしたちの父が、父がと云ってることといい、財産分けのことが気になって来たんだわ。あんたが死なない前に、実子の権利をわたしに認識させようという魂胆なのね」

「……………」

「心臓病はほかの病気と違って、いつ突然どうなるか分らないわ。癌《がん》なんか、死ぬまで日にちがあるから、あとの準備も用意もできるけれど、心臓病は発作が起ったらそのままウンもスンもなくあの世行きだから、縁故の者は気が気でないわね。パパの遺産のことをさぐりにあの二人はここに来たような気がしてならないわ」

「もうやめてくれ。そんな話をつづけられると、おれは気分が悪くなりそうだ」

「あんたもしっかりしてよ。あんたにもしものことがあったら、わたしはひとりですからね。だれも応援はしてくれませんからね。あんたの子供さんたちに苛《いじ》められるばかりだわ。あんた、自分の奥さんがそんな目に遇ってもいいと思うの？　思わないでしょ。そんなら心配のないように、はっきりと何かに書いといてよ。民法で決められた三分の一の遺産じゃ困るわ。それだけじゃ、心細くて仕方がないわ」

「うん、うん」

「わたしは三十も年齢の違うあんたと結婚したばかりにこんな立場になったんですからね。ほかのご夫婦とはいっしょにならないわ。実の子も居ないし、だれに頼ったらいいの。この年じゃ再婚もできないわ。人に嗤《わら》われないような生活がちゃんとできるようにしといてね。かりにも沢田信弘の女房だった女がみじめなことになったら、あんたの体面にもかかわるし、わたしも可哀想じゃないの？」

「………」

「あんたはあんまり呑気すぎるわ。もう年とってんだから、わたしに云われなくても自分で気がついて日ごろやっておかなくちゃならないことだわ。自分ではいつまでも若いつもりで無理して頑張ったって身体のほうが云うことをきかないわ。もう駄目になってるところもあるじゃないの。この入院を機会に、ちゃんとわたしのことを考えてあとの用意をしといてよ」

「うん、うん」

「あんた、そこにくると生返事してるけど、娘たちは何と云ってるの？　何か蔭で約束してるから、わたしにはっきり云えないんじゃない？」

「そんなことはないよ。おれがこんなふうに寝たっきりじゃ仕方がないじゃないか」

「そう。そんなら、床に起上れるようになったら、遺言書を書いてくれるわね？」

伊佐子は眼を輝かした。

「うん」

「そう、うれしいわ。……でも、それ、パパの命がどうだからというんじゃないわよ。パパにはできるだけ長生きしてもらいたいの。ここの院長先生やお医者さんによく頼んでおくわ。パパよりもっと若くて、元気な方でも、遺言書は書いてるんだもの。奥さんを愛してる旦那さんだったら、だれでもすることだわ。パパは呑気だったのよ」

伊佐子は信弘の顔を両手でやさしく挟み、その頰に唇をつけた。

「パパ、死んじゃいやよ。パパはわたしが好きなんでしょ？　この世でいちばん好きな女ね。わたしもパパを愛してるわ。ほかの男なんか、全然魅力がないわ。興味なんか無いの」


ドアが軽く二度鳴った。背の高い、度の強い眼鏡をかけた若い医者が看護婦をうしろに従えて入ってきた。若い医者は鼻が低くて、絶えずどこかに無精髭を剃り残していた。

「あら、今夜は先生がご宿直ですか？」

伊佐子がにっこりして迎えた。

「え」

医者は軽く眼を伏せ、患者の傍に寄って手の脈《みゃく》をとった。背の低い看護婦が体温計を挟ませた。

「よく睡られましたか？」

医者は眼鏡の奥から切長な眼で患者を見下ろした。

「ほんとに睡ってばかりいますわ。心配になるくらいに」

伊佐子が引取って云った。

「睡るのがいいんですよ。心臓の負担も軽くなるし、いろいろなことを考えなくていいですからね。絶対安静には、心配させないことが肝腎《かんじん》です」

「………」

「どうですか、肩が痛んできませんか？」

医者は患者に問うた。信弘は首を振った。

「この辺はどうです、痛みませんか？」

医者は彼の肩のあたりを軽く押えた。

「いや」

「手はしびれませんかね？」

医者は体温計を挟んでない右手をとって揉むように握りこんだ。

「いいえ」

医者は信弘の開いた胸に聴診器を当て、心臓部の周辺を入念に匍《は》わせた。眉をちょっと寄せて聴診器をはずし、ゴムの黒い管をぐるぐると捲いた。

「胸に痛みはありませんか？」

信弘はだるく首を振った。

医者は彼の腕をゴム管で縛って血圧を測った。何度も測り直して緊縛を解いた。

「息苦しくなるとか、そういうことはありませんね？」

「いや」

「先生、変りはありませんか？」

伊佐子が愛想のよくない医者に訊いた。

「そう、少し血圧が上っているようですが……」

医者はもう一度患者の手をとって指で圧し、掌の色を検べるように見た。

「肩が凝るとか腕が痛いとかいうようなことはありませんね？」

と、患者にむかい確かめるように訊いた。信弘は首を左右に動かした。

「先生、肩や手が痛いと、どういうことになるんですか？」

伊佐子がまた横からたずねた。

「べつにどうということはないですが……」

医者はあとを濁して、

「今は、安静が絶対大事ですから、ご病人にはあんまり気持の負担になるようなことはお話しにならないほうがいいですね」

と、口の中でぼそぼそと云った。

この医者が聴診器を胸に当てて眉根を寄せたことといい、血圧が上っているということなどで、信弘はかなり昂奮しているようであった。昂奮の原因には心当りがある。医者は始終病室で患者とその家族とを見なれているので、察しが早いようだった。

「奥さんは、何時ごろまで病室におられますか?」

医者がベッドの横から離れて訊いた。

「今までは、だいたい八時か九時ごろまでは居ましたけれど」

「そこのホテルにお泊りになってるそうですね?」

「はい、病院に泊めていただけないので、そうしています。病院とは直通電話があるそうですから、いつでも呼出していただけますのね」

「先生」

いままで黙っていた信弘が声を出した。

「そのホテルにこの病室から電話をかけられますか?」

医者はふりむいた。

「そりゃ、そこに卓上電話がありますから、交換台でつないでくれますよ」

「夜遅くでもですか？」

伊佐子は思わず硬い表情になって寝ている信弘を見た。

「夜でもつないでくれます……しかし、そういうふうにして絶対安静の間は駄目ですよ。寝たままで、動かないようにしていただかないと。あと四、五日くらいの我慢ですから」

信弘は黙った。

「用事があったら、遠慮なく枕元のボタンを押してください。宿直の看護婦がすぐ来ますから」

医者はそう云ったが、患者の表情が何か云いたそうなので、

「夜中に変な気持がするんですか？」

と、枕元にあと戻りして訊いた。

「夜が怕《こわ》くなるのです」

信弘がうす眼を開けて云った。医者のほうは見ていなかった。

「夜が怕い……どういうふうにですか？」

伊佐子の耳もその返事を待った。が、その返事は聞えなかった。

「入院されて間がないから、まだ馴れてないのですね。少しも怕がることはありませんよ。用事があったら、すぐに看護婦を呼ぶボタンを押してください」

医者の傍にいた看護婦が伊佐子のほうを偸見《ぬすみみ》していた。

「君は、いつ帰るんだい？」

信弘が伊佐子に云った。

「わたし？　そうね、今日は早目にここを出るわ。家を四日も空けているから、用事が溜ってるんです。その整理に一度帰らなくちゃ、滅茶滅茶になるわ。……何かお読みになりたい本があったら家から持ってきますよ。わたしが横で読んであげます」

病人は何も要らないというように首を振った。

「先生。主人は口述筆記をしてるんですが……」

伊佐子は医者にむいた。

「口述筆記？」

「はい。速記者に話を速記させてたんですが。退屈凌《しの》ぎに昼間この病室に速記者を呼んでもいいでしょうか？」

「そうですね。気がまぎれていいかもしれないが、まだ早すぎますね。やはり、あと少し経たないと、やはり、そういう口述筆記だと疲れますからね。普通の雑談と違って」

「そうですわね」

「それも様子を見てからのことにしましょう。はじめのうちは一日に二十分か三十分ぐらい口述されることにして」

「家内が帰る前に」

と、信弘が云った。

「睡眠薬の注射をしてくれませんか」

――あとになって、信弘はどういうつもりで夜が怕いなどと云い出したのだろうと伊佐子は思った。ほんとにあれは夜中にひとりで寝ている心細さからだろうか。発作が起ったとき、傍にだれも付いてないのを恐れているのだろうか。どこまでも四角形に組立てられた白い壁の中で、昆虫のように手脚をばたばたと藻掻かせて死ぬ自分を想像しているのだろうか。怕いというのが、別なことを想像しているのなら、病人の神経が気味悪くも感じられた。真夜中にホテルに電話したいなどと云い出すのも、ただ寂寥《せきりよう》から妻の声にすがりつくという感情だけとも考えられない。

車で家に戻ったのが八時ごろだった。サキが玄関の戸の錠を外して開けた。

伊佐子が今夜戻ってくるとは思ってなかったようで、ネグリジェの上に羽織をひっかけていた。伊佐子が初めて見るネグリジェで、かたちも色もサキには奇抜だった。ひとりで家にいるからのびのびとしているようである。

家の中をそれとなく見て回ったが、掃除が行き届いてないのは一目で分った。文句も云えないので黙っていると、気がひけたらしくサキがついてきて、

「旦那さまのご容態はいかがですか?」

と、しきりと心配顔になって訊いた。

留守中の支払先などたずねて、電話は、と云うと、サキがメモをしたのを持ってきた。五、六人いたが、その中に大村の名があった。どきりとして、

「この人、何と云ってかかったの?」

と、サキを見かえった。

「はい、奥さまの行先を訊かれましたので存じませんと申上げたら、いつごろお帰りになるかと問われました。よく分りません、と云いましたら、また、かけますと云って切られました」

サキには知らない人には入院先を教えないように云ってある。見舞にこられるのが面倒だからという理由だが、実はこういった連中を警戒したのだった。大村のやつ、どうして電話をかけてきたのだろう。Aホテルで、暴力団のような男におどかされたのを根にもって恨みごとを云うつもりだったのだろうか。Aホテルのロビーの豪傑も、大村がすぐにこっちに電話をかけてくるようでは、思ったほど睨みが利かなかったとみえる。塩月に電話して文句を云ってやろうと思った。

メモの中には宮原素子の名もあった。

「宮原さんからは二度電話がありました。旦那さまのご容態を訊かれ、まだ病院にお見舞に上るのは早いでしょうかと訊かれました。当分、絶対安静ということをご返事して

おきました」

「そう」

顔色の悪い、痩せた少年のような女が泛んだ。

「今度、宮原さんから電話があったら、病院のほうにかけるように云って頂戴。そうね、午前十一時ごろから夕方の五時ごろの間だといいわ」

その時間だと、多分確実に病室に坐っていそうだった。その前と後とは、どういう用事があるか分らない。

冷蔵庫をあける、瓶詰のものや果物がだいぶん減っている。ジュースも三、四本は数が少なくなっていた。留守の四日間にサキは愉しんでいた。不愉快になったが、これも咎められなかった。

「また、あさってあたり帰ってくるからね」

茶を運んできたサキに伊佐子は云った。

「はい」

今夜も家では泊らないのかといった顔をサキはした。

「旦那さまの容態がはっきりしないの。絶対安静の間は、むこうに泊りこみだから」

と、べつに云う必要もない言訳が出た。

これから留守中に支払う金をサキに出して、

「旦那さまの入院先は云わないようにね。会社関係の方はみんな知ってらっしゃるから」

と、念を押した。

「はい」

「戸閉《じま》りを厳重にしてね」

「そうします」

若い女が夜ひとり寝るのが不安でないのかとサキを見て思い、夜が怕いと云っていた信弘の言葉を思い出した。

「あんた、夜が恐ろしくないの?」

「いいえ。大丈夫でございます。田舎で慣れておりますから。それに、こちらは田舎の家よりずっと戸閉りがいいですから、安心しています」

ふと、サキが居なくて自分ひとりでここにいたらどうだろうと思った。やはり不安で睡れないだろう。塩月にも佐伯弁護士にもくるように声をかけるだろう。もちろん二人いっしょでは困る。すると、毎晩、男が変ることになる。――

千谷ホテルは路面の正面からみると二階建だが、谷の斜面を利用して裏側が下に向って三層になっていた。都合五階建ということになるが、伊佐子の部屋は谷のいちばん下の階で、階段を降りて、右の隅になっていた。この階の部屋数は十室あった。九時ごろにホテルに車で戻ると、ロビーに弁護士の佐伯義男が椅子に腰かけて待っていた。佐伯は膝の上に黒の手提鞄を乗せて煙草を喫っていた。

「いま、兄貴の家に寄って、ご主人の容態など聞いて参りました」

佐伯は鞄を横において椅子から起ち上り、入ってきた伊佐子を迎えた。はじめから弾んだ声だった。

「どうも、いつも」

伊佐子は頭をさげた。

「経過はいいそうですね」

「そうですか。どうも。医局の先生方ははっきりおっしゃってくださいませんので、わたしは迷ってるんですけど」

「医者というのは、そういうもんですよ。院長の兄貴が云うのだから間違いないでしょう。あと三、四日ぐらいの絶対安静で、だんだんに散歩の足馴らしになるそうです。幸い、ご主人のは軽くて、発作のないときに入院されたのだから、お気持は平静だそうですね。急激な発作時で入院した患者はショックだけでも意気銷沈して死んだようにぐったりとなるそうですよ」

「でも、主人も相当なショックのようで、子供みたいに、しょげていましたわ」

「大丈夫ですよ。予後はいいだろうと兄貴も云ってますから。……ところで、今日法廷に出てきました」

佐伯は横の黒鞄を取って蓋を開けかけたが、まずいなという顔をしてあたりを見回した。ロビーには宿泊客があちこちに坐っているし、テレビの前には四、五人いる。なかにはこっちの様子をそれとなく眺めている者もいた。

「それじゃ、わたしの部屋まで来ていただけますか？」

伊佐子は軽く云ったが、何か踏み切った気持だった。佐伯の大きな眼がじっとこっちを見た。びっくりしたような表情にもとれるし、平然と見据えているようにもとれる。四角張った顎には少し鬚が伸びて、青い剃りあとだったのでうす黒くなっていた。

「そうですか。じゃ、ちょっとだけ」

佐伯は勢よく腰をあげた。

伊佐子のあとからついてきた佐伯は下に降りる階段ごとに窓から見える崖からの夜景を珍しがって、

「ほう。変っていますね」

と云っていたが、女の部屋に行くテレかくしとも見えるし、浮々しているとも思えた。弁護士というのはいろいろな人物に会って、人ずれがしているようなので、実体がよく分らなかった。

部屋は一間きりだが、かなりひろく、ベッドは衝立がしてあって、こっち側の応接セットの置いてあるところからは見えないようになっていた。

ツイン・ベッドの一つはカバーがかけられ、一つは支度されて、上にはホテルの浴衣が一枚たたんで置いてあった。ひろい部屋をとるにはツイン・ベッドのあるところしかなかった。が、もちろん佐伯には衝立のためベッドが一つあるか二つあるか分らなかった。

伊佐子は入口のドアを開けたままにして赤い絨緞の廊下が見えるようにし、窓のカーテンもみんな押し開いた。窓からは神田やお茶の水あたりの灯が光のきれいな粒になって眼の下にひろがっていた。伊佐子がそんな動作を済ませるまで、佐伯は鞄から書類をテーブルの上に出して椅子に神妙に待っていた。

「すみません。こういう部屋では何のお構いもできませんので」

伊佐子は向い側に坐った。中間のテーブルの横にはフロア・スタンドがあった。

「いいえ。ぼくもお話ししたらすぐに失礼しますから」

佐伯はテーブルの上に出した書類を上から二、三冊繰っていたが、下から一冊を抜いて、伊佐子のほうに向けた。

「これなんですがね」

伊佐子が手にとると、七、八枚綴じのタイプ印刷の複写だった。

「裁判所が乃理子さんの死因について鑑定を依頼していた二人の法医学者から提出された鑑定書です。ぼくの見込み通り、石井君に非常に有利ですよ。こっちのほうはG大の斎藤助教授の鑑定書です。全文を読むのはたいへんですから、ぼくが頭に赤丸をつけた章だけを拾って眼を通してください」

「はい」

伊佐子は、云われた通り朱筆で印のついた文章のところを拾い読みした。

《被害者福島乃理子の死因が、脳震盪であるか否かについて、それに関連して間接的に睡眠剤中毒死の検査が問題となっている事項の鑑定。

睡眠剤中毒の場合に睡眠剤が検出されるか否かは、中毒時の睡眠剤の服用量、体質による個人差、中毒直前の食物、酒類、他の毒物の摂取の有無、中毒時の処置法、中毒時および死後の経過時間、季節、屍体の経過状況などに左右され、必ず睡眠剤を検出されるものとは限らない。

死後十七、八時間経過した検体より、未分解の睡眠剤が検出可能な程度に残存していたか否かは疑問であり、特に駆けつけてきた村山医師が予め胃洗滌を比較的充分に行ない、その胃洗滌液についての検査が行なわれていないことは、睡眠剤の検出を目的とする検査に於ては、最も有力な検体についての試験が行なわれなかったこととなり、まことに遺憾とする所である。

しかして本件に於て、監察医たる宮田鑑定人の睡眠剤検査の際に用いた、限られた種類の定性試験法より考えて、すべての裁判化学的検査が精密周到に行なわれたとは考えられない。

例えば、検体の一部を硝子製の皿に移し、薄く拡げ、肉眼、又は拡大鏡で観察し、異物の存在を認めた時はピンセット又は適当な方法で拾集し、その一部は化学試験に用い、他の一部は必要に応じ、証拠物件として提出しなければならない。

『胃内容に剤片らしいものの混じている場合、これを取り出して検査する』のは裁判化学上、一般の方法である。胃内容中に剤片らしいものが混じていることを認めたことは、異物らしいものの存在を認めたことであり、これを取り出して化学的検査を行ない、剤片らしいものの剤片としての特徴をより正確に把握することが出来、爾後の検査を行なう際の有力な参考となり得る。従って『特別に取り出さず、胃内容全部についての検査をするという説』は裁判化学上は用いられていない。

本件において、最も有力な検体である胃洗滌液について検査が行なわれていないことは、死因が睡眠剤中毒なるか否かを決定する最大の手掛りを逸したこととなり、睡眠剤中毒死容疑事件の処置法として適切でなかったものと考えられる》

ここまで読んで伊佐子が眼をあげたとき、こっちを凝視している佐伯の顔と合った。それはタイプの文字を追いながらも絶えず感じていたことだが、いま、視線が合うと、佐伯はすかさず用意した次の一冊を出した。

「裁判所の文章は独特な型があって読みづらいですがね。要するに乃理子さんの死体を解剖した監察医が、胃の中の睡眠剤の欠片《かけら》を検査しなかったという手落ちを証明しているのですよ。もう少し我慢してこっちを読んでください。こちらはK大の迹見教授のです」

「はい」

渡された別のタイプ複写の一冊を開き、同じように赤丸のついた文章を拾った。

《……本件では頭部に骨折のないのは勿論、骨折下にすら出血ありとの記載もないので、宮田鑑定人が『いずれも各創傷単独では重傷ではないが』としているのは妥当であるかも知れない。しかしそれだからとて同鑑定人が見る如く『これ等全創傷が共同すると極めて重傷で』とする根拠は見出されない。本屍の場合は、宮田鑑定人はその死因は脳震盪であるとしているのであり、従って軽微な各打撃が共同してということは首肯しがたいところであり、宮田鑑定人の『各傷が共同して脳震盪を惹き起した』とするところはにわかに賛成しがたい。

本屍の死因が睡眠剤中毒死であるか否かは胃内容その他の薬化学的検査が重要な資料を提供するはずである。解剖検査時の本屍胃内には『汚染暗褐色の溷濁内容約三〇〇粍《ミリリットル》を容れ、内に未消化の米飯粒及野菜片並びに白色の硬い剤片少しばかりを混じていた』が、これについて『スタス・オット法で抽出して得た酸性エーテル分画について、種々呈色及び沈澱反応並びに分光分析を行なったところ、その成績はいずれも陰性で』あったという。この際胃内にあった『剤片』のみについて化学的検査を行なわなかったことは惜しまれることであり、極く小さな砕片でも若しこれが睡眠薬であれば、概《おおむ》ね検出に成功するものである。

剤片を認めたにもかかわらず、これを分けて別に検査することなく、そのまま抽出操作にかかった点には、検査が極めて形式的に行なわれたらしい疑をもたせる点で、この化学的検査の結果が陰性だからといって睡眠剤中毒を全く否定し、死因を脳震盪に帰することには問題があろう。……》

――微風を起して、佐伯の影が横を回って近づいてくるのを伊佐子は知った。その肩に佐伯の手の重みが乗った。彼女は、無恰好なタイプ活字の上に眼を止めたまま、この気むずかしい文章と、これから自分に加えられるであろう佐伯のロマンティックな動作との前に横たわる空隙をじっと見つめた。

九

S光学の会長の川瀬が見舞に来ていた。朝十時半ごろ、春の陽光を浴びた車で伊佐子が千谷ホテルから病院に行き、少し遅くなったとは思いながらも病室のドアを開けると、真白い頭の川瀬がベッドの横に椅子を近く寄せて身体を折り曲げながら信弘の顔をのぞいていた。萎びた咽喉のたるみがいちばん眼についた。

「どうも、社長さん。お忙しいところをおそれ入りました」

会長だが、伊佐子は以前のままに云った。川瀬には二、三度、信弘といっしょに食事によばれたことがある。

川瀬は信弘との話をやめてこっちを向いて見舞を述べた。前から猫背だったが、腰がだいぶん曲ってきている。皺だらけの顔とまるい眼とは鶏を想わせた。

信弘は仰向いて眼をつむっている。伊佐子が入ってくる前の二人の話は、中断されたのか、終ったのか、そのままになってしまった。

川瀬は、信弘が思ったよりは元気だと云い、自分の持病の胃潰瘍の話をした。信弘は枕から顔を動かし、ふむ、ふむ、とうなずいたがその話にはあまり身を入れて聞いてないようだ。伊佐子が遅かったので、彼は昨夜の所在を気にしているようにも思われた。

「奥さんも、つきっきりの看護ではたいへんだな」

と、川瀬の鶏の眼は伊佐子を不安定に見つめて云った。焦点のさだまらない視線だった。

「いいえ。まだ、それほどでもないんです。この通り重病人というわけでもありませんから。ただ、絶対安静ですから、横に付いていても素人のわたしでは手の下しようがありませんの。完全看護ですから、病院の看護婦さんにお任せするよりほかありませんわ」

「それじゃ、家族は見舞客のようなものかね？」

「そうですね。見舞客の長尻のようなものかもしれません」

川瀬はその制度が呑みこめない表情でいた。伊佐子はよそ行きの支度で来ている。川瀬の常識だと、入院患者の家族は化粧もしてなく、ひき詰め髪で白の割烹着でなければならないようだった。

「そうすると、奥さんは毎日家からお通い？」

「いいえ、急な場合もあるので、すぐ近くのホテルに泊ってます。病院側からそう云われましたので」

「ホテル住い？　そりゃ不自由ですな」

「不自由、とっても不自由ですわ。家のことも気になるし、宙ぶらりんで落ちつかないんです。家にはお手伝いさんが一人でしょう。馴れた子だからいいけど、それでも、わたしがいないと片づかないし。昨夜も家に遅くまでいて、ホテルに戻ったんです。そうすると、留守に病院のほうから何か云って来たのじゃないかしら、これから夜中にも云ってくるんじゃないかしらと落ちつきませんわ。それに女ひとりでホテルに泊ってますからドアに鍵をかけてますでしょう、よけいに神経が尖るんです」

これは信弘に聞かせる言葉だったが、彼は眼を閉じていた。

「それはたいへんだな。奥さんが病室にいっしょに泊れる病院に入れたほうがよかったな」

「いまの大きな、新しい病院は、みんなこうなんですわ」

「患者無視の制度だな。看護は技術よりも家族の気持が病人に通って癒る場合が多いのにな。で、完全看護というのは、何から何まで病院の看護婦がやるのかね？」

「そうなっています」

「それじゃ、下《しも》の世話なんかしてもらうのに、気がねでしようがないだろう。ね、君」

川瀬は信弘の顔に向く。信弘は口もとに苦笑を泛べたが、あごに白い無精鬚がかなり伸びていた。黒い鼻孔がひろがってみえ、垢じみた皮膚に艶がなかった。伊佐子の世話が行き届かない。

「完全看護というけど、看護婦の手はあるのかね、近ごろどこも足りないそうだがね」

「ここの病院は間に合ってるようですわ」

「あると云ったって、始終附添っているわけじゃないでしょう」

「でも、それは病院側の責任ですわ。完全看護という建前から」

「うむ。奥さんが帰られたあとの夜なんかどうするのかな。看護婦が見回ってくるのかね？」

「それもありますが、枕もとのボタンを押せば詰所にランプがつきますから、すぐに看護婦が来てくれます」

「味気ないもんだな」

と川瀬は呟いたが、気がついて云い直した。

「それじゃ奥さんも気がかりでしようがないでしょうな」

「ええ。でも、あんまり病人がわがままでも困りますから、ちょうどいいかも分りませんね。これが修行だと思って」

「修行？」

鶏の眼がくるくると動いた。

「沢田君は、そんなにわがままですか。そうは見えないけど」

「当人はどこも悪いとこが無いでしょ。健康な人間がベッドにくくりつけられているようなもんですから、いらいらするんですね。癇ばかり昂ぶって、ちょっとしたことでもすぐ怒鳴りつけるんです。わざと意地悪なことを云いつけたりして、看護婦さんじゃそうはいきませんから、いい試練になると思いますわ」

「それはね、奥さんに甘えてるんだな。夜がひとりぼっちだから、よけいに奥さんの顔を見たらそうなるんだな。……沢田君、夜、ホテルにいる奥さんに電話して話をしたらどうだね。それだけでも気がまぎれるよ」

「心臓が疲れないように、夜はなるべく睡るようにしてあるんです。そのため病院から睡眠薬が出ています」

伊佐子が急いで云った。余計なことを云ってもらっては困る。

「ふむ。そういうものかね」

「それに、電話機のあるとこが、ベッドからちょっと遠いでしょ。身体を少しでも動かしちゃいけないんです。もう少しの辛抱ですわ。あと十日間くらいしたら、ベッドに坐ったり、歩いたりできるそうですから」

「そうですか。それじゃ、沢田君、もう十日ばかりの我慢だ。雑念を去ってのんびりとするんだね」

信弘がだるそうな眼で応えた。

雑念という言葉が伊佐子の耳を刺した。ここにくる前に、二人はこそこそと話を交わしていたが、信弘はまた、夜が怕い、などと川瀬に愬《うった》えたのではないか、奥さんに電話しろと云ったのもそれを聞いたからではないか。信弘を見ると、薄眼の彼も彼女を見ているようだった。あいにく光線が逆なのと、睫毛が塞いでいるのとで視線がはっきり分らなかった。口をあんぐりと開けているせいもあって、枕に乱れた白髪まじりのうすい髪が死体に生えているようだった。今日の信弘は、川瀬が来たというのにひどく疲れていた。

看護婦が酸素テントをかけに入ってきた。

川瀬がそれを見て椅子から起った。

「面会謝絶というのに、無理に入ってきて申し訳なかった。じゃ奥さん、これで失礼します」

川瀬にはお茶いっぱい出していなかった。

衝立で仕切った中に回ると応接用のテーブルの上には大きな果物籠と、花束とが置いてある。

「これは社長と専務からです」

川瀬は曲った背のままで云った。彼は専務からと云ったが、それは新陣容になってからの専務であろうか。

「社長もね、こちらにお見舞に来たいが、面会謝絶だというので遠慮している。ぼくに、様子を見てきてくれというので、とりあえず伺ったわけです。そうですな、これじゃ、もう少しあとのほうがいいですかな。技術部の若い連中も来たがってるけど」

川瀬の声が弱い。何となく言訳めいていた。

「あの、会長さん」廊下に出て、伊佐子は川瀬の傍にならんで訊いた。「重役さんがたの陣容は、おきまりになったんですか?」

鶏の眼がうろうろと動き、萎んだ咽喉から咳が出た。

「きまりました。なにしろ決定まで相当長かったんでね。あまり暇がかかると世間で妙な取沙汰をしますからな。……ところで、奥さん、そのことについてだが」

川瀬は看護婦が通り過ぎるまで言葉を待った。

「ご主人には当分静養していただくことになりましたよ。これは社長をはじめ新役員一同の意志ですが」

「静養といいますと、役職からはずされたんですか?」

予期しないことではなかったが、声が思わず鋭くなった。

「奥さん、会社のことよりもご主人のお身体のほうが大事ですよ。会社の役職にとどまっていると、どうしてもそっちが気にかかる。ご主人は責任感の強い方ですからね。そっちのほうは放棄して療養に専念していただくんですな。これが久保田社長の気持です」

川瀬は社長の名前をしきりと持ち出した。久保田は川瀬の社長時代、子飼いの役員で、川瀬に信弘を平取締役でも残す気持があればいうことを諾《き》くはずである。それなのに川瀬は社長を表道具にして信弘の退任を理由づけている。川瀬は水臭い。社長が直接に見舞にこないことも、それにこだわりがあるからだろう。S光学は信弘を利用するだけ利用して、用が済んだら古靴のように捨ててしまう。信弘の技術開発が社の興隆の基礎になった感謝として彼を永久役員にすると約束したのは、社長だったときの川瀬ではなかったか。

「ぼくも隠居役になってしまってからは神通力が失くなりましてねえ」

会長に退いた川瀬は具合悪そうに云った。やはり、その食言を気にしている。

「久保田君だけなら何とかなるんだが、専務が金融筋から送りこまれた人物でね。社の建直しには万事合理主義でなければならんという男です。沢田君の功績という精神面がまったく分らない人です。銀行屋はやっぱり銀行屋です」

その銀行屋に社長以下が締めつけられている吐息が川瀬の凋《しな》びた咽喉から洩れた。

「川瀬さん、そのことは沢田も知っているのでしょうか?」

「それは、もうかなり前から。……そうそう、沢田君は奥さんに云いそびれていたかも知れないが」

信弘の曖昧な様子からやはりその予感は本当だった。彼は、三日おきぐらいに会社に出るといって家を留守にしていたが、どこで時間をつぶしていたのだろうか。

「社長さん。あの、沢田の退職金のことですが、それはもう決まったのですか？」

「いや、それはまだ決まってませんな。専務の云うのがあんまり安いのでね。目下、われわれで折衝中ですよ」

「いったい、どのくらいをおっしゃってるんですか？」

川瀬は笑い出した。

「は、ははは。なるべく有利に計らいますよ」

金額は笑い声の中に消えた。

「川瀬さん」伊佐子は、相手の皺だらけの顔を見据えて強く云った。「その退職金は全部わたくしの手に渡していただけるのでしょうね。ほかの人のところには行かないようにしてくださいよ」

鶏の眼がうろうろと回った。

病室に戻ると、信弘は酸素テントの中で睡っていた。頭が枕から半分落ちかけていた。退任をかくしていたのを詰問するつもりだったが、鼻の孔をひろげ、鼾《いびき》をかいているのを見ると気抜けがした。

このまま病室にいるのが陰気臭くなって、廊下に出た。そこに公衆電話がある。十二時近くで、塩月を呼び出して昼飯をおごらせることにした。

塩月が電話に出た。

「食事ですかね？」

声がめずらしく躊《ため》らっていた。

「何かご用なの？」

「というほどでもないが……いま、どこから？」

「病院から」

「病院？　ふむ。病人の容態はどうかね？」

「もう死にそうよ」

信弘のだらしない寝顔に伊佐子は腹を立てて云った。廊下を歩いていた看護婦が脚をとめた。

塩月がびっくりした声で訊き返した。

「ほんとうかい？」

「嘘じゃないわ。もうすぐよ」

「そりゃ、たいへんだ。いつ、そんなに急に悪くなったのかね？」

「昨夜から」

「それじゃ、ぼくと食事なんかに出てこられないだろう」

「いいわよ。行くわよ、いますぐ。何処へでも。中華料理を食べたいわ」

「……とにかく話を聞きます」

場所を決めて塩月は電話を切った。

赤坂のホテルの中にある中華料理店に車で行くと、時間が時間なので店は混んでいた。やっと空いたテーブルに坐ったが、珍しく塩月が三十分くらい待たせた。入ってきた塩月が珍しく落ちつかなかった。

「お忙しいの?」

「でもないが……」

と塩月はパイプに粉を詰めたが、その所作もふだんのようにはゆったりとしてなく、ライターを横にして火をつけながら瞬きするように上目で見た。

「ほんとに、いけないのかね?」

「ううん。そう切羽詰った状態でもないけど」

「そうだろうと思った」

「判る?」

「電話の声で判ったよ。落ちついてたから」

「あら、本当に沢田が死ぬときも、わたし、取り乱した声なんか出さないわよ。もう判ってるんだもの」

「どうしてあんなことを云ったんだい？」

「もう、むしゃくしゃしちゃって。ヤケで云ったのよ」

「看護疲れのヒスですか。まだ、そこまではいってないはずだがね」

「ヒスは別な原因よ」

寄ってきたボーイにメニューから択《えら》んで註文したあと、

「さっき、会長の川瀬さんが見舞に来たのよ、入院後はじめて。社長も専務もこなかったわ」

「ふうん」

「あんたが云ってた通りだわ。沢田は馘《くび》よ」

「馘になるのか、なったのか？」

「なったらしいわ。沢田は、川瀬さんと前から永久に残るように約束してあるから大丈夫だとわたしに云ってたけど、会社にはとっくに出てないのね」

伊佐子は川瀬との話をあらまし伝えた。

「S光学にはメインバンクのR銀行から村井という重役が専務に入ったが、これは光学器械は何も分らない銀行屋だ。経理を締めるだけで、エンジニアなんか眼中にないよ。川瀬さんは自分の不手際で銀行管理を呼び入れたから発言力が弱いんだよ。いくら沢田さんを役員待遇の技術顧問に残そうとしても無力なんだな。久保田社長以下もそのバックアップができない。金融資本の前には弱いよ。川瀬さんも辛い立場だ」

「退職金では有利に計らうとは云ってたけど」

「まだ決ってないのかね？」

「そうらしいわ。ねえ、パパ。川瀬さんは沢田を終身役員にすると約束してたわよ。それが社として恩人に酬いる道だと云ってたのよ。こっちはそのつもりでいたんだから、退職金は沢田が死ぬまでの期間の月給プラス退職金にしてもらわないと困るわ」

「まあ理屈だな。しかし、沢田さんの寿命を何歳までに見込んでいるんだね？」

「そりゃ沢田はいま入院してるわ。でも、別に死ぬような状態でいるんじゃないわ。心筋梗塞という病気の性質上、検査と治療に絶対安静を要しているだけよ」

「病院からの電話とだいぶん話が違うね？」

「沢田は死んだも同然よ。馘になって働き口を失ったんだもの」

塩月の瞳が伊佐子の顔に迷うように揺れていた。

「で、要求の終身目標は？　いや、年齢のことだが」

「そうね。あと十五年くらい」

「というと、八十三歳か」

「無理じゃないわ。それくらい生きる人は多いんだもの。人間の寿命は延びてるわよ」

「そりゃ延びてるけど」

塩月は元気のない顔でパイプをつづけて吸った。

「そこで相談だけど、こんなことわたしから川瀬さんに持出しても無理でしょ。あの人も隠居になったと自分で云ってるんだから。また会社と直接交渉しても埒《らち》が開かないと思うの。ねえ、パパ。パパの叔父さまから云ってもらえないかしら。財界に睨みの利く政治家でしょ？」

「しかし、S光学と叔父とは関係がないよ」

「そっちのほうはなくても、R銀行にはあるんじゃない？　なんとか叔父さまの圧力で有利な条件にしてもらえないかしらね。出来たら沢田があと三年ぐらいはS光学に残るようにね」

「君の開店準備がまだできてないからな。しかし、残留はちょっと無理かもしれない」

「だったら、いまの条件を。……わたしね、川瀬さんにはっきり云ったの。その退職金は全部わたしに手渡してほしいって。ほかのところには少しも行かないように」

「ほかのところって、どこだね。まさか沢田さんに別な女《ひと》が」

「そんな元気が沢田にあったらいいんだけど。パパとは違うわよ。それよりもっとたちが悪いわ。二人の娘よ」

「まさか娘さんが途中から金や財産に手を出すこともあるまい」

「分らないわ。妹のほうは絵を描いて独身でいるんだけど、根性は相当なものよ。姉のほうを共謀《ぐる》にして引込んでるの。ねえ、沢田はS光学から馘を予告されても三日置きには会社に出勤するといって家を出て行ったわ。わたしには事実を隠していたんだけど、いったい何処に行ってたと思う？」

「娘さんのとこかな」

「ああ、パパもやっぱりそう思うのね？」

「それは君がヒントを出したからだよ」

「間違いないと思うわ。上のは結婚してるから、下の娘の妙子のところよ。表むき独身だけど、どんな男とくっついてるか分らないわ」

「沢田さんに行き場所がないとするとその娘さんのところだろうな。まさかパチンコ屋やマージャン屋で時間をつぶして帰るわけでもないだろうから」

「妙子は油断がならないわ。親切ごかしに父親をまるめこんでしまってると思うの。もともと沢田とわたしとの結婚に反対して家を出て行ったんだから。あの娘、パパが可哀想だとか何とか云って、親孝行のふりをして沢田を融かしこんでいるのよ。前から姉娘の豊子といっしょに会社に行っては沢田から小遣いをせしめていたんだから。沢田は隠してたけど、そんなことぐらい、わたしにはちゃんと判ってるわ。妙子はお金も欲しいけど、憎いわたしを出し抜きたいのよ。だから退職金のことだって、沢田にどんな約束を押しつけているか分らないわ。若いけど悪がしこい女だわ」

次々と運ばれてくる中華料理にはろくに箸もつけず伊佐子はひとりで喋った。塩月はいつものように相槌が冴えなかった。

「それに、あの土地のことだってあるから、いまの間になんとかしたいわ。わたしこの間から考えてるんだけど、あの土地を時価の二倍くらいの条件で売れないかしら、無理にあすこで普茶料理を開かなくてもいいような気がしてきたの」

「二倍だって。そりゃ無理だよ」

「だって、あんたの叔父さまは実力ナンバーワンの政治家というじゃないの。かなりの無理は利くんでしょ」

伊佐子は新聞や雑誌の知識で云った。

「無理は利くが、ことによるよ」

「あの土地を何か公共機関の用地に買上げるとか、大企業に買わせるとかさ、コネ、いっぱいあるんでしょ」

げんにそのコネで塩月は食品会社の副社長になって遊んでいる。

「コネはあるがね。実をいうと、その叔父がいまD医大病院に入院している」

塩月がパイプを噛むようにして云った。

「まあ、どうなさったの?」

「肝臓を悪くしてね。なにしろ大酒飲みだから、ぼくもだいぶん注意してたんだが。酒となると何も食べない。一種の栄養失調を伴っている」

「病名は?」

「一応、肝硬変症というんだけどな。政界の知人や新聞記者には精密検査のために入院したように云ってある。派閥を率いているからね。他派からのデマによる動揺と切崩しを警戒している」

「容態は軽いの?」

「重いというほどじゃないが、しばらく療養を要するそうだ。当人は気の強い男で、吐血しても、すぐに病院から出せと云っている」

「まあ、吐血なさったの?」

「肝硬変の吐血というのはそれほど重大ではないし、また、普通によくあることだそうだよ」

伊佐子はその話で、塩月が珍しくそわそわしていることや、いつもよりは軽口が少ない理由がようやく分った。

「たいへんね、どこも」

「うむ、だが、いまの話、内緒だよ。影響が大きいから今洩れたら困るよ」

「分ってるわ。たいへんといっても沢田の入院とはケタが違うわね」

塩月の生彩のない顔を見ていると、伊佐子は彼の衝撃がその口吻以上に強いことが想像できた。政治家の病気はあまり楽観できない状態ではないか。考えてみると、塩月の地位もその叔父に支えられている。塩月は実際には気の小さい男で、それは伊佐子がだれよりもよく知っている。額に深い皺をつくっている彼の憂鬱そうな顔を見ていると、そのへんの事情もからんで余計に心配しているようであった。

「それじゃ、わたしの話を持ち込むどころじゃないわね？」

「いや、土地売買の件はね、折を見て叔父に話しておくよ。病院に寝てても実力は同じさ。建設大臣をしていたころ手がけた勢力がそのまま省内に残っているはずだから。考えてみると二倍ぐらいはゆけそうだな。ほかに四、五倍という隠れた例もあるようだから。ただね、銀行のほうはむずかしいよ」

塩月は自分から元気をふるうように云った。彼には叔父がベッドで生きているだけでもいいのだろう。

「土地のほうだけでもお願いしたいわ」

「それにしても、あの土地だけは早く君の所有名義に決めておいたほうがいいな。沢田さんはまだ遺言書をつくらないのかね？」

「そのほうは相変らず妙に頑張るのよ」

「遺言書なんて、元気なときに書くのは何でもないが、病気をしていると遺書を書くようなものでイヤなんだな。君がもう少し説得するんだよ。いいかい。それから退職金のほうの君の主張だがね、会社との折衝は佐伯弁護士にさせたらどうかね？」

「でも、あの人、民事は得手でないと、この前パパは云ったじゃないの？」

「うん。しかし、新しい弁護士に初めから頼むよりはいいかもしれない。君のことをよく知ってるからな。……どうだね、彼からあの一件でときには連絡があるかね？」

「いいえ。あんまり」

平気な顔で答えられた。

「そうかね。ぼくには、ときどきあるよ。ぼくは君のほうにも彼から報告がいっていると思ってたが」

「わたしは当事者だし、女だからという気がねからじゃないかしら、そりゃ、紹介者のパパのほうが佐伯さんも話しやすいわ。それに叔父さまのほうへの忠勤もあるでしょ？」

「うむ、そうかもしれない。彼の中間報告は相変らず景気がいいよ。ほんとに優秀な弁護士かもしれない。あいつ、石井を無罪にしてしまうかもしれないよ」

「そうならないようにして欲しいわ」

「自己矛盾だな。だがあの張切り弁護士は自分の功名心でいっぱいのようだよ。しかし、もっと君に成行を報告していいんだがな。かなりアクの強い弁護士だから、吹聴したがってると思ってたがね」

「電話をかけても、わたしが家に居ないからじゃないかしら？」

「まだずっと病院の近くのホテル住いかね？」

「もうしばらくね、病院側にそう云われてるからしようがないわ」

「ふむ。夜なんかひとりでどうしてる？」

パイプを放した塩月の口もとが、初めて彼らしくなった。

佐伯が自慢の法廷記録を持って来て置いた。検察側の出した乃理子の死因に就いての鑑定書と鑑定人を佐伯は追及したというのである。
《弁護人――福島乃理子の死因については、証人は鑑定書の中で『本屍の解剖所見において、頭部には肉眼的に挫裂創及び打撲傷が存在するのみならず、組織学的に脳の淡蒼球に無酸素症の存在が認められるので本屍の死因は脳震盪と推定される』と記載されているが、かように推定された理由についてもう少し詳しく承りたいのですが。
証人――まず脳震盪はどういうものであるかという説明を簡単にします。脳震盪というのは、非常にむずかしくて、学者によっても説がいろいろあり、なかなか一定していない、人によってはだいぶ説も違うのであります。私としては今までの研究の結果及び経験から、脳震盪を次のようにきめている。それは脳に外力が加わったあとのその人の症状の上で、完全または不完全な意識喪失、不完全な意識喪失する場合も、嘔気《はきけ》だとか、脈が遅くなるような症状を伴って死亡する場合もある。そのときには外力のために脳に無酸素症というのが起る。これを脳震盪というようにわたしは解釈している。

したがってわたしの解釈からすれば、本屍の解剖によって、目で見ても分るような挫裂創あるいは打撲傷がたくさん存在しますから、たしかに頭部に外力が加わった証拠になる。しかも組織学的にみると、脳には無酸素症というものが認められるから、まったくわたしの考えからすれば脳震盪以外にはありません。

弁護人——脳に無酸素症が存在するのは、脳震盪以外には、どういう場合がありますか。

証人——たとえば一酸化炭素中毒、それから窒息、特に首締めのような窒息、それから睡眠剤中毒、代表的なものをいえば、そういったものです。

弁護人——本屍の死因が、睡眠剤中毒でないと云える何かはっきりとした証拠がありますか。

証人——それは化学的検査をもって睡眠剤の証明ができなかったから、わたしは睡眠剤中毒ではないと思っております。

弁護人——それは鑑定書に、胃内容、血液及び尿の化学的検査成績がいずれも陰性であるという記載があるが、その点が睡眠剤中毒でないと断定される根拠ですね。

証人——そうです。

弁護人——次に脳震盪の起る経過についてもう少し伺いたいのですが、それには打撃をうけた直後すぐに意識を喪失するものだけでなく、不完全な意識喪失もあるわけですね。

証人——そういうわけです。

弁護人——そうすると、打撃を受けてから一時間以内位の間に、普通の人と対話を行なうとか、自分の力で歩行するとか、というようなことがあっても、おかしくはないわけですか。

証人——決しておかしくはありません。外国の例になりますと、打撃をうけて十二時間というような長い間をおいて、脳震盪で死亡した例もあります。たとえば、ボクサーとか落馬した競馬の騎手とか。

弁護人——ここにA大教授の山村丈吉博士の鑑定書があります。これはわたしが裁判長の許可を得た上、あなたの死体解剖所見報告書と鑑定書を山村博士に回附して作製してもらったのですが、証人はその山村鑑定書をご覧になっていますか。

証人——裁判所より山村鑑定書の控えをもらって、一読しております。

弁護人——山村鑑定書にはいろいろと専門的な鑑定経過が書かれているが、結局『本件被害者が睡眠剤中毒であったとする決定打には乏しい。しかし脳震盪であろうとするには尚更遠い感じがもたれる。すなわち、いずれかといえば全体の感じは睡眠剤中毒に近く、脳震盪とすればかなり異常な型のものであったろうとする程度のことは云い得ると思う』とあって、つまり、脳震盪よりも睡眠剤による中毒死のほうに可能性が強いことが示唆されています。この点、証人の感想はいかがですか。

証人――A大の山村鑑定人の鑑定にいたった経過には、前鑑定人のわたしとしては非常に非科学的な矛盾を感じます。まず第一番の根拠の本屍が脳震盪を起したか、起さなかったんではないかということには、はっきり云えないということを書いてありますが、これはそのままでよいとしても、第二番の、睡眠薬中毒もそうであるかどうか分らないということになって結局、死因は分らないとするならば科学的な面もあるが、第一段階と第二段階の間に、非常な矛盾をわたしは考える。

脳震盪の項目では、山村鑑定書では偽石灰ということをだいぶ問題にされておるようですが、偽石灰については山村鑑定人はわたしの想像ではおそらくご存じなかったんじゃないかと思います。その根拠は実はわたしのところに山村教授から電話がかかってきまして、偽石灰ということはいったいどういうものであるか、どういう文献をお読みになったのかそれをお教え願いたいと。それで偽石灰とは、こういうもので、こういう文献をお読みなさいと云ったわけです。

弁護人――それから山村鑑定書におきましては、証人が本件死体についてやられた化学検査で胃内容の剤片らしきものがあったのに、その剤片らしきものを、それだけ別個に分けて化学的な検査を実施しないという点を指摘して、この点からも証人がおやりになった化学的検査は形式的にやったのではないかという疑いを持たせる欠陥があると記載されていますが、この点はいかがですか。それによって結論が違うのか、違わないのか。

証人——錠剤を分けてやる、という方法は少なくともわたしどもの大学ではやっておりません。それは以下述べる理由からです》

その、つづき、

《……中毒というものは胃の中に或る物質が入っていたからといってすぐに中毒にはならない。その毒物を体内に吸収して中毒といえるのでありまして、もしそれが睡眠剤の一片であったとしましても血液の中とか尿の中とか、そういったところに睡眠剤が出てこなければ中毒にはなりません。例をひくとこういう場合が考えられる。睡眠剤をたまたま自殺の目的で飲んだといたします。飲んだ直後にたとえば強盗が入ってきて殺したというような場合には、その死因はあくまでもあとから入ってきた強盗の傷害であって、睡眠薬の中毒ではない。しかも解剖してみると胃の中に錠片のようなものが出てくるが、それは中毒になってない。普通睡眠剤の検出毒物の検査を多少でもやったことのある人なら、わたしのやったその形式的な方法が一番正しい方法であるということが云えるんじゃないかと思います。

弁護人——胃の中に剤片らしいものがあったのに、あえてこれを検査なさらなかった、ということですが、現物が実際にあるものなら、それを調べるのがてっとり早い方法じゃないですか。

証人——いいえ、そうじゃありません。

弁護人——現実に胃の中にあるものを調べずに胃の中とか尿の中とか血液の中の検査をするというのは少しおかしいと思うんですがね。

証人——その剤片らしいものというのは、胃内容を検査するときに当然毒物であるからスタス・オットでやれば移行してくるんです。

弁護人——だけど胃の中に溶解しているものを調べるよりは、胃の中にある固型物を調べたほうが早分りする。それを敢《あえ》て調べずに溶解したものを調べるのがいいということは?

証人——それが睡眠剤の一片であったとしましても血液の中とか尿の中とか、そういうところに睡眠剤が出てこなければ中毒になりません。これはさきほどから申上げている通りです。

弁護人——これに用いられた睡眠薬はドイツ製の薬ですね。

証人——そうです。

弁護人——これが劇薬の指定を受けたのはどういうわけでしょうか。

証人——劇薬の指定はまだ受けてないんじゃないかと思いますが。

弁護人——いや、だいぶん前に指定になっています。医者の指定をうけてから販売するようにとなっていますが、実際にはあまり使われてないようですが、どういうわけでしょうか。

証人——それはどういうことを云われるんでしょうか。

弁護人——この睡眠薬は非常に事故が多いわけですね。しかも聞くところによりますと致死量というものがない。人によっては非常に微量でも死に達するし、相当多量に飲んでも死なないという状況がある。そこで致死量が定まりがたいので、そういうことになったと聞いておりますが。

証人——致死量がないというのは、私はおかしいと思います。たとえ微量であっても死ぬ量はあります。

弁護人——致死量が定めがたいということですね。

証人——致死量が定めがたいというのはこれに限ったことではなく、一般にブロバリンであろうとアドルムであろうと決めがたいといえばきめがたい。ただ、医学的には大体の線をきめて致死量としています》

事件は石井に関連しているが、伊佐子には事件も石井もすでに過去のことだった。ただ、佐伯が置いて行ったこのコピーを伊佐子は独り寝のつれづれに読んだが、或る程度退屈であった。石井の部屋に横たわっていた侘《わび》しい情婦の死体がこうした論争になっているのに多少の興味がある。死体が学者の高度な議論を沸かせていることで贅沢になっているように思えた。乃理子の肉体は各部分を切断され、刻まれてはいるが、それらはいずれも美しい標本に変り、法医学者や法律家たちの討論の対象となっている。この記録の紙の上でも乃理子は傲《おご》っているようにみえた。

伊佐子は二度と読む気がしなくなって、その写しの綴じたのを机の抽出しの中に放りこんだ。表紙は何も書いてない、うすい模造紙だった。ホテルのボーイは掃除のときも机の抽出しなど開けはしないが、こういうのがあっても偸《ぬす》み見する気づかいはない。

佐伯は一、二日おきにホテルに泊りにきた。はじめは、フロントの前を通るのを遠慮していたが、まいどのことだし、とうとう廊下をうろうろするボーイや女中の前も平気になっている。佐伯にはもちろん妻子があるが、弁護士という職業には出張もあり、大きな事件があると仲間で合宿もするので、家を明けても理由がつくと彼は云った。

佐伯は、石井を無罪にする自信をかためているが、もし石井が早く出てきたらこの関係を知って厄介なことになる。伊佐子がそう云うと、石井の身柄は九州か北海道のほうに就職を世話して絶対に東京には置かない、また彼も伊佐子には二度と近づかないことを自分に断言していると佐伯は確信をもって答えた。石井からみると重刑になりそうなところから無罪にしてくれた弁護人は恩人なので、どんなことでも承諾するだろう。佐伯はこれまでの事例を挙げてそう云った。

伊佐子は、真夜中に佐伯とベッドに寝ているとき病院から信弘が電話をかけてきそうな気がする。夜が怕い、という信弘の言葉は、発作時にそばに誰もいなくて、ベルを押しても看護婦が来ずひとりで死ぬという不安ではなく、妻の夜の行状を空想し、その妄想を怖れているように思える。

「だって、ぼくが来るようになってから、一度もそういう電話はありませんね」

伊佐子の話を聞いて佐伯は云った。彼は二つ年上の伊佐子にていねいな言葉を使っていた。

「そのうち電話してくるわよ。いまは我慢してると思うの。このごろようやくベッドに坐ったりできるようになったから。電話機のあるところぐらい、歩いて行けるわ」

「電話がかかってきても、ぼくは平気ですよ。奥さんは、ぼくの前で沢田さんと何でも話してください」

「あんたも度胸がいいわね」

「そういう意味じゃありませんよ。沢田さんが奥さんとの対話で少しでも気持が落ちついたら結構だということですよ。ぼくは沢田さんに同情こそすれ、少しも嫉妬心は持っていませんよ」

「謝罪しなければならないわね」

「そりゃ奥さんのほうでしょう」

と、佐伯は眼を笑わせた。

「わたしはその辺は卒業してるわ。でなかったら、あんたにあんなことをされたあと、こんな状態でつづくもんですか」

「塩月さんとはどうなんですか?」

「あのひととはなんでもないわ、また急に変なことを云うのね?」

「ぼくはそうは信じられませんね」

「どうして?」

「態度で分りますよ。いくら人前でとりつくろってもお互いの眼つきがね。もうよほど前からだとぼくは睨んでいる」

「あんたは今まで塩月さんのことは一口も云わなかったわ」

「遠慮があったんです。ぼくを奥さんに紹介した人だし、この事件の実際のスポンサーですからね」

「遠慮が除《と》れたの?」

「奥さんと深くなったからですよ」

「あんたの想像通りだったら、塩月さんはここに姿を見せるはずだわ。あんたの居るときに、塩月さんが来たことがある？」

実は塩月とはほかの場所で会っていた。ここは病院の指定だから絶対に来ないでくれと云ってある。

「それはないけど、うまく時間合わせがしてあって、かち合わないようにできてるんじゃないですか」

「ばかばかしいわ」

「だいたい、奥さんのような身体つきの人は、ひとりの男では満足できないように出来てるんですよ」

「失礼なことを云うのね」

「げんに石井とそうだったじゃないですか？」

「あれは、わたしの意思じゃないわ。不意を襲われたのよ。あんたと同じ……」

「それにしては石井とは腐れ縁がつづいていた」

「おどかされたのよ。沢田にばらすというもんだから。悪党よ」

「そればかりとは思えませんね。まだ石井に奥さんのことをはっきり聞ける段階じゃありませんがね」

「わたし、そんなに淫乱に見えて？」

「そういう云い方はしたくないな。体質ですよ。ぽっちゃりとした小肥りで、色が白くて、肌のきめが緻密《ちみつ》で、腰まわりの張っている女性は、だいたいそういう傾向ですね。ひとりで夜寝ているのがつらくなる性質《たち》です」

以前、塩月も似たようなことを云っていた。しかし、口では云えないが伊佐子に思い当るところがあった。とくにこうしてホテルに寝ていると、ひとりでに昂奮することが多かった。身体の血が騒いで容易に寝つかれず、つい手が癖になっているところに行ってしまう。

「それはあんたの経験なの？」

「ほう、よく知ってるなという眼つきですね。が、ぼく自身の体験じゃありません。これでも弁護士ですからね、刑事が専門とはいっても、離婚問題の相談にのることもありますよ。そういう当事者の婦人を見て得た知識です」

「例外もあるわよ」

「まず一般に適用できますね」

だが、佐伯も角張った顎が想像させている通りの内容で、夜中にがばとベッドから起き上っては机の前に坐る、そこで訴訟書類を調べたり専門雑誌の原稿を書いたりし、また何度目かに伊佐子を抱きにくるといった疲れ知らずの体力だった。

「塩月さんが奥さんの前からちょっと足が遠のいているのは分りますよ」

と、佐伯は云った。

「何の話?」

「まあ、とぼけないで聞いてください。あれは叔父さんの政治家の病気がいけないからですよ」

「いつか、塩月さんは叔父さまが肝硬変で入院したと電話してきたことがあったわ」

「電話でね」佐伯はうすら笑いした。「まあいいです。肝硬変というのは表むきで、実は肝臓癌なんですよ。それも手遅れになっている状態です」

「ほんとうなの?」

「影響が大きいので、まだごく一部の者しか知っていません。あの通り政界の実力者ですからね。ですから、塩月さんにとってはまさにわが身の浮沈にかかわる問題で、いまは奥さんのところにくる余裕がないのですな。あの人は、見かけによらず、気が小さいですからね」

二倍の値で売れる渋谷の土地が伊佐子の眼の前で宙に浮いた。

十

伊佐子が病室に行くと、速記者の宮原素子がベッドの横に椅子をもってきて信弘の口述をとっていた。窓の陽は朝よりも真昼の強さになっていた。

仰向けになった信弘は、伊佐子が入ってきたので話すのをやめて、上目使いに見た。瞳が白眼の端にじっと停止している。その凝視の中に彼の推察と哀《かな》しみがあるような気がしたが、伊佐子は無視した。

素子が椅子から起って、伊佐子にぴょこんとお辞儀をし、見舞を云った。その貧血したような細い顔と、少年のような身体つきを見るのは伊佐子も久しぶりだった。

「お見舞に上ったのですが、思ったよりお元気なので安心しました」

素子の早口のせいもあって、女の言葉らしい粘着性がなかった。

「わざわざどうもありがとう。……何時ごろにお見えになりました？」

「二時間ぐらい前になりますかしら。お見舞のつもりで上ったら、自叙伝の口述をなさりたいとおっしゃるんです。お身体に障るといけないと思いましたが、お元気のようだし、婦長さんに伺うとあまり長い時間でなかったら、いいでしょうとおっしゃるもんですから」

素子は説明するように云った。

「ぼくも退屈しているからな。無理にたのんだ」

退屈しているというのが、伊佐子には皮肉に聞えないことはなかった。おれは四六時ちゅうベッドにしばりつけられているのに、お前は病院外で何をやっているのだ、いまも病室に現われたのが十一時ではないか、と云っているようでもあった。これは入ったときにじろりとこっちの顔を見たあの眼つきと通じるものがある。

「あなたの気分さえよかったら、けっこうじゃないの。宮原さん、筆記具なんか用意してらしたの？」

「はい、わたくしはこれが商売道具ですから、要っても要らなくても、いつも持って回っています」

応接用の椅子には黒の手提鞄が口を開けているのを入ったときに伊佐子は見たので、それは分っていた。その前のテーブルの上には果物籠が包紙に掩われて赤リボンで結んであった。素子は立ってその包みにちょっと手をかけ、これ、召し上ってください、と云った。

伊佐子は礼を述べて、「病人は気分がいいようですから、速記をつづけてください」

と云ったが、これは半分は信弘への反撥だった。毎夜の所業を推測して皮肉な眼つきや様子を見せるのだったら、こっちもそのつもりがある。なにも縮むことはなかった。

「はい」

宮原素子は気をかねて立っていた。急に不機嫌そうな眉になった伊佐子をはばかったのか、着いたばかりで夫婦の話もあろうと遠慮しているのか、少しつき出た前歯を顕わしてあいまいに微笑していた。

「わたしがくるまで、速記をお取りになったの？」

「はい。少しですけれど」

「じゃ、あとをもう少しおやりになったら？」

「はい」

「わたしはかまいませんのよ。いま、べつに主人とも話はありませんから。お邪魔でなかったら、わたしもここに坐って聞いていますから」

信弘は天井のほうを向いていた。それが彼の正面の位置だった。その頬のすぼんだ、白い無精髭の伸びた横顔には変った表情も浮んでいず、唇を少し力んだように結んでいた。

「ねえ、パパ、それでいいでしょう？」

わざと大きな声で云ってやった。信弘は、口を閉じたまま、ふむ、とか、すう、とか息の洩れるともつかぬ返事をした。いつものことで何か憤って仏頂面を見せてはいても、長つづきはせず、結局こっちに折れてくるのである。無理に気張っているような表情が片腹痛かった。強く出れば、弱くなる人で、弱みを見せると調子に乗って虚勢をみせる性質《たち》だった。

素子はもとの椅子に坐り、速記用の半紙の束を膝にのせた四角い盆の裏の上に置いた。

「それじゃ、はじめるかな」

信弘は二人のどっちに云うともなく、調子がきまらないように咽喉の痰を切った。

「ええと、どのへんでしたかね?」

「中学二年生のときです。叔父さまが新聞記者をしてらして、その真似がしたくて……」

素子が前の箇所を云った。

「ああ、そうだったね。ええと……」

信弘はもう一度空咳をした。

「ええと……今でこそ小学生でも豆記者とかいって学校新聞をつくっているが、そのころはそういうものはなかった。わたしは叔父の取材活動の通りをしてみたかった。高等学校に入るまでわたしは新聞記者を志望していたようである。……ええ、長府の町から北二キロのところに古い神社がある。これは延喜式にも……エンは延べる、ギは喜ぶ、シキは結婚式の式……延喜式にも名が出ている由緒ある神社だが、わたしはそこの神主に会いに行った。というのは、長府の町ではばれそうなので、少し遠いところに行って少年新聞記者を気どったのである。ただ子供がそんなことを云いに行ったところで、向うは、神官のほうは相手にしてくれないと思ったから、貯めた小遣いをはたいてなるべく立派な進物を店から買った。それがどういう品だったか、いまは忘れてしまったが、とにかく一応豪華にみえた。……ああ、社務所に行くと、神官は一人しかいないので、持参の進物を渡し、架空の少年新聞の名前を云って、この神社についての談話原稿をとりたいと申込んだ。どういう云い方をしたか、いまでは覚えていないが、とにかくそういうふうに云ったところ、神官も立派な進物、そう、プレゼントだな、そのプレゼントの手前イヤとも云えなかったのだろう、わたしを社務所の広い座敷にあげて、祭神の由来など話した。神官の背中には大きな床の間があって、それにご神体の懸軸がかかり、横には金屛風が立っているので、私はすっかりその威厳に萎縮したが、談話を聞きながら手帖に鉛筆でメモする恰好がわれながら、ぞくぞくするほどうれしくてならなかった。……どうも、うまく云えないな。文章の悪いところは、あとで速記を見て直します。えぇと、手帖は神官のほうから見えないようにして鉛筆を動かしたけれど、実は記号のようなものだけで、なんにも書いているわけではなかった。また、書ける道理もなかった……」

口述を信弘は何度もつっかえたり、云い直したりしてつづけた。伊佐子は聞いていていてばかばかしくなった。「少年時代の思い出」の項は自叙伝のなかでも幼稚な内容になるだろう。もっとも自叙伝全体が無意味な内容で、独りよがりの追憶に終始するだろうが、いまの口述を聞いていても、信弘の夢のような非現実的な思念、S光学の功労者でありながら意気地なくクビになってしまうような甘さが、すでに少年のころから決定していたのを知った。

「お疲れではありませんか。少しお憩《やす》みなさいますか?」

と素子が鉛筆の手をとめて信弘に云った。

「いや、もう少しやりましょう」

彼は枕の上の頭をちょっとこっちに動かして云ったが、そのとき視線が伊佐子の顔にちらりと当った。

伊佐子は相手にならないで、勾《かぎ》の手になっているキッチンに曲って行った。紅茶が自分でも飲みたかったし、速記者にも出そうとガスレンジに火をつけて湯沸しをかけた。ついと椅子から立ち上ってこっちにきたのが信弘に対する自然の圧迫になっている。このようなちょっとした動作が、案外に彼には効くのである。

S光学の役員を外されたことを信弘は未だはっきりと自分の口から云ってないくらいだった。会長の川瀬がここに来て話は聞いたけれど、それは廊下での立話であった。いつまで黙っているつもりかしらないが、妻の反応をおそれて告白を延ばしていることはたしかだった。もっとも川瀬との話は、そうと察して、川瀬が退職の話を伝えたであろうと実はほっとしているのかもしれなかった。信弘はなし崩しに状況を打ち明けるつもりだったかも分らないが、それを単に彼の気の弱さだけのせいにしてしまうのよりは、退職金というか、役員退任の慰労金というか、その金を娘二人に分けてやる計算が彼にあって、金額がはっきりして分配率を決めるまで、退職を口にしないつもりでいたのではなかろうか。

当人は自叙伝なんかを口述筆記してまだ長生きするつもりでいるが、心筋梗塞はいつ発作が起って、ぽっくりゆくかしれない。すでに二回の発作を起しているので、この次の発作があれば助からないだろう。いくら病院で検査を繰り返し、予防手当てをしても、高齢者の予後の死亡率は高いから、それでは防ぎきれまい。これが癌のような病気だと、死期の見当がつくが、心筋梗塞というのは時限爆弾を抱えているようなもので、いつ爆発するか分らない。

信弘の口述の声がつづいていた。何をしゃべっているのか聞えないが、どうせくだらない話にちがいなかった。

佐伯の話が伊佐子の耳にこびりついていた。塩月の叔父が肝臓癌で、あと半年もつかどうか分らないという。政界の実力者の口ききで渋谷の土地を時価の二、三倍にして売る計画はこれで見込薄となった。佐伯の話によると、この大物政治家の癌は世間に極秘にされているが、隠微な情報の発達している政界のことで、すでに一部に洩れているという。彼は強引なことをやってきただけに敵が多く、弱り目になると、ここぞとばかりその敵に袋叩きにされる。元気な間こそ敵も遠慮し、彼の実力も実際以上に発揮できるけれど、死期が近いとなると、その報復は遠慮会釈もない。彼の派閥はもう動揺を来して、すでに他派に鞍《くら》替えを策している者が少なくないということだった。子分の代議士連も死にかかっているボスに付いていてはうだつが上らない。大臣にもなれないし、利権の裾分けも貰えない。

できれば、渋谷の土地を早く自分のものにと伊佐子はあせってきた。遺産として先妻の娘二人に分与ということにでもなれば、土地が少なくなって利用価値が減少し、売却するにしてもたいそう不利になる。信弘が生きているうちに全部確保したい。塩月の叔父が癌と聞いてからは、よけいに人頼みが虚しくなって、何ごとも自力でやらねばならないと思った。

この前から遺言書の作成を信弘に云っているが、彼は拒絶もしないが、すぐに実行するとも云わない。いつまでも待ってもきりがないし、政治家の肝臓癌を聞いては、信弘の影もうすくみえてきたから、この際、何が何でも遺言書を書かせなければと決心した。

紅茶を持って戻ると、信弘は口述をやめていた。うすい白髪を手でつかみ、眼を閉じ、顔を歪《ゆが》めている。素子はうつむいて速記の鉛筆を紙の上にとめていた。伊佐子は信弘が発作を起したのかと思って、その顔を見たが、苦しそうな表情は、消えた記憶を起そうともがいているのだった。

「ううむ。どうも思い出せんなあ。友だち二人の名前だが……」

そんなことに一生懸命になっている信弘が伊佐子には阿呆らしくなり、素子の前にも紅茶を置いて、彼の様子を斜めから見下ろしていた。

「どうも出てこない。大事なところなんだけどなあ」

彼は額を掌で叩いたりしていた。

素子は鉛筆を握っていつでも書取りが開始される態勢でいた。その薄い紙には、ミミズが匍《は》ったような速記文字が半分まで書かれている。うつむいた彼女の短い髪の下のうなじは蒼く伸びているが、そこには色気らしいものはなにもなかった。

「書斎の本箱の中にノートがあるんだがなあ」

信弘は呟いて、顎をあげて伊佐子の顔を眺めた。枕に抜け落ちた白髪が二本からみついていた。

「あのノートにメモしてあるが。あれを見たら、人の名前や、書きたい心覚えがすぐ分るのだけどな。……君、車で家に行ってとってきてくれないか」

いつもと違い、信弘は高飛車な頼み方をした。それがほとんど命令に近いので、伊佐子はむっとした。夫がそういう口の利き方をする気持はだいたい分っている。しかし、妻の行動に疑いをもっているのだったら、これまで誰もいない時、あからさまにそう云えばいいのだ。が、それも言葉に出し得ないのである。自分の体面を考えてのことか、口にするのが怖いかだが、その両方にちがいない。日ごろでも、彼は、何か呶鳴ろうとして途中でやめ、言葉を胸の奥にしまってそれをいつまでもひとりで繰り返しているような性質だった。その苦い反芻《はんすう》を愉しんでいるようなところさえある。伊佐子は、今朝まで佐伯といっしょにホテルにいた身体だったが、信弘が相手を知らないながらもそのへんを想像して妙に高圧的に出るのだったら、小癪《こしゃく》な気がして、反撥が湧いた。

「わたしは、ほかに用があるから家には帰らないわよ」

言葉が強かった。

「そうか。けど、あのノートが、ぜひ欲しいんだけどな」

「よしなさいよ、自叙伝なんか、そう急ぐことはないじゃないの。いつでもできるわ。そのうち、家に帰ったらついでに持ってきてあげるわ」

信弘のこめかみに筋が浮いた。云い返しができないで、憤りを抑えるときにこの筋が出てくるのである。伊佐子は肚《はら》で嘲笑したが、速記者の手前もあるので、

「そんなに急ぐのだったら、電話してサキに持ってこさせたら?」

い男だった。

と云った。こっちに用があるといっても、これまで信弘は用事の内容も行先も訊かな
「サキでは分らん。あの女は書物に無知だから、本箱を探させてもよう見つけまい」

信弘は云った。

「サキだって、そのノートの場所を教えたら、見当ぐらいつくわ」

「本箱のどの段の右から何番目とはっきり分っていればサキも抜き出してくるだろうが、そのへんが、ぼくにもはっきりしていない。ぼんやりとはおぼえているが」

「それじゃ、しようがないわね」

突放す眼が素子の貧弱な後頭に落ちた。

「ねえ、宮原さんにとって来てもらったら？」

信弘が素子の顔を見た。どうしようかという表情だった。

「あの、わたくしでよかったら、持って参りますけど」

素子が紙と鉛筆とを、台にしている盆の上からとりのけた。

「あんたは、ほかに仕事があるんじゃないですか？」

信弘が躊《ため》らうように素子に訊いた。

「いいえ、べつにございません」

「そうしてもらいなさいよ。サキで無理だったら、その方法しかないわ」

伊佐子は素子を使い走りさせてもかまわないと思った。ここでは意地でも自分は動きたくなかった。

「じゃ、宮原さんにお願いしましょうかな」

信弘は素子に遠慮がちに云ったが、口述の資料がすぐ取寄せられるので、眼が輝いた。

「どうぞ。そのノートが本箱のどの辺にありそうかをざっとでも教えていただくと、わたくしがお探しします」

主任の医師が看護婦を連れて入ってきた。回診の医者というものはいつも忙しそうな様子をする。素子もベッドの横から遠のいた。医者は聴診器を信弘の心臓の周辺に這わせた。看護婦が寝間着を押しひろげて出した胸は前よりも痩せていた。その萎んだ、精気のない皮膚の下に、いつでも破裂を用意している病んだ心臓が埋まっていた。

もう酸素テントも持ってこず、注射の種類も回数も減っているようだった。

「先生、様子はいかがでしょうか」

伊佐子は、肩の張っている医者に訊いた。

「ずいぶん調子がいいですね」

医者は聴診器を手に捲きつけながら答えた。

「このぶんだと、明日あたりから、床の上を歩いていただきましょう。少しずつ足馴らしをしてください」

「大丈夫でしょうか？」

これは妻らしく訊いた。

「大丈夫です。あと二週間くらいここに居ていただいたら、お家《うち》にお帰りになれますよ」

「それじゃ、すぐに発作が起るということはございませんね？」

「なるべく平静な気持をもっていただくんですな。心配ごとはよくありません」

医者がそう云ったとき、伊佐子は信弘の視線が自分に流れたような気がした。

「それさえ心がけていただいたら、あと八十歳までは請《う》け合います」

医者は看護婦を従えて足早に病室を出ていった。

「よかったですわね、奥さま。八十歳まで長命をお医者さまが保証なさったんですもの」

素子が明るい顔で伊佐子に歩み寄った。

「どうも」

この女からすると八十歳はひどく長寿に思えるだろうが、信弘はもう六十七歳だった。それだけ素子は若いのだった。そして自分はこの女速記者よりは十歳以上年上だが、信弘とは三十も違う。しかし、年の違う夫をもつと、他人には若い妻も夫婦相応の年齢に見えるに違いなかった。

それにしても八十まで信弘に生きられたら絶望的だった。あの言葉は病人の手前、医者が気休めに云ったお愛想だと思う。伊佐子は医者の真意が聞きたくて廊下に出た。が、もう医者はほかの病室に入ったらしくて姿が見えなかった。

信弘のいる病室に戻る気がせず、医者が出てくるのを廊下で待っていると、うしろから肩をつつかれた。振り返ると思いがけなく塩月芳彦の大きな身体が眼の前に立っていた。

「あら」

これには声をのんだ。

「どうしたの?」

「見舞に来たのさ」

「まさか?」

「ほんとだよ。……此処?」

と、彼は沢田信弘殿と出ている病室の木札に眼を遣《や》って、のぞきこむようにして読んだ。

「ほんとにわたしの病室に?」

伊佐子は塩月の様子を半信半疑で見まもった。

「いや、よその病棟さ。たしか、君のところはこの辺だと思って、よそながら拝見して帰るつもりだった」

「だろうと思った」

「安心かね？」

「病人は心筋梗塞よ。ショックを与えるのがいちばんいけないんですって。いま、お医者さんに注意されたばかりだわ。もっとも、パパがこの病室に堂々と入ってくる勇気はないでしょうけど」

「どこかほかのところで話そうよ」

と、さきに一歩踏み出したときに、病室の中から素子がコートを腕にかけて出てきた。

伊佐子と顔が合うと、素子は、

「では、奥さま。お宅に行って参ります」

と、頭をぴょこりと下げた。

「そうですか、ご苦労さま。ノートのあるところ、聞きましたか」

「はい。だいたい承りましたから分ると思います」

「それじゃ、あなたがつくころに家のお手伝いさんに電話しておきますからね」

「よろしくお願いします」

「行ってらっしゃい」

その間、塩月は窓のほうをむいて立っていた。素子はちょっと塩月のほうを見たが、目礼はしないでエレベーターのほうに小刻みな足で歩いて行った。

「いまのは、だれ?」

その姿が廊下から消えると、塩月は病室からはなれて低い声で訊いた。

「沢田が自叙伝を口述している速記者よ」

「うむ、うむ」

塩月はうなずいたが、何か心当りがあるような顔つきだった。横の病室からさっきの医者と看護婦が回診を終って出てきた。

「知ってるの、あのひと?」

「速記者と聞いて思い出した。いつかウチの会社に雑誌社の対談で速記をとりにきたことがある。どこかで見た女だと思ったよ」

「あのひと、あんたの顔をおぼえているかしら?」

「おぼえてないだろう。もう一年半ぐらい前だし、対談の相手は社長で、ぼくは横に黙って坐っていただけだからな。あの速記者もぼくを知ってるような顔をしてなかったよ」

「そうね」

素子は塩月には目礼も送らなかった。伊佐子が男といっしょに立っているので、わざとそ知らぬふりをしていたとも思えなくはないが、あのときの顔つきでは実際に塩月に記憶がないようだった。

「まあ速記者もほうぼうに出かけて多勢の人と会うから、いちいちは顔をおぼえてないだろうがね。……ま、とにかく早くこんなところからはなれよう」

塩月は怖気《おじけ》づいて、伊佐子を誘って歩き出した。エレベーターのドアの前には素子の姿はなく、上の針は階下《した》から昇ってきていた。

塩月はエレベーターの中では何も云わなかったが、外来患者や薬を待っている人で混むロビーの長椅子にかけると、信弘の容態を訊いた。が、その話にはあまり熱心でなく、何かほかのことが頭にあるふうだった。叔父の政治家の肝臓癌のことが屈託になっていることは伊佐子に察しがついた。

しかし、塩月の横にいると伊佐子も安らぎをおぼえる。この安堵《あんど》感は、佐伯などには無いことだった。その安定は、塩月との長い縁からきていたし、危険性を感じさせない彼の性格からもきていた。彼の「無害」はもの足りなかったが、危険をかいくぐっているときに会うと、その安らぎの貴重さが分るのである。

「叔父さまの容態はどうなんですか？」

伊佐子は塩月に訊《よ》いた。病院の中だし、話に出すのに不自然ではなかった。

「うん。だんだん快くなってくるようだな」

塩月はすぐに答えた。

「一昨日あたりから食欲が出てきてね。本人も元気になって、見舞客とよくしゃべる」

語調の明るいのにくらべ、心なしか顔色のほうは憂鬱にみえた。

「それじゃ、大丈夫なのね？」

「大丈夫さ。主治医はね、叔父貴に向って九十歳までは請け合うと云ったそうだよ」

病人の前で長生きを請け合うのが医者の癖なのだろうか。実力政治家が肝臓癌というのは、佐伯の内緒話からでも、本当らしい。癌と診断している医者が、九十歳まで責任をもつと云っているのは、患者や家族に衝撃を与えないためだが、医者は他から「誤診」の誤解を脱れるために、患者の死亡後、なるべく早い時間に、実は癌だったと公表する。死亡時期の予想もついていたと話したがる。自分は癌ではないかという不安を持っている患者に本当のことを教えてくれと云われて、それが壮年の患者だったら七十歳くらいまで、高年の患者だったら八十かそれ以上は請け合うなどと云って励ましていた、と医者は遺族に頭を下げる。医者のこうした白々しい嘘は許されるべきものだし、遺族からは感謝されるはずのものだろう。塩月の叔父の場合があきらかにそうだった。

そうすると、信弘の生命は八十歳まで請け合いだと云った医者の言葉も怪しくなった。それどころか、実力政治家を激励した医者の言葉からして逆に信弘の生の短いことが知らされた。

「ねえ、パパ。わたし、沢田に遺言書を書いてもらおうと思うの」

伊佐子は小さな声で云った。

塩月は、え、なに、と耳を寄せてきたが話が通じると、

「沢田さんは書く気になったのかね?」

と、伊佐子の顔を見た。

「この前、そう云ったら、書くと云ったわ。べつに病気が悪くなったから云ってるんじゃなくて、かえって快《い》いほうに向っているから云いやすくなったわ」

「それはそうだな。ま、お前さんも財産の確保が大事だから、そうしてもらうと安心だわな」

「べつに全財産を貰うというわけじゃないわ。渋谷のあの土地全部だけでいいわ」

「お前さんの執念だな」

「執念だなんて変なことは云わないで。沢田と別れたわたしはどうなるの。子供もないし、年齢はとっているし。女房が老後の生活ができるよう沢田だって責任があるわ。パパだって、三年以内にあそこでお店を開くという計画に賛成したじゃないの」

「それはそうだが、その三年というのは沢田さんに万一のことがあるという前提だったからな。しかし、それは遺言書をいま書いてもらうということと結局同じことかな」

「それはそうよ」

「うむ。沢田さんがその気になったのだったら、書いてもらったほうがいいね」

「ねえ、遺言書はどんなふうに書けばいいの。ちゃんとした形式があるの？」

「とくに形式というものはないはずだよ。全部が本人の自筆で、それに署名捺印《なついん》があればいいはずだがね」

「そんな簡単なので大丈夫？　法律的に絶対に有効という形式があるんじゃない？」

「それだと弁護士立会いのもとに遺言書を作成し、それを弁護士に預けておくといった方法じゃないかな」

「なんだか、はっきりしないのね」

「ぼくは遺産をもらったこともないし、遺言書を書くような身分でもないから、詳しいことは知らんよ。縁のない話だからな」

「弁護士の立会いというのが正式な遺言書みたいね。それ頼みたいわ。パパ、そういうことに詳しい弁護士さんを知ってる？」

「弁護士か。……やっぱり佐伯君に頼んだら、どうだい？」

伊佐子は、心臓がどきりとうねるのを知った。で、すぐに、

「あら、佐伯さんは刑事事件のほうが専門じゃない？」

と、流すように云ったあと、塩月の様子をそれとなく窺《うかが》った。

「その程度のことは刑事も民事もないよ。どんな弁護士だっていいさ」

その声音《こわね》といい、表情といい、普通と変りなかった。塩月はわりと顔色に出すほうだった。このぶんだと何も知っていないようである。佐伯は塩月が紹介した弁護士だが、それは叔父の政治家の線から塩月の前に押し出されてきただけで、両方とも知合いではなかった。Ａホテルで三人の話合いが済んだあとは、佐伯は義務的にときどき石井の一件を報告するだけで、二人の間の交際はなかった。それで塩月は佐伯が同様に裁判のことを事務的にこっちにも報告するだけと思っているらしいと伊佐子は推定した。また、佐伯の様子にはそういうビジネス的なムードがあり、芝居の出来る男でもあった。

「でも、佐伯さんじゃ、ちょっと困るわ」

「どうしてさ？」

「佐伯さんには石井の弁護をたのんでいるでしょ？　いくらなんでも、沢田には会わせられないわ」

「なるほど、そうだったな」

塩月も気づいて苦笑した。石井の一件では信弘に匿していることがいつか気持の上で疎外というかたちになり、彼を忘れてしまうことになった。

「しかしね、遺言書の作成立会いとか預託とかいったプライベートなことは、やたらと知らぬ弁護士のところに持ち込まないほうがいいと思うな。ことに君の場合は向うの娘さんとの問題があるからなア」

「それもあるけど……」

「やっぱり佐伯君でいいんじゃないか。弁護士というのは職業上の秘密は絶対に云わない習性をつけられている。彼が沢田さんに会っても、石井のことなんか洩らすはずはないよ。佐伯君はあの通りかなりなポーカーフェースだろう、割り切ってるよ」

さすがに塩月は佐伯の特質をつかんでいた。佐伯がそんな風だから、塩月にはこっちのことが分らないで済んでいるとも云える。

「でも、佐伯さんは沢田には何も云わないでしょうけど、石井のことを頼んでおいて、沢田に会わせるのは何だかわたしが恥かしいわ」

「そんなことはないよ。弁護士という商売はよその家庭のもっと変った事件例をたくさん経験してるから、馴れっこになってるので、お前さんのことなんか何とも思ってやしないよ」

「そうかしらね」

「そうだとも。……それにさ、ここの病院長が彼の実兄だろう。病院長の弟の弁護士に遺言書の立会人になってもらうとなれば、沢田さんも安心するだろうから、ちょうどいいじゃないか」

「それで沢田が遺言書を早く書く気を起したら、佐伯さんに頼んでもいいけど」

「そうしなさい、それがいい」

と、彼は自分の案をすすめた。

塩月が元気な口のきき方をしたのは、そうした会話のときだけで、その話が一応済むと、その顔つきは、もと通りどこか浮かぬものに戻った。身ぶりも静かで、派手に動かすこともなかった。

「ねえ、パパ。話は違うけど……」

「うむ？」

「この前話した渋谷の土地のことだけど。叔父さまの斡旋で二倍か三倍の値で買ってもらえることね。あれは無理ね？」

伊佐子は塩月の反応をためした。

「うむ、あれは無理だ」

彼は言下に云った。いつもだと叔父の政治力を背景に力を誇示したいほうで、決してすぐには駄目だとは云わないのだが、いまははっきり無力を表明した。政治家の癌はもう事実とみてよかった。

「第一、あの土地はまだ君のものにはすぐにならないんだからな」

「そうなの。で、考え直したの。それよりも相続税がうんとかかってくるから、そっちのほうを何とか軽くしてもらえないかしら。大蔵省の有力幹部に口をきいていただけないかしらね？」

「うむ。……」

塩月は背中をまるめてうなっていた。

「叔父さまにお口添えしていただいたら、大蔵省なんかいっぺんでしょ？」

「ま、多少は違うだろうけどな」

塩月は弱々しい声で云った。

「あら、多少の程度なの。その一喝で役人が慄《ふる》えあがり、渋ってた工事がたちまち突貫工事で完成するんですもの、わけないじゃないの。わたし、相続税はタダみたいにしていただけると思ってるんだけど」

「そうもいかない」

「どうして？」

「叔父は大蔵大臣の経験がないからな。そりゃ、農林省や建設省には子分がいっぱいいるけど、大蔵省じゃ、まだそれほどの威令は行なわれないよ」

「でも、大派閥の親分じゃないの。大蔵省の幹部だって、叔父さんが虎のように怕いんじゃない？　なかには退官後の身のふり方を叔父さまに頼ろうとしている局長さんたちもあると思うわ」

「うむ。そういえばそうだけど。……ま、いまは叔父も入院中だからね、快くなってから話しとくよ。そのほうの手を打ってもらうようにね」

「お願いします」

伊佐子は云ったが、塩月の自信のなさ、その逃げ腰からみて、大物政治家の重病は間違いなかった。

「ねえ、今日、お忙しいの？」

「うむ？　うん」

塩月は生返事をした。

「パパにも、しばらく会ってないわね」

「うむ。そのうち時間をつくるよ。今日はこれから叔父貴の病院に行かなくちゃならない」

「そう？　たいへんね」

「叔父貴が入院してからは、彼の家の雑用をみんな押しつけられてね。……まあ、もう少し待ってくれ」

塩月は、真顔《まがお》になって云った。

「いいわよ。……仕方がないわ」

塩月は伊佐子の顔をじっと見ていたが、断念するように、どれ、と掛け声をかけて長椅子から立ち上った。

「じゃ、いずれ、またね。このごろは、外出がちだが、まあ会社に電話しておくれ」

塩月は別れ際に笑顔をつくり、大きな身体で立っている人たちの間を分けるようにして玄関を出て行った。外に出た彼の洋服の上に明るい日ざしが降りそそいだが、その後姿が小さく見えた。

伊佐子はエレベーターのほうに戻った。ドアの前に立っていると、看護婦二人が寝台の運搬車を押してきた。毛布から首を出した患者は六十ぐらいで、蒼い顔で眼を閉じていた。苦しそうに口を開けていたが、唇も真白だった。看護婦が、もうすぐですよ、と云いながらその顔を見まもっていた。ドアが開くと運搬車が先に入り、あとは伊佐子とほかに四人くらいしか入れなかった。エレベーターの中でも看護婦は弱っている患者にしきりと声をかけた。伊佐子は、今日のうちにぜがひでも信弘に遺言書を書くことを承諾させようと決心した。

病室に帰ると、ベッドの信弘が眼を開けて伊佐子の近づくのを凝視した。その眼は、妻がどのような用事で傍に来るのか分っているような表情であった。

十一

伊佐子の日記。

《──×日。

夫が遺言書を書くと云う。先日来から、それを書く書くと云って諾《き》かない。入院中に縁起でもないので制止し、そんなものは退院して完全に元気になってからでも十分に間に合うと云ったが、夫は、心臓の病気はいつどんなことがあるか分らないので、安心のためにに書いておくと主張する。

一応病人の云う通りにした。ずっと病室に閉じこめられて気むずかしくなっている夫に逆《さか》らうことができない。売店から便箋と封筒を買って病室に戻ると、夫は機嫌よく応接用の椅子に腰かけ、テーブルに向っていた。

相続内容を指定する遺言書は、弁護士に預けたほうがいいと云うので、夫はどの弁護士に頼もうかと三、四日前に相談したから、わたしは佐伯さんの名前を云った。前から知っている人かと訊く。ここの院長の弟さんだから、病気でお世話になっているついでに、そちらに頼めば院長先生もよろこばれるでしょう、と云うと夫は賛成した。そういうこともあって、遺言書を書く夫の意志は固かった。

夫は万年筆を握って便箋に向ったが、わたしが部屋にいると書きづらいらしく、一時間ぐらい外に出ていろと云う。そして佐伯弁護士に今日のうちに足労してもらうよう電話してくれと云うので、云いつけ通り階下のロビーに降りて、公衆電話から佐伯さんに電話した。佐伯さんは、午後から裁判所に行かなければならないので、その前に寄りましょうと云ってくださった。

一時間ほど病院の庭や近所を散歩して病室に戻った。夫は疲れたといってベッドに横になっていた。それごらんなさい、あまり無理するからよ、と云うと、夫は枕元に置いた封筒を黙って出した。封がしてなく、読んでみろと夫の眼が云っている。

遺言書というのは、元気な人が書いたのでも気持がよくないものだ。わたしは夫の手前、つとめて明るい顔をして中を披《ひら》いた。

『伊佐子よ。

ぼくは心から君を愛した。君もぼくを愛してくれた。ぼくの後半生は、君を得たことでどんなに仕合せだったかしれない。もし、最初から君と結婚していたら、ぼくの幸福な期間はもっと長かったろう。しかし、それが人生というものだ。ぼくも君と相逢うことがあまりに遅すぎたけれど、その短い期間、ぼくは十分すぎるほど幸福であったし、その内容は、最初から結婚できなかった空白の部分をとりかえして余りあった、と思う。ありがとう。

ただ残念なのは、君の愛情におかえしができないうちに、ぼくがさきにこの世を去ることだ。ぼくは君の手に抱かれて死ぬから幸福だが、君はひとりで残される。それを想うとぼくは君が可哀想で死に切れないが、年齢の順でいたしかたない。ぼくは君よりあまりに早く生れすぎている。

こう悟りすましたように書いてきたが、ぼくはあとに残る君の若さと美しさに嫉妬している。君が未亡人という名の独身にもどったとき、多くの誘惑にとりまかれるにちがいない。ぼくはそれを思うと自分の病弱と老年が呪わしくなる。そうして、ぼくの死後、君が見知らぬ男性の腕の中にある場面を想像すると、ぼくの頭は狂おしくなる。もちろん、ぼくは君が自堕落な女であるとは思っていない。ぼくがおそれるのは君が再婚することだ。再婚によって君が新しい夫を得、その夫にぼくと同様な愛情を注ぐかと思うと、居ても立ってもいられないのだ。お願いだから、どうか再婚だけはしないでくれ。再婚はしないと誓っておくれ。

そのためには、君の生活が築けるような基礎は遺《のこ》しておく。幸い、君は生活力が旺盛だ。ぼくなどよりはずっと確《しっか》りしている。ぼくは君が男に生れたら、すぐれた企業家になったろうとかねがね思っている。しかし、女でも、君は事業のやれるひとだ。その資金となるものを僅かばかりだが譲る。ただ、ぼくたちに子供が無かったのが千秋の憾《うら》みだ。子供さえいたら、君に愉しみがあるし、少なくとも再婚の心配がうすいということで、ぼくも安心していられるのだが。まあ、こんなことをいつまでも書いてもキリがない。それにぼくも少し疲れてきた。

左に君に与える対象物件を書こう。遺言というのは、正式にはどういう形式があるのか分らないが、とにかく思った通りに書こう。

一、渋谷区松濤町××番地ノ×、沢田信弘名義土地五百弐拾壱坪
一、同人名義ノ同所家屋建坪七拾弐坪
一、S光学株式会社株券　参阡株
一、R製鉄株式会社株券　壱万株
一、F電機株式会社株券　弐万株
一、Z鉄道株式会社株券　壱万弐阡株
一、V銀行　定期預金及当座預金　全額
一、R信託銀行定期預金　全額
一、以上ノ手続ニ必要ナル実印　壱個
一、右ノ家屋内ニ保存セル書画骨董類一切並動産ノ全部
右ヲ小生妻沢田伊佐子ニ相続サセル事ハ小生ノ意志ナリ

昭和××年三月二十七日

沢田信弘㊞

……この書き方が普通の書例から多少ズレていても、ぼくの意志であることは何人も疑うことはできない。

君は、右の相続先に豊子と妙子の名前が無いのを奇異に思うだろうが、豊子は既に他家に婚した女だ。妙子は独身だが、画の才能もあり、それで十分に自活をしている。親の財産はアテにしないとかねてから云っていた。結婚すれば妙子も他家の籍に入るからますます心配はない。懸念は独身で暮す君の生活だ。だから、もう一度いう。後生だから、再婚はしないでくれ。ぼくは愛する君にとぼしいながらも全財産を与えた。

結婚生活としては決して長くはなかったが、ぼくの後半生を幸福にしてくれた君に、ぼくは心から感謝している。ありがとう。

昭和××年三月二十七日

本郷　朱台病院の病室にて

信弘

伊佐子殿

追伸　遺言書は、それを認《したた》めた時の年月日が非常に重要であると聞いたことがあるので、念のため重ねて書いた』

わたしは、これを読んで泪《なみだ》をぽろぽろ流した。できるだけ冗談に紛らわしたように快活に振舞ったが、うまく芝居が出来なかった。

このとき、わたしが夫に答えたのは二つのことである。一つは絶対に再婚はしないこと。これは誓う。夫からみると、わたしは若いかもしれないが、もはや再婚を望む年齢ではない。この世であなた以上の男性にめぐり遇えるとは思っていない。いまさら再婚をして、自分を惨めにしたくない。また、あなたは誘惑のことを心配しているようだが、わたしにはそんな気持は全然ないから安心してください。それに、ここ二、三年間、精神的な夫婦の愛情だけで生きてきていたため、わたしの肉体は尼僧のそれと同じに慣れてきている。情欲といったものはもう消滅している。あなた以上の男が存在しないとわかっているのだから、これまで通りわたしは清浄が保てるし、そのままあなたの傍にあとから参ります。どうぞ、そんな詰らぬ煩悶《はんもん》はしないでください。

遺産のことを心配してくださってありがたいけど、わたしは豊子さん、妙子さんと公平に分けていただきたい。あなたはわたしを愛するあまりに、こんな非常識なことを書いたけれど、とんでもないことです。わたしは、まだ独りでいる妙子さんに半分くらいあげて、その残りを豊子さんと二分してもいいと思います。画の勉強にもいろいろとお金がかかるし、結婚費用の準備もしておかなければなりません。あなたに万一のことがあれば、もちろん松濤の広い家にわたしが一人で住むわけにはいかないから、妙子さんに戻ってもらって一緒に暮したいと思うけど、妙子さんのほうで気詰りだったら、あの家を売って、そのお金は妙子さんが半分、豊子さんとわたしとがあとを二分する方式にしてもらいます。すべてそういう分配方法にこの遺言書を書き改めてください、とわたしは夫に頼んだ。遺言書を見ないうちならともかく、見た以上はぜひそうしてください。

夫は、君が娘たちのことを考えてくれるのはありがたい、なるほど民法では遺言書の無い場合、相続人である子が遺産の三分の二、妻が三分の一、になっている。しかし、ぼくが君に遺産の全部を与えたのはぼくの感謝の気持だ。君だって前からこの遺産相続のことが分っていれば、ぼくの死後の生活設計の準備が早くから出来るわけだからね、これを君に見せたのはそういう意味なので、見たから書き直せと云ったってぼくに承引できるものではない、とにかくこれで承知しろ、おれの気持が分らないかと、夫はしまいには憤ってしまった。

わたしには夫の気持がよく分る。どんなにうれしいか分らないが、いくら何でもこれを受けることはできない。もう少し考えてくれと云って封筒に入れて戻しておいた。危篤状態の病人というわけではなし、急いで遺言書を作ることもない。病院生活をしてきた夫はかなり感傷的になっているからこんなことも考えるのだ。もう少しさきになれば冷静な心境になると思った。夫の性格にはもともと技術者だけに合理的なのである。

そうこうしているうちに佐伯弁護士がお見えになった。

佐伯さんは丁重に見舞を云われる。院長の実弟なので、夫も、お世話になっていますと礼を云う。弁護士は明るい態度で、夫のさし出した封筒から遺言書をとり出し、入念に読まれたあと、これで結構です、と云われた。夫は、書例が分らないので、勝手な書き方になったと弁解じみた口吻で云ったが、多分、愛情過剰の文句に気がさしたのであろう。佐伯さんはニコニコして、遺言書には決まった書式というものはないからどんな書き方をされても結構です、自筆証書では、全文と日附と氏名を自署し、判を捺《お》せば大丈夫ですと云われた。夫は、これに捺した判コは認印だがよろしいかと問う。実印なら家にあったのに、とわたしが思わず口に出すと、なに実印の必要はありません、認印で結構ですと弁護士は云った。

この遺産の分け方は不公平で、先妻の娘さん二人に三分の二以上あげるべきです、とその比率までわたしが佐伯さんの前で云うと、夫は面倒臭そうに、これでいいんだ、余計なことを云うな、と取り合わない。この問答を傍で聞いていた佐伯さんは、遠慮勝ちに、奥さん、一応ご主人の書かれた通りをお請けになったらどうですか、せっかく奥さんのことを考えられてこの遺言書をつくられたのですから。そのうち、お二人で相談なさって書き換えの必要が生じたら、この遺言書と新しいのとをお取りかえになられて結構です、そのときはまたわたしがお預かりしましょう、ご主人もいまが重症というわけではないし、いつでもお二人でご相談になる機会はありますよ、と云われる。

夫はわたしの云うことに相手にならないし、それに神経が過敏になっているので、結局わたしの主張をさきに延ばすことにして、佐伯弁護士の意見に従うことにした。夫は、この遺言書はお手許にあずかっておいてください、と佐伯さんに正式に頼んだ。佐伯さんは手提鞄の中から複写の便箋で預かり証を書かれる。

こうなると、あなたが遺言書の立会人だが、立会人としてのあなたの名前を遺言書に頂いてもいいかと夫は佐伯さんに訊いた。いや、その必要はないでしょう、しかし、念を入れられる意味でならわたしがその旨を記入しても一向に差支えありません、と佐伯さんが云ったので、夫はぜひそう願います、妻が安心しますから、と云った。佐伯さんは遺言書の追伸のあとに『本遺言書ノ作成ニ当ッテハ弁護士佐伯義男ガ立会ッタ』と書いて捺印された。

そのあと、佐伯さんと夫とは五分間ばかり話をした。遺言書を書いたというので、妻がショックのようだと夫が打ち明けると、佐伯さんは、こういうのは生命保険に加入したのと同じようなもので、万一の場合にあとの面倒が起らないための保証だから、事務的なものです、遺言という字が暗い感じで、それにこだわるから気持がよくないけれど、財産贈与の手続と思ってください、とわたしに云われる。そして、兄からも聞いたのだが、お身体の調子はすっかりよろしいそうで、遺言書を書かれたことがかえって長命の結果になるでしょう、と笑われた。

不吉なことが目出度いきっかけになるのはよくあることなので、わたしも気分をとり直した。佐伯さんが遺言書を鞄の中に収めて帰ったあと、夫は、若いがなかなか頼もしい弁護士のようだね、とわたしに云った。満足そうだった》

その晩、ホテルの伊佐子の部屋に佐伯が泊った。佐伯は夜十一時ごろまでに帰ることもあれば、疲れているときはそのまま朝まで残ることもある。

はじめのうちはホテルの従業員に遠慮して、ツイン・ベッドの一方を空け、一つのベッドに二人で寝ていたが狭くて仕方がないので、佐伯をあいたほうのベッドに寝かせることにした。慣れるにつれて次第に大胆になってくる。翌朝、従業員が片づけにきて、両方のベッドのシーツが皺だらけで乱れているのを見られるのは辛かったが、これにも慣れてきた。従業員には弟が病人の容態を気づかって泊りこんだように云ってあるが、どこまでその言訳が信用されているか分らない。しかし、信用されなくともたいしたことはなく、一応こちらで理由をつけておけばいいと思った。以来、ホテルのほうでも気を利かして、夕方にはベッド二つともメーキングするし、浴衣の寝巻も二人ぶんを出している。

「松濤の土地をまるまる奥さんにくれるというのだから本望でしょう」

と佐伯は云った。

「そうね。だけど、ほんとうに大丈夫かしら?」

伊佐子はサイドテーブルに載っている手提鞄に眼を遣って云った。鞄の中には遺言書がおさまっている。

「まあ、法律上の問題としては、娘さん二人がそれぞれ遺留分として六分の一ずつ相続する権利を持っていますからね。それを放棄させるのは難しいだろうが、なんとか対策を考えてみましょう」

「そう。よろしく頼むわ」

「株券類が意外とあったね。あれもみんな取るように奥さんがねだったんですか？」

「半分くらいかなと思ってたけど、みんな寄越したわね。でも、それはわたしの手には入らないわ」

「どうして？」

「相続税で持って行かれるわ。株券だけで松濤の土地がまるごと確保できるかどうかも危ないわね」

「あの辺の土地で税務署の評価額がどのくらいになっているか調べてみましょう。だいぶん高いだろうな」

「現在でもそうでしょう？　これが将来《さき》になるほど時価が高くなるから評価額は更新してゆくわね。株券のほうが少しぐらい値上りしても、土地の高騰には追付かないわ。それに株券だって値下りしそうな会社もあるんじゃないの？」

「なるほどな。証券全部をもらっても土地の確保が出来るかどうか怪しいんだな。先行きが長いほど心細いわけ？」

「そうよ。沢田がいま死んでくれたら、なんとかバランスがとれるかもしれないけど」

「うむ」

佐伯は本気か冗談かを見きわめるように伊佐子の顔をのぞいた。彼女の眼に微笑はなかった。深い想念の中に瞳が沈んでいるようにみえた。弁護士のほうからあわてて視線をはなしたのは息づまるものを感じたからだろうが、そこに職業柄、犯罪者に似合うモノマニアックなものを見出したためかもしれない。

「相続税のことなら」

佐伯は話を変えた。

「この前から云っているように、塩月さんから叔父さんの政治家に頼んでもらって、大蔵省の役人を動かしたほうがいいですよ。その程度の相続税ぐらい何とかなる」

「でも、政治家は瀕死《ひんし》の重態だわ」

「重症でも、息のある間はまだ影響力がある。役人という奴は臆病だから、怖《こわ》い者が完全に死んでしまうまでは云うことをきく」

「それだって長くは保《も》たないわ、癌だからさ。沢田がさきまで生き延びると、たとえ今政治家の命令が役人にあったとしてもそれが反古《ほご》になってしまうわ。それに、あの政治家は敵が多いから、死んだとなると役人の反応も逆になるわね。威勢のよくなった敵のほうに役人がわっと付いてしまうから。かえって、さきでいじめられそうだわ」

「うむ。それ、だれから聞いた?」

「だれからも聞かないわ。それくらい、わたしにも分るわ」

「塩月さんからじゃないの? この前、塩月さんに頼んでみようと云ってたから」

「塩月さんにはあれから会ってないの。叔父さんの容態が悪くなってから、それどころじゃないらしいのよ」

「塩月さんもわが身の浮沈にかかわるからな。まあ、会ってないというのを信用しておきます。ぼくも、沢田さんと同じだな」

「へんなことを云うのね、どういう意味?」

「遺言書にある通りさ」と佐伯は鞄のほうにあごをしゃくった。「奥さんは、沢田さんとはこの二、三年来は何もない、奥さんは自分が尼僧のように沢田さんを云いくるめているんだからな。あれを読んで沢田さんに同情したな。いい旦那さんです」

「いい人だから、事実を知らせるのがよっぽど残酷よ。沢田は好きで好きで仕方がない奥さんが、修道女になっていると信じていることで幸福なの。年寄りの心をかき乱すのは可哀想よ」

「遺言書の文句を見て、ぼくは感動した」

「その感動が大きいほど、わたしが悪妻になるのね」

「まあそう先まわりして云われても困る。奥さんの自衛手段もよく分ってるんだから。……しかし、ぼくも冷汗だった。沢田さんに初めて会ったが、奥さんとの間が分るんじゃないかとね。そんな場合、たいてい女性の態度が動揺するから怪しまれるものだが、奥さんは泰然自若としていた。感心した」

「わたしが一生懸命にそうしないとどうなるの？　沢田に推察されていいの？」

「いや、そりゃ困る」

「あんたの云うこと、ちぐはぐだわ。それこそお互いの自衛手段よ」

「恐れ入った。だから、沢田さんから全遺産がもらえたんだね。娘さん二人に是非分けてあげてくれと云うところなど人情がかって、うまいもんだった」

「もう知らないわ」

「いや、ごめん、ごめん。あの調子じゃ、沢田さんは今後も娘さんに分ける意志はなさそうです」

「遺言書の書き換えはしないという意味？」

「しないね。作成の年月日もあれほどくどいくらいに書いてるんだから。あれじゃ、遺言書か艶書《えんしょ》か分らない」

「ねえ、そのことだけど」

伊佐子の顔つきが改まった。

「遺言書の書き換えというのは、よくあるの?」

「たまにはあるらしい。西洋人はよくやるけど、日本人は心情的だから書き換えは滅多にしない。あとになって、よっぽど条件が変る以外にはね。日本人は遺言書を書いた段階が最後の決意と思っているし、自分の遺言は変更すべきでないという固苦しい信念……なんというか、儒教的な精神が流れているんじゃないかな」

「書き換え、しないかしら?」

「あの決意なら大丈夫です。沢田さんも古い型の人だから。……それに、書き換えの際は、ぼくが預かっているぶんと交換するという約束だったしね。沢田さんは技術屋だけに、几帳面に、正式な手続をしないと気の済まない人じゃないかな」

「それはそうだと思うけど。正式な手続以外でも、あとから書き換えということは出来るの?」

「それは出来ます。本人の自筆と作成の年月日の記入があれば、有効だとされている」

「その場合、第三者の立会いとかは?」

「それは必要ない。あるのに越したことはないが、なくてもいい。……なにをそんなに心配しているんですか?」

「先妻の娘二人よ。とくに妹の妙子が油断ならないわ。もしかすると、パパを責めて新しい遺言書を書かせるかも分らないわ。あの子は、そういう女よ」

「この遺言書の内容は知らないでしょう」

と、弁護士は何度目かの視線を鞄に向けた。

「知らなくても、想像のできる女よ。あの子は沢田がすっかりわたしのトリコになっているとき僻《ひが》みきってるんだから。わたしの居ないときに泥棒猫のように病室にやってきて、遺言書の書き換えをせがみかねないわ」

伊佐子の呼吸が荒くなった。

「そういうおそれがあると、奥さんはうっかり病室も空けられないじゃないですか？」

「そうよ。空けられないわ」

「毎日一昼夜、ご主人のそばから離れられないわけだ」

「………」

「ははあ、そうもいかないでしょう？」

「………」

「代りの人があるといいんだけどね、監視役に。娘さんが来たら、追い返すような役の人がね」

「そんなの、居ないわ」

「沢田さんの口述をとっている女速記者のひとはどうだろう？　奥さんの云いつけだと

云って、病室に侵入する娘さんを頑強に拒否させては？　もっとも、それもせいぜい午後七時か八時ごろまでだろうけど」

「そうね。あのひとは芯《しん》が強そうだけど。……でも、駄目駄目。他人は信用ならないわ」

「じゃ、どうするんです？」

「家《うち》に早いとこ病人を連れて帰るわ。家の中だと娘たちもこないから」

「そりゃ、こないだろうけど。しかし、病院のほうはあと一週間は駄目だと云ってるんじゃないのかな」

「そうは云ってるけど、だいたい絶対安静期間は過ぎてるし、もう家で静養ということになってもいいいんじゃないの。あんた、お兄さんの院長先生に頼んでみてよ」

「ぼくから？　そりゃ、ちょっと困るな。おまえはどういう理由で奥さんからそんなことを頼まれたんだと訊かれたら、返事のしようがないですからね」

「じゃ、いいわ。わたしから直接談判をするわ」

「そうなさい。……そうなさいだが、兄貴はあれで堅い男だから、自分の得心がゆかないうちは退院は絶対に困ると云いますよ。医者の良心に忠実という点では頑固だから。それで前に患者の家族と喧嘩したこともある。病院と喧嘩したら、いざというとき、奥さんに分《ぶ》が悪い」

「というと？」

「ほら、遺言書の内容が内容だから、奥さんが意識的に病人を無理に退院させ、生命を縮めたという悪評が立たないとも限らない。とくに妹娘のほうがしっかり者だと、そんなことを云い立て兼ねないと思うな」

「お兄さんにお願いしても駄目？」

「そら、なんと云うか分らないけど、慎重な男だから予定期間より一週間も早めて出すことはなさそうだな。……一週間ぐらい、我慢できないのかな？」

「娘たちが父親の傍に何か云ってくるかもしれないと思うと、よけい気がかりになってきたわ」

「強迫観念だな。大丈夫、大丈夫。いままで何もなかったんだから、あと一週間で何かが起るはずもないですよ。沢田さんだって今日遺言書を書いてぼくに預けたばかりだしさ。あの堅い人が、いくら娘さんにせがまれたからといって、一週間のうちに書き換えをするはずもないし、遺言書は弁護士に預託しておくのが正統だと思いこんでいる人だからね。遺言書に、立会人としてのぼくの名前を書けと云ったろう、あれなんか法律的には意味がないけど、病人のことだし、本人の安心するように書いておいたんだ。こういうケースの上での人間の性格なら、ぼくも商売でたくさん人を見てきた経験上、間違ってはいないね」

伊佐子は佐伯の力説を黙って聞いていた。

「それにさ、沢田さんを家に連れて帰ったら、奥さんだってホテル住いができなくなるわけさ。ぼくも奥さんとこうして泊れなくなる。一週間でも、自由が延びたほうがいいんじゃないかな」

「いま、沢田が死んだら、ちょうどいいんだけど」

歯の間から言葉が走った。佐伯が見ると、伊佐子の唇は白くなっていた。

「それはまあ寿命だから……」

佐伯の声が怯《ひる》みを帯びた。たじろいだ様子で宥《なだ》めにかかったが、余計なことはあまり云えないと覚ったか、その言葉も途中で細くなった。彼は身を動かし、消えかかった言葉を別の話題につないだ。

「それはそうと、石井君のことですが」

伊佐子の眼がちょっと動いたが、表情には興味が浮ばなかった。

「この前、睡眠薬の鑑定人を二人証人に喚《よ》んで法廷質問しましたね。一人は乃理子の解剖をした宮田監察医、一人はその鑑定書を鑑定した法医学者山村教授で、ぼくのほうで申請した証人。あの証人どうしの論戦はなかなか面白かった。もともと出身大学が対立関係にあるから、論争も熱が入っていた。おかげで、ぼくは山村教授からのレクチュアで毒物の通《つう》になれたけど、今度は裁判所側が喚んだ証人の鑑定がなかなかいいんです。

春永という法医学の教授ですがね」

別な考えごとをしているような顔で伊佐子は聞いていた。

「つまり、両方の言分を審判する鑑定のようなものだが、春永教授は中立系の大学から択《えら》んだ。その春永鑑定が出て、昨日裁判所から見せられたんだけど、乃理子の頭部に関する解剖所見の程度では、脳震盪は認められるけど、致命傷とは必ずしも断定しにくい。一方、睡眠薬の剤片、胃に残っていた欠片《かけら》だな、それを解剖医が取り出して精査しなかったのは、たしかに厳密な検査の意味では批判の余地があるが、だからといってそれが死因の究明に大きく影響するような遺漏行為でもない。まあ、それくらいの横着は普通だと云うんだな」

「じゃ、どっちなの？」

伊佐子もようやく関心の転換ができた。

「中立系の教授だから両方の顔を立てている。そのため表現が、だから慎重というよりも、はっきりしなくてはがゆいが、この鑑定の字句通りだと死因不明、つまり証拠不十分ですな」

「じゃ、無罪？」

「そうなるね。それに、春永証人の意見は、どちらかというと睡眠薬による中毒死のほうに比重がかかっている。それはね、これはぼくの個人的な想像だが、解剖に当った宮田証人は山村証人を法廷で誹謗《ひぼう》した証言をしている。ずっと前にぼくがその速記録の写しを奥さんに渡したが、おぼえていますか？」

「読んだけど、よくおぼえてないわ。だいたいが面倒臭い医学の話だから」

「あれには、宮田証人がこう云っている。《山村教授から前に電話がかかってきて、私の書いた鑑定書に、脳髄中の偽石灰というのがあるが、あれはどういうことか、偽石灰についてはどういう文献を読んだらいいか、と問合せがあった。だから山村鑑定は、私の鑑定の偽石灰をだいぶん問題にしておられるが、以上の電話問合せのことからしても、偽石灰について山村教授は何もご存じないらしい》こう暴露している。そういう無知な人の鑑定は信用ならないということを宮田監察医は皮肉って云ったわけだ。これが新しい裁判所側の春永証人の心証を悪くしたようだね。春永教授は謹直な人だから、学者が法廷でそんな個人攻撃のようなことはすべきではない、という考えだな。まして、出身校は違っても宮田監察医は山村教授より後輩だから、後輩の礼儀は守るべきだという気持がある。それから宮田鑑定に不利なのは、ご自慢の偽石灰という言葉、そういう学説を春永教授もよく知らないと漏らしていたね。春永教授は温厚な人だから、それ以上はっきりとは云わなかったが、偽石灰なる用語は宮田監察医のハッタリじゃないか、そう考えているような様子がある。……そういう次第で、こっちの思い通り、石井君の証拠不十分による無罪が非常に現実的に近づいてきましたな」

佐伯は、伊佐子の思い詰めたような顔色から彼女の気持の転換を試みて石井の裁判の話など持ち出したのだろうが、石井が無罪になるのは、決して浅くはない憂鬱が眼の前に近づいてくることだった。


翌朝、伊佐子は電話のベルに起された。佐伯がぎょっとした顔で見ている。

「塩月さまとおっしゃる方からです」

交換台は、都合の返事も聞かずにすぐに塩月の声をつないだ。

「もしもし」

「あ、お早う。起きてたんだね？」

「え」

あら、パパなの、とも云えず、受話器をかたく耳につけたままで、佐伯に音を立てるなと眼顔で知らせた。佐伯は大きな眼をむいて凝乎《じっ》としていた。

「ずいぶんお早いのねえ？」

「うむ、早いけど、ちょっと知らせておく。実は、叔父の容態が急変した。今日じゅう、もつかどうかだ……」

十二

《政治家のA氏が亡くなられた記事が新聞に大きく出ている》

と、伊佐子は日記に書いた。

《塩月さんから容態を聞いていたがこんなに早く亡くなられようとは思わなかった。実力政治家だけに党内の派閥分布図に相当な影響があるらしい。挿話《エピソード》と政界名士の談話が出ている。毀誉褒貶《きよほうへん》のきわだった人物だったが、新聞はさすがに批判めいたことは書いていない。いちど天下をとらせたかったという庶民の声を載せている。ご本人は最後まで肝硬変と信じていたらしく、臨終の朝もこんな病気で死んでたまるかと怒鳴っておられた由。八十キロの身体が半分近くになっていたという。癌はいたましい。

入院中の患者に、人の亡くなったのを知らせるのは辛いけれど、夫は毎朝の新聞を読むのがたのしみなので仕方がない。わたしが病室に行くのはたいてい八時すぎなので、看護婦さんの手からもう新聞は渡っている。

昨夜、塩月さんからホテルに電話があって、叔父はとうとう駄目だったと知らせてきた。いつも陽気な人が、元気のない声で云うので気の毒ではある。塩月さんの立場からすると気落ちなさるのももっともである。

夫は退院が明日なので、政治家の死を新聞で読んでもあまり気にしていないらしい。ほっとする。A氏の遺産はどのくらいだろうかなどとそのほうを話題にした。ふと塩月さんのことを考える。政治家には子供が四人あり、家庭も複雑なようだから、甥の塩月さんまでは遺産の裾分けは渡らないだろう。

今日は退院前の精密検査で、夫はレントゲン室に行ったり、心電図をとったり、血沈や尿の検査をしたりして忙しい。体重は入院前からすると五キロ減っている。このままふえぬほうがいいと主治医は云われる。心臓に負担をかけないことが第一。当分はまだ脂ものを摂ってはならない。入院中の減食をつづけなければいけない。

入院直後の夫は入院というショックと用心から減食してもそれほど空腹を訴えなかったが、身体の調子がよくなり、足馴らしに病室の中や廊下を歩くようになってからは運動のせいか、やたらと食べものを欲しがる。しかし、本人の云う通りにはできない。見るのは辛いけれど、医者に云われた通りの制限量を守らなければならない。病院からの患者食はうす味で、塩けが少ない。もちろん肉類など脂ものは一切無く、魚も白身の淡泊なものばかり。ふだん、どちらかというとあっさり好みの夫もさすがに参っている。入院中ということで我慢しているが、家に帰ってわがままが出なければいいがと思っている。主治医は、それも訓練で本人の覚悟と看護の心がけ次第でそういう食事にも馴れるはずだと云われる。そのつもりでいなければならない。なにごとも夫に長生きしてもらうためである。

午後三時ごろ主治医に呼ばれたので医局に行く。主治医は心電図のグラフが必ずしも順調とはいえないので、もう少し様子を見るために病院に置いてもらえないだろうかという相談だった。何もかも調子はよくいっていると思っていたわたしは意外だった。しかし、できるなら退院させたいとわたしは云った。病人もそのつもりでいるのに、まだ帰れないとなるとがっかりするだろうからと云った。けれど、ほんとうの理由はほかにある。入院代がたまらない。十日ごとの計算だが、この前の払いが十二万六千円あった。一日一万二千六百円である。もっとも入院直後は注射とか検査とかが多く、酸素テントに入ったりして重症扱いだったからよけいに費用がかかったのであろう。けど、特等室に入っているので、何も手当てしてもらわなくとも一日に一万円ぐらいはかかるらしい。十七日間の入院だから、あと七日間分の払いが残っている。これ以上入院しているのは経済的に苦しい。それに、わたしのホテル代が付帯した費用である。

病気が悪ければ、もちろん借金をしてでも入院をつづけなければならないが、見たところ夫の様子に変ったところはなく、顔の血色もいいし、瘦せはしたが身体の筋肉がしまってきたようである。足どりはよほどしっかりしている。このところ注射の回数も少ないし、飲み薬が主である。その程度なら家で安静にしているのも同じだと思う。薬は病院にとりにくればいい。主治医は、わたしが出来るなら退院が望ましいと云ったものだから、うなずかれ、是非にとも云われなかった。ただ、ご主人に何かご心配ごとでもありますかと訊かれるので、こっちが気がかりとなり、なぜですかと問うと、医者は黙っている。何かで分るのかもしれない。

夫も入院費のことを内心では気づかっている。S光学を退いたあとは収入の道がないので不時の出費はこたえる。二人きりになると夫もそんなことを口にする。病人がそんな心配をするもんじゃないわ、お金が足りなくなったら、わたしがどこかから都合してくるからと笑っているのだが、夫は小心なだけに可哀想である。けど、そのようなことはお医者には云えないから、仕事のことが気になるのでしょうと答えておいた。

医者は、この病気は心配が禁物で、とくにショックを与えないように気をつけること、精神的な安定が何よりなので、退院されたら、しばらく山の中の温泉にでも行ってのんびりと療養されるのですなとすすめられる。但し、食餌にはあくまでも気をつけるように、ご主人がどのように要求されても脂肪過多の食物を避け、常に量を制限して、胃部膨満《ぼうまん》にならないようくれぐれも注意された。そして少しでもおかしい様子が見えたら取り敢えず近くの医者に応急の手当をしてもらって、こちらに連絡してくれと云われた。

こちらから無理に退院をたのむ恰好なので、佐伯弁護士に電話して諒解を求める。佐伯さんはこの病院の紹介者だし、院長先生の実弟なので、院長へのとりなしもお願いする。佐伯さんに、そんなことは少しも気にかけないでいいと云われ、ほっとした。

――×日。

午前中は簡単な診断。院長先生が主治医といっしょにこられたのでお礼を云う。夫は元気。午後久しぶりに家に帰る。夫よろこぶ。

二十日間近く、わが家を留守同然にしていたので、家の中が何だかよごれているような気がする。サキはよくやってくれてるようだけどやはり主人がいないせいか掃除などに手を抜いている。家の中は主人がいないと駄目らしい。

夫を床に寝かせて家の中の掃除に早速とりかかる。見ていられないので、自分で箒《ほうき》を持ったり雑巾を握ったりしたものだから、サキにはそれが当てつけのように見えたのかもしれない。

夕方になってサキが、奥さま、お願いがありますと云ってくる。あらたまった顔で云うので、辞められるのかと思ってどきんとしたが、そうではなくて、アパートから通勤したいと云うのである。よくよく聞いてみると、そのアパートもすでに契約しているとのことで、旦那さまが病院からお帰りになるのを待っていた、と云う。サキがひとりで自分で決めているのだった。

近ごろのことで若い女も自由な時間を持ちたがっている。会社や商店に通う同性を見てはサキも解放感を味わいたがっているのだろうが、それにしても住込みから通いに変りたいというのは少々わがまますぎると思った。サキも二十三歳だから、好きな男ができたのかもしれない。アパート代はいくらなのと訊くと、六畳一間で二万円と平気で答える。すでに不動産屋を通じて敷金と権利金十万円支払った由。わが家の給料が食事つきで三万円、通いとなれば食事は不要だからそのぶん一万円上げてくれと要求した。

それにしても部屋代二万円を払ったら二万円で食べてゆかなければならない。それで大丈夫なの、と少し皮肉をこめて訊くと、何とかやってゆきますとサキは云った。わたしの家は子供は居ないし、掃除以外にはこれという仕事もないはずなのに、そこを出て行きたいのだから、よっぽど一人になりたいに違いない。

夫に相談すると、いくら仕事が楽だといっても全時間を拘束されていることにはちがいないから本人の希望通りにさせなさい、と云った。サキにまったく辞められても困るので、結局押し切られた。アパートはここから歩いて十五分ぐらいかかるが、朝は八時までに出勤、夜は六時限りという約束になった。

サキはその日から早速実行、六時には失礼しますと荷物を持って帰って行った。妙な気がする》

——信弘が明日退院するという前の晩、伊佐子は佐伯をホテルに泊めた。

「このホテルでいっしょになるのもいよいよ今晩限りだな」

佐伯は同じ枕の上で云った。伊佐子は天井を眺めている。ヘア・ピンを全部とった髪は乱れて眼の上や耳に縺《もつ》れ、額や小鼻のわきが汗ばんで光った。毛布の下でネグリジェがよじれていた。

「あんた、今夜だけでもう諦めるつもり?」

伊佐子は唇を小さく動かした。

「これからはよそだね」

「ほか? 連込みホテルはいやだわ。女中なんかに顔をじろじろと見られてさ」

「そりゃ仕方がないですよ。どこの誰だか分りゃしない」

「同じ場所ばかり使えば顔をおぼえられるし、といって東京じゅうのホテルを泊り歩くのはよけいにいやだわ。前にどんな人が使っていたか分りゃしないベッドに寝るなんて、不潔で、ぞっとするわ」

「そんなことを云うなら、このホテルをつづけて取っておくより仕方がない」

「ホテル代がたまんないわ。あんた、出せる?」

「冗談じゃないですよ。ばかばかしい」

「弁護士さん、お金儲かるんでしょ?」

「見かけほどじゃありませんね。ぼくはまだ若いからな。売り出すためには持出しでも仕方のない事件だってある」

「石井のこと?」

「云いにくいことを平気で云うなあ」

伊佐子は顔をくるりと佐伯にむけて眼を笑わせ、頬と額とをつづけて吸った。

「平気よ。あんな奴、なんとも思わないんだもの。あんたのほかには眼がないの。石井のことで余計なことをしてくれたと思ってるわ」

「いまにぼくがそんな目に遇う」

「あんたが最後ね。最後だから離れられないわ」

「塩月さんのほうはいいんですか?」

「あの人は何でもないったら。しつこいわね、あんたも」

「どうも信用ができない。塩月さんも口を拭って、へらへら云ってるけど」

「そのへらへらも、もう駄目らしいわ」

「あ、叔父さんが死んで?」

「元気ないみたいよ」

「会ったの?」

「電話かけてきたわ。二、三日前、この部屋にね。声がかすれて、しょんぼりしてたようよ。あの人も、もうお仕舞じゃないかしら」

「……そうですね。食品会社の副社長といっても叔父さんの威光で会社が押しつけられたんだから。まあ、クビでしょうな。そういう人、利用価値がなくなると、会社も冷酷なものですよ」

「仕事のできない人ね」

佐伯が毛布の下から筋肉のもり上った肩を出してサイドテーブルの煙草を取ろうとすると、伊佐子がはだけた胸を反《そ》らせて仰向きに裸の手でそれをつかんで渡した。つづいてマッチをすった。

「人のことはどうでもいいけれど」

と、男の口が煙を吐くのを見届けて伊佐子は軸棒を灰皿に投げ、ついでに男の片方の腕に首をのせた。

「わたしたち、これから何処で会うの？　あした家に帰るんだから早く決めてよ」

佐伯は眼をすぼめて、煙の先が消えた天井の電燈のシェードにまつわるのを見ていた。

「どこって、ホテルや旅館がいやなら場所はありませんよ」

「そういうとこ、困るわ」

その声が決然とした調子に聞えたので、佐伯が腕に乗せている伊佐子の横顔をのぞいた。髪の毛が鼻の先を邪魔した。

「わたしの家にこない？」

彼女はうしろ頭で佐伯の腕を擦《こす》った。

「奥さんの家に？」

佐伯が眼をまるくした。

「わたしの家が落ちついていいわ」

「しかし……」

「パパは九時ごろから睡ってしまうの。きまったようにね。睡りこんだら正体ないの。その代り、朝、六時ごろから眼を醒ましてるけど」

佐伯は息を詰めていた。

「お二階があるの。裏のほうだけど、六畳がふた間。娘たちが家に居る間、そこを使っていたけど、あとはそのままよ。そうそう、妹娘の妙子が家を出るまではその一間を板張りにしてアトリエにし、奥の六畳を居間にしていたわ。あとずっと使ってないの。あんた、そこに寝《やす》みに来なさいよ。きれいに掃除して、客用のお蒲団を用意しておくわ」

「………」

「あんたがくるのは、どうせ十時ごろになるわね。ちょうどいいじゃないの？」

「しかし……」

「二時頃まで居ていいわ。タクシーは夜中じゅう表の道を通っているしさ。渋谷って便利よ。朝まで走ってるんだもの。主人には絶対に分らないわ。睡ってるし、二階なんか使ってないと思ってるんだから。アトリエのとこ、物置にしてるの。あんたがくる晩は裏口を締めないでおくから。わたしも二階に上ってゆくわ」

「しかし……」佐伯の声に好奇心が湧いていた。「住込みの女中さんが居るだろう？」

「サキね。あの女は通いにしたわ」

「した？」

「そう思って、三日前にサキに云い渡しておいたわ。前からそれとなく不動産屋に頼んでアパートを見つけさせておいたの。その代り、敷金も権利金もみんなわたしの負担よ。家賃の二万円もこっちが出してやるの。たいへんだわ。まるきり暇を出しても、わたしが困るしね」

「女中さんは急なことで面喰らってるでしょうな？」

「サキはよろこんでるわ。朝八時までに来て夕方六時に帰れるんだもの。自由な身になってうれしがってるわよ」

「それはそうだろうけど。ご主人は変に思ってませんか？」

「サキがそう希望してるように云ってあるの。彼女にも云い含めてね。パパは、近ごろの若い女だからその要求も無理はないよともの分りのいいことを云ってるわ」

「あんたにはかなわんですなあ」

弁護士の声には承諾の意思が現われていた。彼はその冒険に十分興味が乗ったようだった。

「ねえ、あんただって、階下《した》に主人が寝ていると思ったら、ほんとにわたしを偸《ぬす》んだ気がするでしょ？」

伊佐子は佐伯の胸に手を捲いて胴体を押しつけた。

「男冥利と思いなさいよ」

「けど、ちょっと大胆だな。ご主人に悪いよ」

「なに云ってんの。こんなところまで羽目をはずしておいて、いまさら悪いもないもんだわ」

「奥さんは、馴れてるから」

「へんなこと、云うのね。わたし、今まで一度もこんなことをしたことないわ」

「石井とは過ちですか？」

「あれは向うが悪《わる》だったの。うかつにひっかかったの。……もう、それは告白したんだし、勘弁して」

「塩月さんとは？」

「またまた、それを云い出して。あの人とはなんでもないったら。どうして分んないの？」

塩月の顔がふいとのぞいた。——ときにはぼくが遊びに行ってもいいよ。ばかね、女中がいるじゃないの、家に来られたら困るわ。冗談だ、おれが行けるわけはないじゃないか。……

「ねえ、あんたとはもう離れられなくなったのよ」

伊佐子は佐伯の脚を締めつけた。

「あんたが、わたしの身体をこんなふうにしたのよ。あんたって素晴らしいんだもの。わたしの身体は完全にあんたに馴らされてしまったわ。ひとりでは睡れなくなったわ」

「しかし、このホテルに奥さんが泊ってるように、ひと晩おきに行くわけにはゆかないよ」

「いいわ。三日に一度くらいで」

「それも少し頻繁すぎるなあ。なにしろ、お宅だからな」

「おそれてんの？」

「正直、怕いです」

「怕いくらいだから、いいじゃないの。恋が真剣になるわ。あんたの気持の中には、まだ遊びがあるんだもの」

「真剣ですよ。しかし、人間、度重なるうちにだんだん馴れてきて大胆になりますからね。このホテルがそうだ。はじめはフロントに気兼ねして、体裁つくったりしていたけれど、いまじゃ、もうこの通りおおぴらだ」

「こんなホテルより、わたしの家のほうがよっぽど安全よ。ホテルだと従業員の口がうるさいわよ。蔭ではどんなことを云われてるか分んないわ。これでまだ噂が立たないんだから、むしろ奇蹟よ。そういう意味では現在《いま》が薄氷を踏む思いだわ」

「だが、お宅だと、ご主人が居るんだからなあ。現場を押えられたらそれでおしまいだ。ホテルの比じゃありませんよ」

「パパが現場を押えるって？　あの年寄りが」

と、伊佐子は咽喉の奥で笑った。

「大丈夫。そんな気力はないわ」

「気力がないって？」

「そうよ。身体が相当に弱ってるんだもの。病院ではずっと寝てばかりいたんだし、まだ足もともしっかりしてないわ。それに、患者食で、脂濃いものは駄目だし、節食しているの。満腹状態じゃ、胃にもたれすぎて心臓にいけないのね。そんなわけで、とてもあの二階に駆け上ってくるだけの気力も体力もないわよ」

「家に戻っても、ずっと節食ですか？」

「そうよ。あんたのお兄さんの経営する病院のお医者さんがそうアドバイスしたんですもの」

「ご主人は腹が空いてしようがないでしょう？」

「我慢させるの。身体のためだもの、食事の制限も仕方がないわ」

「ふうん、飢餓状態だな」

佐伯の呟きで、伊佐子は彼の顔に一瞬鋭い視線を走らせた。

「しかし、それでも自分の奥さんが二階でへんなことをしていると思うと心平かでないから上ってきますよ」

「だって、睡ってるんだもの」

「途中で眼をさまして、奥さんが横に寝ていないと分ったら、どうします。沢市だって女房が夜中に居ないので悋気《りんき》するじゃありませんか？」

「浄瑠璃を持ってきたのは恐れ入ったわ。あんたも若いのに案外古風なのを知ってるのね」

「常識ですよ。話をはぐらかさないで。ご主人がぬっと現われたら、どうする？」

「あら、そんなことやりっこないわ。パパは紳士よ。直情径行型じゃないわ。理性を考え、自己抑制に強い人なの」

「つまり体面を考える英国型紳士ですか？」

「英国型かどうか分らないけど、我慢強いことはたしかね」

「我慢強いね。なるほどね」

「へんに感嘆しないでよ」

「しかし、我慢強いのにも限度がある。ことと次第によりますよ。二階の出来事は日常生活とは違いますからね」

「かっとして怒鳴りにくるというの？　そんなことをしたら忽ち発作を起すわ。憤怒とか昂奮とかいった激情が心筋梗塞にはいちばん悪いんだから。それはパパもお医者さんから云われて十分に心得ているはずよ」

佐伯の頬が緊張した。伊佐子は彼の表情にもう一度視線を投げた。佐伯は身じろぎもしないで、「煙草」と云った。

伊佐子がまた毛布の下から身体を反らしてサイドテーブルの煙草をとり、新しい一本を一口吸いこんでから佐伯に渡した。スタンドのうす暗い灯に浮いた煙が、反対側の壁にはまった鏡の中に立ち昇った。それがベッドのほうからもよく見えた。

「お宅の二階に行きますよ」と佐伯は煙草の吸口をはなして云った。

「奥さんに協力することになるかもしれないけど」

この協力という意味が伊佐子だけに分ったから、垂れ下った髪にかくれた彼女の眼が光った。

「そう。うれしいわ」

と、伊佐子は男の腕を握らずに云った。

「あんたがその気持になってくれて。わたしは、あんたなしには生きていられないのよ。

無理いわないわ。でも一週間に二回は来てね。帰りたいなら早く帰すから。悪どめしないわ。あんただって家庭があるんだし、それまで犠牲にしろとは云わないわよ。おたがい、おとなよ。周囲に分らないようにすればいいわ。わたしだってパパに迷惑かけないようにしたいの。魅力も愛情も感じないけど、わたしに親切だったことはたしかだから」

しかし、この言葉は焦点をずらしたものだった。彼女が佐伯の協力の意味を感じとって、うれしいわと云ったのは、そうした愛情に関連した内容と思っていないからだった。佐伯の言葉の意味は、愛情または愛欲の共同作業を承諾したのではなく、彼女が期待する可能率《プロバビリティ》に対する協力だった。この場合の期待可能性の手段は犯罪ではない。ましてその「協力」が、その結果によって判別される程度の曖昧さであれば、幇助《ほうじょ》という名すら不適当である。伊佐子は佐伯の承諾した意味を敏感にうけとって、まったく別な話にしてしまって感謝を述べたのだった。

《——×日。

退院後四日目。幸い、主人の調子はいい。

少し痩せたので、心臓の負担が軽くなった。食事はできるだけ胃袋がいっぱいにならないようにする。主人は不服だが、これだけは我慢してもらわなければならない。その代り、栄養剤を欠かさず飲んでもらう。病院でもらってくるほか、市販のものを二通り併用している。

サキが通いになってから、こちらは朝晩が忙しい。サキは六時になると、さっさと帰ってゆく。「自由」を享楽しているようだ。これまではあと片づけと、明日の用意を遅くまでしていたが、今は帰るのに心が急《せ》くのか、夕方になるとソワソワし、ぞんざいになる。仕方がない、これも夫の云うように「時代」の波であろう。

病院の院長さんと主治医先生、看護婦さんたちに入院中お世話になった礼を云いに心ばかりの贈物を持ってゆく。主治医先生から、胃が膨満するとどうしても心臓を圧迫するからという食事上の注意をまたも頂く。

ところが何ということだろう。家に戻るとサキが主人に鶏ご飯をつくってお腹いっぱいに食べさせ、副食物にトンカツをつくったという。主人は寝床にひっくり返ってフウフウ云っている。わたしはびっくりし、次に悲しくなった。サキを呼びつけて訊くと、旦那さまが空腹だからとおっしゃって、あまりにお気の毒なのでと弁解する。その無知に呆れ、懇々と云い聞かせた。なにも知らないのだから仕方がないとしてもサキの善意が逆効果になってはいけないので、よく諭《さと》しておいた。むつかしいことを説明しても分らないので、盲腸手術をうけた回復期の患者が、絶食によってあんまり空腹を訴えたので附添の人が可哀想に思い、バナナをほんの少し切って食べさせたところ、容態が悪化して死んだ例を云う。人から聞いた話である。サキは、それではじめてよく分ったようである。

主人も主人で、食事の制限は分っているのに心ないことを女中にたのむものである。気の毒だけれど、身体の健康にはかえられない。あなたにはこれから二十年も三十年も生きていただかないといけないんだから、ご自分はいいかもしれないけれど、わたしはどうなります、とちょっと膝詰談判式に云うと夫は悪かったと謝る。わたしも夫のおつき合いで、食事を少なくし、肉類はもとより、脂の強い魚は避けていっしょに食べている。なるべくパン食がいいのだが、パンばかりつづくと夫が嫌うので、ライ麦の粉でオートミルをつくったりする。肉や魚の料理よりも、こっちの工夫がよっぽどたいへんである。だが、わたしが用事で外出した折、サキがまた変なことをしはしないかと思うと心配である。

——×日。

塩月さんから電話がかかる。ほんとにしばらくぶりである。叔父さんの初七日が一昨日済んだ由。ちょうどこっちは主人の退院間際のどさくさでお葬式にも伺えなかったので詫びを云う。政治家の叔父さんの盛大な告別式に新聞で拝見した。

塩月さんの電話は、いままで副社長でいた食品会社を辞めたことと、これから生活のために自分で何か小さな商売をはじめたいが、どういう商売がいいかというご相談である。叔父さんの実力政治家が亡くなるとすぐに塩月さんを解任する会社も会社である。これまでその政治家のためにさんざん甘い汁を吸ってきただろうに、義理も人情もない。塩月さんに利用価値がないとなると、初七日を待たずにクビである。冷酷無残。もっとも金儲けの企業に人情が無いのは分りきった話だが。S光学を逐《お》われた主人もその例外ではない。主人はS光学の恩人なのに。

塩月さんの立場は気の毒だけど、商売の相談をもちかけられても、わたしには何も分らないから困ってしまう。電話のお話だと、食品会社ではそれほど慰労金を出さなかった由。あとの利用価値がないとなると、会社のやり方は露骨だ。塩月さんは当然にもっと貰えると期待していたらしい。とにかく、そのとぼしい金を資金に商売をはじめようというのだから、商売の種類や規模も限定される。塩月さんは、自分もよく考えてみるが、いい知恵があったら教えてくれと云って電話を切られた。いくら思案してみたところで、わたしにこれという着想が浮ぶわけはない。塩月さんは、これから夫婦と高校に行っている子供と三人の生活費をかせがなければならないと、声もしょんぼりしていた。今まで重役さんでいて、根っから苦労しらずの坊ちゃんタイプだけにたいへんである。会社を辞めてからは、社用の車も無いし、派手な遊びも出来ない。六十近くになってお気の毒である。しかし、それにしても塩月さんはもっと財産を持っているかと思っていたのに案外である。

速記者の宮原素子さんが午後一時ごろに見える。病院での口述速記はつづいたり途絶えたりだったが、今日は退院のお祝いに来訪。主人の身体が細ったと云ってびっくりなさる。わたしが理由を話すと、そうですか、それで分りました、心筋梗塞は怕い病気だからそれぐらいのご要心は当然ですと云われる。宮原さんは教養があるから理解が早い。

速記の都合を訊きにこられたのだが、退院早々で主人の疲れもあるのでもう少し様子をみてお願いすることにした。口述は主人にとって愉しいには違いないが、やはり心理的な負担になるから、もう少し休んだほうがいいと思う。宮原さんも賛成し、自分のほうはほかに仕事があるから気にかけないでください、間にときどきお寄りしてもいいですか、と訊くので、どうぞ、主人も退屈してるからよろこぶでしょうと云っておいた。宮原さんは夫と十分ばかり雑談をして帰られたが、夫はあとまでたのしそうな風だった。

——×日。

用事で外に出ていたが、昼すぎに戻ってみると夫が家に居ない。サキに訊くと、近所をお散歩のようですと云った。そのうちに夫はステッキを突いて戻ってくる。前よりは顔も肥えてきたようだ。歩き方が緩慢で、動作が鈍くなっている。あんまり肥えると、また心臓がいけなくなるのではないかと心配する。今度発作が起ったら三回目だから重大である。

すぐに昼のトーストにすると、夫に食欲がない。パンにちっとも手を出そうとしない。ヘンだと思って、主人の胃のあたりを手で押えると張り詰めている。散歩と称して商店街に行き食べ物屋に行ったのは確実。夫は体裁悪そうな顔をし、サキは顔をうつむけている。

わたしは憤るよりも哀しくなった。こんなに夫の身体のことを心配しているのに、本人はちっともこっちの気持が分ってはいないのだ。病院の云いつけ通り、食事の量を制限し、脂肪過多のものを避けているのは病気の再発がおそろしいからである。それさえなかったら、わたしだって、夫の好きなものをそれこそ腹いっぱいに食べさせたい。だれが好きこのんで夫の食事を制限しようか。それなのに当人は子供のようにわたしの眼をぬすんで、店屋ものを食べに行ったのだ。何を食べたか知らないが、好きなてんぷらでも胃に入れてきたのではないか。みぞおちのあたりがはち切れるようになっているからご飯もたらふく食べたのではなかろうか。胃が膨満するのでご飯はなるべく避けているのに。わたしは夫が欲しがってはならないと思い、食卓ではパンやオートミルなど、それも少量摂っているのに、この気持は通じないようだ。わたしだって、ご飯を充分に食べ、好きな肉や魚をふんだんに食べたい。だれが好きこのんで自分で自分を半ば飢餓状態にするものか。そのわたしでさえ、このごろはこの少量に馴れてきているのである。

夫は、わたしが憤ってものを云わないものだからしょげている。可哀想だけど、これくらい強硬な態度にならないと夫の自覚は促せない。心筋梗塞の発作がどんなに苦痛か、地獄にも似たその酷烈な苦しみと不安を夫自身がだれよりもよく知っているではないか。今度起ったら、それこそ死と直面するのだ。甘い愛情で気を許し、とり返しのつかないことになってはならない。完全に快《よ》くなったら、何でも食べられるようになるのだ。それまではわたしも心を鬼にしなければならない。

思うに、夫はわたしが留守でもいつ帰ってくるか分らないので、サキに特別な食事をつくらせることをやめて、安全な外食を求めたのである。サキもその事情を知っているらしい。油断も隙もならない。夫が床に入ったあと、サキに向ってまた改めて充分に云い聞かせた。

——×日。

昨日の「説教」がこたえたか、夫は終日外に出ずに家でおとなしくしていた。わたしと対い合って食事をいっしょにする。もうしばらくの辛抱よ、一年間ぐらい我慢していただいたら何でもお好きなものが召上れるからと昨日と打って変ってわたしがやさしく云うと、夫は、君の好意は分っている、分っていると云う。云っているわたしのほうが涙が出る。それにしても夫の顔の瘠せは元に戻りつつあるようだ。頬にふくらみが出てきた。

——×日。

佐伯弁護士から電話。例の件》

例の件というのは石井寛二のことであった。電話ではなく、佐伯が来ての話だった。

――二階はアパートの一室のようだった。階下からは完全に独立したかたちになっている。以前妹娘の妙子がアトリエにしていた板張り床はその後物置きにしているが、伊佐子の工夫で、そこにもっと雑多な物を持ちこんで積んだ。階段を上ったとっつきの部屋がそこなので、この畳の部屋の防塁のようになっている。ここにくるまでには積み上げた木箱とか古長持だとか廃物になった水屋などの間をすり抜けて歩かなければならない。元気な者でも一気に駆けつけてはこられない。

「パパだったら、あの身体だから、もたもたして、こっちに届くまで容易じゃないわよ」

伊佐子は、はじめて佐伯がここに来た夜に云った。

「その間に逃げ出すわけですか?」

佐伯はもの珍しそうに部屋の中を見回していた。妙子が使っていたときの名残りがまだどこかにあった。床の間の懸軸が外されたままになっていたり、窓際のカーテンの古いのがそのままになっているのは、だれが来てもこの部屋を使用してないように見せかけたいからである。押入れの襖の紙も赤茶けている。が、そこから出し入れする蒲団も枕も真新しいもので、客用の派手な模様だった。

「大丈夫。パパ、ここに来っこないから」

その言葉通りのことは、今までの三回までは証明された。二人ならんで寝ている間も絶えず耳を澄ませたのだが、階段のほうからはことりとも足音がしなかった。

階段は玄関に近いところについている。信弘の寝室からは遠い。寝室のドアは厚手のものだし、密閉すると外の音は聞えない。それに、階段までにはもう二つの部屋があって、隔離されている。佐伯は夜十時ごろに来て、二時ごろ帰って行ったが、往復とも安全であった。ネグリジェの上にガウンを羽織った伊佐子が迎えて送ったが、手を当てた佐伯の背中がおかしいほど慄えていた。

三度目は佐伯も少々大胆になっていた。伊佐子の云う通り、この家の主人は宵から熟睡していた。佐伯の眼には、口を開け、無数の筋が走っている咽喉元のたるんだ皮膚が見えるようだった。年寄りの寝顔はきたならしい。

「石井が出てきますよ」

と、佐伯は云った。この部屋での会話はすべて耳もとのささやきだった。寝物語にはふさわしいのである。

「判決があったの？」

「あさってです。こっちの手応えはある。無罪とは思うけど、悪くいっても傷害だけで致死にはならない。自殺する前の乃理子を小突いて、頭に傷をつくらせているから」

「自殺にきまったの？」

「こっちの主張は認められたと思う。なにぶん法医学者の証言がよかった。あれじゃ、解剖した監察医が負けだ。検査にちょっとした手抜かりがあった。それをこっちはうまくつかんだからな」

佐伯は伊佐子の腕の上で首を動かした。蒲団はせまかった。

「ほんとうは、どうなの、やっぱり石井が殴ったのが原因で乃理子さんは死んだの？ あんたはどう思ってるの？」

「……殴ったのが原因だろうな」

「睡眠薬のほうは？」

「あれは狂言自殺のつもりだったのだろう。致死量に達しなかったかもしれない。致死量の判断はむずかしいそうだ、個人差があるから」

「じゃ、胃に残っていた睡眠剤の欠片《かけら》を解剖医がろくに検査しなかったのが、あんたの弁護のつけ目だったわけ？」

「それだけでもないが、それも大きな効果をあげたと思いますね」

「お手柄ね。あんた、満足でしょ、これで弁護士さんとして名前を挙げたから」

伊佐子の顔は曇っていた。

「それで、傷害罪の判決だったら、どうなるの？」

「同棲中の女だったという事情があるからね、赤の他人を傷つけたより罪が軽い。それに傷もたいしたことはないし、まあ、重くて懲役一年に執行猶予二年かな。これで女が死んでいなければ完全に無罪だが……」

「その判決があったら、石井はすぐ出てくるの？」

「そうなりますね」

伊佐子の表情に不安が漲《みなぎ》った。

「困るわ」

「心配？」

「そりゃあ……わたしのところに来そうだわ」

「それは当人にかたく云ってあるから大丈夫。本人もぼくに誓ってるからね。あいつ、今度はぼくの世話になったと云って感謝しているし、放免になったら恩義を感じる」

「でも、性格はやくざよ」

「やくざでも操縦のしようがある。義理の点では普通の人間より固いですよ」

「不安だわ。いっそ、あんたに弁護をたのまなければよかった。そしたら、あの男を長いこと刑務所につなぐことができたのに」

「そんな希望は何回も聞いたけど、ぼくだって仕事の上の野心は出てきますからね。心配しなくたって大丈夫。あの男は奥さんのことはきっぱり諦めますよ。もし、万一、まだまつわりつくようだったら、ぼくがおどしてやる。でないと、ぼくだって不愉快ですからね……」

伊佐子が佐伯の手をつついたので、佐伯が急に口を閉じ、眼をすえた。

「なに?」

少しして、佐伯が細い声で訊いた。

「何でもなかったわ」

「音がしたの?」

「気のせいだわ。するわけ、ないじゃないの?」

「何時?」

「十一時半だわ」

「八時ごろから睡ってたんじゃ、ちょうど今ごろ、ちょっと眼を醒ますころかな?」

「そんなことないわ。夜明けまで、ぐっすりよ。びくびくしないで」

「スリルだなあ」

「刺戟があっていいじゃないの。ぞくぞくするじゃないの?」

「そりゃ、妙に昂奮するけど」

「昔の姦通って、こういう一つ屋根の下のことだったのね。一盗二婢というのは、今になっては分んないんじゃない？　やっぱり、江戸時代の家屋構造でないと」

「外で逢引きする場所がいっぱいあるようでは、スリルがうすいですかね」

「そうよ。直接的でないから。やっぱり亭主が同じ屋根の下に居ないと戦慄がないわ。……これがすすむと、見られたほうがいいということになるのね」

「相当にアブノーマルだな」

「わたし？　覚悟はできてるわ」

「ぼくはご免ですよ。一目散に逃げ出しますよ」

「心配しないで。パパは紳士よ。それに、入院してから身体も弱ってるし、取押えなんかする気力もないわ」

「そんなに身体が弱ってる？　退院したのに？」

「食事を節制しているせいかもしれないわね。お医者さんの助言通りに忠実に、そして厳格に守ってるの」

「減食で、衰弱したんじゃないですか？」

「うん。大丈夫。栄養剤は充分に服用しているから。そのせいか、顔なんか、肥えてきたようよ」

佐伯が伊佐子を間近に見つめた。

「肥えるというのはへんだな。それ、ふくれてきたのと違いますか？」

「ふくれたのは、肥えてきたということよ」

「腹は？　いや、胃じゃなくて、腹部のことだが」

「そんなこと知らないわ」と、彼女は口ずさむように云った。「裸のパパと寝たこともないし、風呂にいっしょに入ったこともないから」

「しかし……」

「いいの、いいの」と、彼女は佐伯の口を封じた。「そんなこと、あんたが心配しなくてもいいのよ」

「……」

「それよりも、石井をどうするのよ？　あんたの事務所で、雑役に使うつもり？」

佐伯はまだ気にしていたが、伊佐子に遮断され、彼女の別な質問に半分上《うわ》の空で答えた。

「前には、そんなことも考えていたが、やっぱり石井を直接にぼくの事務所に置くのはまずいな……」

「でしょう？」

「といっても、当分ぼくの監督の眼が行き届くとこでないと、奥さんが心配だ」

「そうよ。野放しには出来ないわ」

「それで、ぼくもいま少し困っている。どこか知合いの商店にでも頼もうかな。今はどこも人手が足りないから、先方はありがたがるだろうけど……」

伊佐子が手を押えたので、佐伯は言葉を呑み、耳を澄ませた。

「聞えた？」

と、今度は伊佐子が低く訊いた。

「………」

「何だか音が、ことりとしたようだったわ。階段のところで。あんたに聞えなかった？」

「………」

「ちょっと。いま、そわそわしちゃ駄目よ。じっとしてて」

佐伯は自分の動悸を暗い中で聞いた。


伊佐子の日記。

《――×日。

塩月さんから、自宅の表を改造し、お茶漬屋をはじめるという電話をもらった。普通のお茶漬屋でなく、いわゆるウマイものの一品料理。それは適切だとおすすめしておいた。塩月さんはこれまでお茶漬屋さんや料理屋さんを遊んで歩いているので、料理には一家言をもっている。今度はその趣味を生かす商売というわけ。

うまくゆくかしら、と危ぶむ気がしないでもない。小さな資金ではじめるのはいいとして、塩月さんの家は郊外に近いから、そんな凝った料理を出しても流行《はや》るかどうか分らぬ。評判になるまでには年月がかかるのではないか。それまで維持ができればいいが。第二に塩月さんは坊ちゃんだから商売には不向きである。塩月さんは、これまでの交際や遊びで、花柳界の女性たちにも開店通知をしていると、だいぶん上客をご期待の様子だが、羽振りのいいときはともかく、そういう境遇になると、なん人がお義理で行くだろうか。かえって気の毒でだれも行かないのではなかろうか。

わたしにも、普茶料理の経験で、相談相手になってくれと云われたが、お断わりする》

十三

伊佐子の日記。

《——×日。玄関先や裏口をちょっと出てみても、屋根の上に鯉幟《こいのぼり》が目につくようになった。日ごろ、近所のおつき合いがうすいので、ああ、あの家には男の赤ちゃんがあったのか、あちらのお宅でも、というようにおどろく。夫はとうに子の無いのを諦めてはいるが、こういう風景を見せるのはやはり気の毒である。幸い、家に引込んでいることが多いので吻《ほっ》とする。

夫の調子が近ごろあまりよくない。病院から帰った当座は快調だったが、このごろどうも元気がない。夫は馴れぬ病院生活を二十日近くもつづけて帰宅したから疲れが出たのだと云っているが、なんだか元気がない。すっかりものぐさになって動くのが大儀そうである。

ひとつは、S光学を辞めた気落ちもあろう。いや、これが大きいにちがいない。男の人は老境に入っても仕事を持っていなければ張りがなくなって弱りが早いとはよく人から聞いていたが、やはりほんとうである。とくに夫は技術でS光学の基礎をきずいたようなもので、会社に生涯を捧げるつもりだったのだ。それが経営者の交替で志と違い、早く身を退くことになり、希望を失った状態である。前の社長がいたら、こういうことにはならなかった。技術を会社に提供し、それが会社の財産になっているのだから、前社長は終生役員として待遇すると云っていた。いくら社長が代ったといっても、また銀行筋の経営に対する圧力があったとしても、業界の一流会社が嘘を吐くとは情ないことである。夫は、退陣を余儀なくされたときも、わたしには黙っていたくらいだから、もちろん不平は気振りにも出さない。女のわたしが腹が立つくらいだから、ずいぶん口惜しい思いをしたにちがいないが我慢強い人である。だいたいが内向型の人間で、抑えた感情をひとりで胸に溜めている。その状態がよけいに身体に障る。しかし、鬱憤を吐き出して気持を楽にするという人ではないのだ。

　いずれにしても心の支えにしていた仕事を失ったことと、二回も心筋梗塞の発作を起したショックとが身体にこたえたのだ。わたしが病院に行くのをすすめても、また入院しろと云われたらいやだと云って腰をあげない。よほど懲《こ》りたらしい。静養のつもりならいいじゃありませんかと云っても、あの検査がイヤだとまるで駄々っ子である。そいじゃ近所のお医者さまに来てもらいましょうと云っても、あの医者じゃ何にも判りはしない、おれはべつに痛いところも悪いところもないから、このまま静かにさせておいてくれ、心筋梗塞は静養が第一だというではないか、おれはべつに社会復帰をするつもりはないのだから無理をして身体を鍛えることもないと理屈を云う。それが自嘲的ともみえ、諦観ともみえる。せいぜい漢方薬を飲ませてくれと云う。

身体を動かさないので食欲がない。少食だから滋養分の豊富な料理をつくるが、すぐに箸を措《お》く。お手伝いのサキは旦那さまはお瘠《や》せになりました、こんな食事の召し上りかたでは栄養失調になります、と心配する。しかし、いくら栄養ぶんのあるものをつくっても食べてくれないのだから、どうにも手の尽しようがない。もっとも、サキは栄養といったらやたらに脂濃いものと思っているので、それはきびしく教えてある。うっかり油断すると、わたしの留守の間にそんなものを夫に出しているからだ。心筋梗塞がどんな病気だか、サキには分っていない。

――×日。塩月さんから久しぶりに電話がかかる。

一ヵ月前に開いた小料理屋のほうに客が来ないらしく、わたしに知った人を連れてきてくれとおっしゃる。夫がこんな状態で家が空けられないからもう少し先まで待っていただくように答える。塩月さんには義理があるので、一度はお伺いしなければならないのだが、これもやむを得ない。

塩月さんは食品会社の副社長時代に政治家の叔父さんの威勢で友人知人も多かったのに、そういう人たちは行ってあげないのだろうか。叔父さんの勢いのいいときは塩月さんまでチヤホヤされ、塩月さんもああいう人だからずいぶん世話や面倒を見てあげたと思うけれど、政治家の叔父さんが亡くなれば、それこそ掌を返すように食品会社では塩月さんを追放してしまった。そうなると、それまで塩月さんに近寄っていた人たちは——甥を通じて叔父の政治家に頼みごとをしようとした人たちだけに、利用価値がないとなるとみんな逼げて行ってしまったのではないだろうか。それに塩月さんの羽振りのいいときは、ずいぶんお世話になった待合の女将《おかみ》や芸妓たちも居るはずなのに、だれもお店に行ってあげないとは、当り前だろうが人情のうすいことである。それとも一回は義理を済ませたが、あとはそのままということだろうか。塩月さんとしては女たちがひいきの客を連れてきたり紹介してくれるのを期待していたのだろうけど。

けど、いくら塩月さんが料理屋さんの味に詳しいからといっても、所詮は客の道楽である。料理屋さんもお客さんだから塩月さんの通《つう》をほめ上げていたのだろうが、腹では舌を出していたのではないか。それを真《ま》にうけて自信たっぷりに小料理屋を出した塩月さんが気の毒である。場所もへんぴだから流行《はや》らないのは当り前だろうが。

塩月さんは案外に金をもっていなかったようである。叔父さんがいつまでも生きると思っていて、入ってくる金は派手に使っていたようである。それに遊びの費用は食品会社の社用交際費にしていたから、会社でも日ごろから腹に据えかねていたのかもしれない。政治家が死んだら、待っていたように副社長の座がクビだった。

電話の塩月さんの声は寂しそうだった。あの豪快な人が、弱々しい声音を出していた。お気の毒だけど、こればかりはどうしようもない。

午後、外出している間に速記者の宮原素子さんがみえたとサキが云った。三十分間くらいで帰られた由。夫も自叙伝のほうはあきらめてしまい、宮原さんの速記も用がなくなってしまった。今日は近くを通りかかったので立寄ったということだったが、宮原さんは旦那様のお痩せになっているのにはおどろいてらっしゃいましたよ、とはサキの話。家に毎日居るものよりはそれが目立って見えるのであろう。なんにしても、夫には早く快《よ》くなってもらわなければならない。

――×日。このところ、三日おきぐらいに午後から家を空けている。夫には申訳ないが、これも生活設計のためである。夫が会社を辞めたのだから、夫婦で売り食いしているわけにはゆかない。夫も例によって言葉には出さないが、生活を心配しているのだ。気の毒と思う。

弁護士の佐伯さんが耳よりな話を持ちこんでくださった。熱海に旅館の出物があるので買わないかというのが最初のお話。そこの経営者が海岸通りにホテルを建てたが、それが無理だったため、前からの和式旅館を手放すことになった。で、ひどく格安であるが、この話が熱海の同業間に洩れると面目や信用を失墜するので、ごく内輪の、小範囲の人間しか知っていない。わたしだと、ホテルは無理だが日本旅館だと打ってつけだというご意見。

値を訊いてみると、二億二千万円だということで、とても手が出ないからとわたしは云った。佐伯さんは、それじゃ自分が半分出そう、ほんとうは自分が買いたいのだが、それだけの金がない。といって、むざむざと人手に渡すのは惜しい。病院長の兄貴に話すと、いくらかは出してもいいということなので、その金を合わせて自分のほうが半分、貴女が半分というふうにして、共同出資はどうかという勧めである。先方はそういう事情で言い値を負けることは必定だから、わたしに一億円を出してみないかという話であった。一億円はおろか、手もとには一千万円の金もない。夢のような話だと、初めから問題にもしないでいると、佐伯さんは、これは貴女にうってつけの話だと云われる。そこを割烹《かつぽう》旅館にして、しかもこれまでにない特徴を出したら、味気ないホテル式の客を十分にひきつけることができる。兄貴も医者仲間や、いいとこの患者を紹介する、自分もこれまでの依頼者は社長族が多いから、これを送り込む。それだけでも客は捌《さば》きされないから、採算は十分に立つと、しきりにわたしの説得にかかられた。

その話を聞いているうちに、わたしの気持も動いた。渋谷のいまの家で普茶料理を開くよりいいかもしれない。普茶料理のほうは夫が死んだ後で、まださきのことだ。現在の家を壊して整地をした上で新築するというのだからたいへんだ。普茶料理屋らしく庭も造らなければならない。それに器物《うつわ》などを揃えるとなるとたいへん金がかかる。熱海の旅館をそのまま買えば、部屋の手入れや家具器物の新調ぐらいで済む。もう一つは客のことである。何年先か分らないが、普茶料理をやってもお客がくるかどうか不安である。塩月さんの電話を聞いたばかりだったので、よけいに不安になった。それにくらべると、熱海の旅館なら、佐伯さんが共同出資者だから、お客を送りこんでくるのに一生懸命になる。あの病院長にしてもそうだ。金持ちの患者ほど医者の言葉に弱い。名医と思ったらそのご機嫌をとりがちである。

その意味では、医者と弁護士とはよく似ている。弁護士も過去の事件でいろいろと富裕階級の利益に奉仕している。医者にも信者がいるように、弁護士にも崇拝者がいる。弁護士の勧誘で、そういう人たちが客になってくる。社長族がくれば、ぞろぞろと社の人や交際関係の人を連れてくるだろう。社用族が多い。それだけでも固定客がもう出来ているようなものだ。佐伯兄弟も出資をしているから、熱の入れ方が違う。普茶料理のほうは、まだ海のものとも山のものともしれない心配があるが、こっちのほうは安定性がある。わたしは迷ったあげくに、結局、佐伯さんの言葉に従うことにした。

——×日。二週間前から三、四回佐伯さんと熱海の旅館「紅《くれない》旅荘」を見に行き、経営者とも会った。場所といい家の大きさといい、庭の広さといい、わたしは気に入った。現物や現場を実際に見て、自信が湧いた。べつに佐伯さんに煽《おだ》てられたわけではないが、これならやれそうだという気がしんからしてきた。そうなると、何とかして手に入れたいという欲が出たからふしぎである。

経営者は、ほかにも五、六人の申込みがあるという。まんざら条件の有利を狙うだけでもなさそうだ。あれだけの家だから、わたしと同じ気持を抱く者は多いにちがいない。公然と売出しにかかったら、希望者はもっと増えよう。経営者はわたしを見て、奥さんならかならず繁栄しますよ、と云った。お世辞で云っているのか本気で云っているのか、わたしには判る。こういう商売の女将《おかみ》は、内側に包んだ色気がなければいけないというのである。

賞められてありがたいけど、問題はお金である。先方は佐伯さんの予想通り、二億円で手を打とうと云った。だいぶん金が急用のようだから、もしかすると、あと一千万円くらいは負けるかもしれない。ああ、いま居る家が、わたしの名義になっていたら、それを抵当にしてお金をかき集めるのだが、と思う》

《――×日。佐伯さんは、わたしの出す一億円はいま居る家の土地を抵当にして銀行から借りたらどうかと云われた。それが出来たら苦労はないのだが、名義は夫のものだし、夫はとても承知しそうにない。実は、この前、二、三回いってみたが、頭から受けつけなかった。自分が死んだら、どうせお前のものだから勝手にしていいが、自分の息のある間は嫌だと頑固に云うのである。夫はこの家によほど未練があるらしい。

それに熱海の旅館を買うなんて危ない話だ、と夫は云った。そこが繁昌していたら所有主が譲るわけがない、手放すのは経営が面白くないからで、そんな旅館を引きうけてもうまくゆく道理がないと断言する。いくら先方の事情を云っても夫には通じないのである。

技術屋で送ってきただけに、夫は世間が分らず、融通がきかない。固いこと一方で通してきている。夫曰《いわ》く。お前はうまい話にだまされているのだ。この家屋敷はお前の生命と同じだぞ。これを失ったら、どうして生きてゆくのか。再婚しないというお前にとってはこの土地を持っていることだけが頼りではないか。おれの眼の黒いうちは、絶対に抵当などには入れない。抵当に入れることは手放すのを覚悟したのと同じだ、と。

いくらわたしがそんな状態にはならない、必ずうまくゆくと云っても耳をかさない。また、夫は云う。共同出資の経営というのはうまくゆくものではない。万一、利益が出ればその利益をめぐって対立が生じる、どちらか一方が独占欲を起すから揉《も》めごとが絶えない。また、損をすればしたでゴタゴタが起り、はてはその赤字の始末を相棒に押しつけ逃げようとかかる。はじめは仲よく出発したのに、終りは仇敵の間柄になるものだから、いまのうちに辞めなさい。危ないことには手を出さないほうが利口だよ。……

佐伯さんは、夫の意志をわたしから聞いて、それではとてもご主人の同意は得られそうにないから、便法でゆこうと云われた。その便法とは、佐伯さんが顧問弁護士となっている銀行の頭取に話をして、わたしの分担する一億円を貸出しさせることだった。

「それには渋谷の土地が抵当となるが、名義が違うので規則通りにはゆかない。しかし、ぼくはご主人の遺言書を預かっている。厳封してあるが、その遺言書を書かれたときにぼくは立会人となっているから内容は分っている。それは渋谷の土地家屋と有価証券類一切を奥さんに遺産として贈与すると書いてある。そこで、頭取に自分を信用してもらい、法的には抵当権の設定ができないけれど、道義的に銀行にはその権利があるという諒解で、一億円を貸してもらう案だ」

佐伯さんの「便法」とはそういうことであった。

わたしは、そんなことができるのか、あの堅いことで通っている銀行が法的な抵当権も設定せずに、「道義的権利」という「諒解」だけで一億円も貸してくれるだろうか、と疑った。

すると、佐伯さんは笑って、銀行などというのは無担保で二十億円も三十億円も貸出している先がいくらでもある、要は頭取はじめ銀行幹部の肚《はら》一つで、どうにでもなるということだった。佐伯さんは顧問弁護士として始終頭取と接触があるので信用されているそうである。それについて佐伯さんは、これは内緒のことだがと断わって、実は二年前に頭取の女性関係を解決してあげたことがある、相当面倒な成行だったが、家族にも世間にも知られることなく無事に終った、頭取はそれをひどく感謝しているので、必ずこっちの云うことを聞いてくれるだろうとのことであった。

世の中には裏には裏があるものだと思う。銀行に一千万円でもお金を借りようとすると、やれ担保の調査だとかいって何度も行員がやってくるし、調査にパスすると、今度は本店の稟議《りんぎ》がどうのこうのと云って時間がかかってたいへんだ。それを佐伯さんの云う「便法」で一億円が出そうだと云うのだからわたしには夢のような話だった。

――×日。佐伯さんが、銀行から一億円が出そうだというお話。いっしょにその銀行に行って頭取室で頭取さんと会った。頭は真白いが眉だけ太くて濃いお爺さん。佐伯先生をご信頼しているから、お申込みのことは結構ですよと、いとも簡単に云われる。いろいろ面倒な話があるかと思ったら、拍子が抜けるくらいあっけない話だった。

しばらく雑談がつづく。ご成功を祈りますと頭取さんはおっしゃる。佐伯さんが何かも話していたようである。そこへ貸付のほうの部長さんという人が呼ばれ、事務的なことはこの人に話してくれとのこと。こちらは佐伯さんに折衝に当ってもらうことにする。事務的な手続きに二、三日かかるということだった。

家に帰ると、サキが今日は旦那さまのご加減があまりよくありませんと云う。着更えもせずに部屋に行ってみると、夫が床の中に横たわって眼を閉じている。顔色が悪い。その顔も動かさず、身動きもしないので、じっと上から見つめる。呼吸がとまっているのではないかとおそれる。気配を感じたか、夫がうす眼を開けてわたしを見た。見上げたのではなく、立っている脚のほうを眺めている。

どうしたんですか、と吻《ほっ》として訊くと、いま帰ったのか、と夫は力のない声で云う。気分が悪くなったのですかと問えば、いや、それほどでもない、疲れが出たのだ、と呟くように云った。そしてまた眼をふさいでうとうととなった。今日はいちだんと元気がないようである。

銀行からの借金はとても云えそうにない。あれほどかたくとめられたのに、さからってやったとなると、そのショックでどんなことになるか分らない。睡っている顔を見ると、ほんとにさきの短い年寄りという感じだ。頰はこけて、暗い影が溜っているようである。唇の端からは涎《よだれ》が流れている。病気というよりも、寿命であるかもしれない。

着更えに部屋に行くと、サキが茶を持ってきたので、留守中の夫の様子をたずねる。サキが妙にもじもじしているので、ピンとくるものがあり、留守中にだれか来なかったかと訊くと、実は豊子さまと妙子さまが見えましたと体裁悪そうに云った。

どのくらい居たの、と訊くと、二十分ばかりです、それも上にはあがられないで玄関先で旦那さまと立話でした、この近くを通りかかったので、ちょっと様子を見にきたと豊子さまが云ってらっしゃいました、と云う。そんなことは、わたしが帰ったらすぐに報告しなきゃ駄目じゃないの、とサキを叱っておいた。わたしと義理の娘姉妹とが仲がよくないことを知っているので、サキは遠慮したのだろうが、今後のことがあるから、これはきびしく云っておかねばならない。

近くを通りかかったというが、二人で揃って来たのだから、妹の妙子さんが豊子さんを誘ってきたことは間違いない。わたしの留守を狙うようにして来なくてもよさそうなものだと思う。こちらから打ちとけようといつもしているのに、とくに妙子さんのほうが拒絶反応を示して受けつけない。それにつれて豊子さんまでわたしに冷たい態度をとる。豊子さんはほんとはいい人なのに。生《な》さぬ仲とはほんとにかなしいものだとつくづく思う》

……こう書いてきて、伊佐子は姉妹は何をしにやって来たのだろうかと思った。人の留守を狙って、まるで泥棒猫のようだ。どうせ妙子の知恵にきまっている。二十分ほど玄関で立話をしていたというが、ほんとうにそうなのか。部屋に上りこんで一時間ぐらい父娘で語り合ったのではないだろうか。それを信弘がサキにそう云わせたのではないだろうかと思った。

姉妹は遺言書のことで様子をさぐりに来たのかもしれない。病院にちょろちょろとやってくるので、娘の見舞といえば断わりきれず、そのために信弘の退院を早めたようなものだった。家なら敷居が高いはずだから来ないと思ったら、隙をうかがって侵入してきている。

もっとも、こちらも留守ばかりだから油断があっても仕方がなかった。この留守の理由は信弘にも云えない。佐伯と熱海に旅館の下見にいくたびに、まさか泊りもできないから、新幹線の最終時間までほかのホテルで四時間ぐらいいっしょに過した。その時間が欲しいので、信弘の傍から警戒を放棄することになったのだが、両立はできないものだと思った。

銀行で頭取に会っての帰りも佐伯と行きつけのホテルで三時間ほど過した。夕方帰ってみると、信弘は死んだようになって蒲団に横たわっていた。呼吸《いき》があるのかと思ってこちらも立ったまま息を殺して顔を見ていたのだが、やがて彼はうす眼をあけた。立っているため、その視線はこっちの膝のあたりに当った。半眼の瞳は、まるでストッキングの下の皮膚に残る男の痕跡を検査しているようだった。気持が悪くて、ぞっとした。いま帰ったのか、と彼は云ったが、いま済んで帰ったのか、とも聞えそうであった。

佐伯は近ごろ裏二階に忍んでこなくなった。信弘が気づいていると感じてからは、恐れをなしたのである。伊佐子もやはりそう感じている。佐伯の空耳《そらみみ》だけではない。階段で音がするのである。音が鳴らなくても、こちらの溜息や呻きを暗い中で聞いているような気がする。佐伯は初心《うぶ》な若者のように慄えるのだった。信弘に見られたほうがいいのである。心筋梗塞患者にこれほど効果を与えることはない。佐伯にそう云って聞かせるのだが、彼は逃げ腰である。

食事に患者むきの理想的な制限を加えているのも、その効果の一つだった。胃を膨満させてはならない、脂ものを与えてはならない、刺戟物は避けたほうがいい、ということで理想的な食餌療法を行なってきた。そのために栄養失調の症状があらわれても仕方がないのである。

ただ、外出が多くなったため、信弘が「飢餓」状態から脱出しそうになったのは困ったことだった。そのため、信弘用の食物の材料は外出の前から買わせておき、米櫃《こめびつ》にも自分の眼だけの目盛りをして、定量以上に減れば分るようにしてある。これはだいたいそのようにしてあるが、信弘がサキに云いつけて市場から寿司だとかお握りだとかをこっそり買ってこさせたら防ぎようはない。サキが信弘の味方になっている様子は十分にあった。外出しないのが、いちばんいいのだが、佐伯が裏二階に通ってこなくなったから、どうしても彼と外で会うことになる。いい後釜が見つかったらサキを辞めさせようと伊佐子は思っている。

さて、今日の夕方、信弘があんなに弱っていたのはどういう原因だろうか。娘姉妹と留守に会ったことを隠すための芝居でもなさそうだ。衝撃をうけてぐったりとなったようにみえた。もしそうだとすると、娘たちの話でショックをうけたということもあり得る。いや、もしかすると、佐伯との間が世間の一部の噂に上っていて、それを娘たちが聞きこんで告げにきたのではあるまいか。佐伯と二人で車に乗って走り回ったり、熱海を往復したりするので人の眼につかないほうがむしろふしぎである。それとも、熱海で旅館をはじめることをどこかで聞きこんできたのかもしれない。まさかと思うが、これも人の口の端《は》に上っていないとも限らないのだ。しかし、どちらでもいい。どちらも心筋梗塞患者には効果を与えることであった。

十四

《――×日。

佐伯さんとお会いして、熱海の紅《くれない》旅荘のことを話す。結局、先方の言い値の二億円を一億九千万円に負けさせて、すでに金を支払い、土地・建物の名義変更を済ませた。「紅旅荘」という名はそのまま残し「株式会社紅旅荘」として法人を設立した。代表取締役に沢田伊佐子、専務取締役に佐伯義男を登録した。其の他の取締役は三人に制限し、佐伯院長と院長夫人、あとの一人はわたしの妹の米子。これは金もないサラリーマンの女房で名義だけ。

院長はともかくとして院長夫人が役員になるのはおかしいが、佐伯さんの奥さんになってもらうと、わたしとのことが知れ、誤解を受けるから当分は黙っておくとのことだった。佐伯さん曰く。うちの女房も相当なヤキモチやきだから、奥さんにご迷惑をかけると申し訳ありません。

一億九千万円で買ったものの、内部の改装費に思いのほか金がかかることがわかった。

こっちの下見が甘かったのだ。家というものは、中に人が居るのと空家になったのとではずいぶん違うものだ。人がいるときはいろいろな道具がきれいにならんでいるので、見た眼がごまかされてしまう。それに飾りつけも上手にしてある。そんなのを取り払ってしまうと、いままでかくれていた欠点が全部出てきた。よごれや傷《いた》みがほうぼうにある。家が古いので、床下の根太《ねだ》など白アリに食われて腐ったところがある。

わたしは、いっそのこと改築したら、と主張した。近ごろはどこも新しい設備なのに、この旅館は旧式で、部屋数も設計次第では、それほどの敷地をとらなくてももっと多くなるはずだ。玄関などすっかり模様変えしたい。その意味で、最初から内部の部分改装は考えていたのだが、どうしても改装程度では済まないことが分った。

佐伯さんの見積りだと、わたしの云う通りにすれば六、七千万円はかかる、それを極力押えた改装にしても、三、四千万円は必要だろうという話であった。いまのところ、その捻出方法がない。

いっそのこと、いまのままにして、目につくようなひどいところだけを直そうかという話も出たが、わたしは気が乗らない。新経営なら、自分の思い通りにしたい。設計は和風建築で有名なY先生にお願いしたい。また、わたしなりに京都や奈良の古寺や民家からヒントを得た意匠《デザイン》をほどこしたいのである。佐伯さんにそんなことをしたら、また一億円くらいはかかるだろうと云われて、すっかり悄気《しょげ》こんでしまう。

――×日。

銀行から新たに八千万円を借りる。佐伯さんが頭取に口をきいてくださった。分担としては、わたしが五千万円、佐伯さんが三千万円である。怕《こわ》い気がする。

設計士と建築屋に見積らせたら、部分改造だけでも五千万円はかかるという。第一に浴室は全部やり直さなければならない。現在のはいかにも古めかしい。内部も暗い。それから庭もやはり直さないと、近代感覚の古雅といったものが出てこない。いまのはいかにも田舎寺の庭である。そんなことで五千万円、予算の超過分と当座の回転資金とで三千万円はどうしても必要という結論になって、遂にこれに踏み切った。

わたしも現金とてないのだから、またも渋谷の土地が事実上の抵当となった。しかし、名義はまだ自分のものでないため、佐伯さんが頭取にお願いして遺言書を信用状代りにしてもらった。頭取は、普通ではとてもご相談には応じられないことだが、まあ先生と、奥さん（わたしのこと）を信用して融通しましょうと云われた。しかし、これだけでもわたしの銀行からの借りぶんは一億五千万円で、渋谷の土地を時価で売却しても、あまり残りはしない。少し熱海の旅館に深入りしすぎたと思ったが、もう引き返すこともできない。佐伯さんと話していると、つい、わたしのほうから気持がエスカレートして、佐伯さんをリードしてゆくことになってしまう。人間の意識というのはふしぎである。

佐伯さんは、奥さんは度胸がいい、女性にしては珍しいと賞めるのか揶揄《からか》うのか分らないことを云われるけど、ひとりになったとき、わたしはほんとに泪が出てくるほど心細くなってしまう。この上は、紅旅荘が繁栄することを願うだけだ。

――×日。

佐伯さんは、法律雑誌に原稿を書くので忙しがっている。何か非常に力んだ調子で、目下改造工事が進んでいる紅旅荘のほうもしばらくは忘れたようである。佐伯さんが弁護を引きうけた青年がこの前無罪の判決を受け、法曹界ではだいぶ話題になっているそうである。それは新聞にもちょっと出たけれど、殺人罪で起訴されたのが証拠不充分で無罪になったのである。佐伯さんの手柄なので、その経過を専門雑誌に発表なさるのに張り切っていらっしゃるのは無理はないとしても、わたしは少々心配である。――熱海のほうはあれでうまくいっているのだろうか》

伊佐子の心配は熱海だけではなかった。ほんとうは、無罪で拘置所を出所してきた石井寛二の様子だった。石井は目下、佐伯の法律事務所で雑働きをしている。それは佐伯が前からの自分の考えとして云っていた。

「石井はどうしているの?」

「どうもしてないよ。真面目に働いてるよ」

佐伯は剃りあとの蒼い、その蒼さが濃いので青髭と呼びたくなるようなもみあげから顎のあたりを見せて煙草を吸っていた。灰皿は腹這《ば》ったベッドの枕の上に据えていた。灰皿にはホテルのマークが付いている。

「わたしのとこに来させちゃ駄目よ」

伊佐子は横で仰向きになっていた。

「大丈夫。それは厳重に云ってある」

「絶対に駄目よ」

「絶対に行くことはないよ」

「保証できるの？」

「あの男はね、ぼくを命の恩人だと思っている。まさか無罪にしてもらおうとは考えなかったと云っている。死んだつもりでいるから、いつでも先生のためなら生命《いのち》を投げ出すと云っている」

「やくざの云いそうなことだわ。そんなことを云うのに限って信用できないんじゃない？」

「いや、あれは本気だよ。顔つきと態度を見たら分る。やくざといってもチンピラだからな。スレてないだけに男の仁義みたいな信念、いや、義理かな、そういうものを持っているよ。大村とか浜口とかいう友だちとも手を切ってるよ。ぼくが切らせたようなものだが」

「あの男、わたしのことをあんたに何か云ってない？」

「出所して、うちに引取ったとき、ぼくから君のことはきびしく申し渡してある。だから、それ以来、彼のほうからは何も云わないよ」

「うす気味悪いわ、わたしのことをきれいさっぱりと忘れてるとは思わないけど」

「監視も十分にしてある」

「これからどうするつもり？　ずっとあんたの事務所に置いとくつもりなの？」

「いや、いま北海道にある製鋼会社の工員の口を或る人に運動してもらっている。前科者というわけじゃなし、うまくいきそうだ。そっちがきまれば北海道に行くことになる。そうすると向うで女が出来るだろうし、あんたのことなんか心の隅にも残らなくなるよ」

「わたしとあんたのこと、石井は気がついてないでしょうね？」

「気がつくものか」

「要心してね、気づかれたら、あいつのことだから、どう心が変るか分らないわ」

「そのへんはぼくも心得てるよ。だから早く北海道にやってしまうよ」

「なんだか、あんたの功名心のために危ない橋を渡らされてるみたいだわ」

「功名心？」

「そうじゃないの。あんたは石井を材料に、殺人罪の被告を無罪にして評判をとるため一生懸命だったわ。それで本望を達して、いまも法律雑誌にその論文を書くとかで熱中してるわね。わたしもこれまでずいぶん石井の弁護論を聞かされたわ。睡眠薬の欠片《かけら》を解剖医が見のがしたのがどうのこうのって」

「それがうまくいったのさ」

佐伯は口を尖らせて煙を吐いた。それが暗い枕元のスタンドにひろがってゆく。

「だから、わたしまであんたの功名心の犠牲になってるような気がするわ」

「そんなことはないよ。あんたを安全にするためだ。いいかね、もし、石井が有罪になったとしようか。その場合は殴り殺したという証明は無理だから、やっぱり傷害致死罪だろうな。裁判長としても乃理子が睡眠薬を致死量くらい飲んでいることは無視できないから、殺人罪の判決を下す勇気はない。安全をとって傷害致死罪だ。これが常識だろうね。そうなると石井は、量刑がかりに三年としても、早ければ二年足らずで娑婆に出てくるよ。二年足らずで出てくる奴がいちばん危ない。刑務所のなかで女のことばかり考えてるからな。長期刑なら諦めるけど、その程度の中途半端なのがいけない。ムショを出たら、あの女をどうしてやろうかとね」

「ずいぶん脅かすじゃない？」

伊佐子は云ったが、眼が怯《ひる》んでいた。

「いや、脅かしじゃない、ほんとだよ。統計的にそうなっている。若い男は、初めて真髄を教えてくれた女のことは忘れられないものだ」

「あら、石井は女にかけては擦れっからしよ。げんにあのとき乃理子と同棲していたもの」

「石井のは若い女ばかりだ。愛欲の真髄を初めて会得したのは、あんたからだよ。げんに、彼はぼくにそう云ったもの」

「嘘よ、それ。いい加減なことを云ってるのよ」

「ぼくも聞くのがつらかったね。しかし、これはなまじっかの服役で出したらあんたが危ないと思ったから、無罪獲得で石井をぼくに心服させ、あんたから永久に遠ざけようとしたのさ。そりゃ、ぼくだってあの男を無罪にする弁護士としての功名心がまるきりなかったとは云わないさ。云わないけど、君の安全ということも考えてもらいたいな」

伊佐子は眼を閉じて黙ってその眼を開けると瞳を佐伯の横顔に流した。

「なんだかごまかされたみたいね。やっぱり弁護士さんだわ」

「そんなことはないよ。ほんとうにあんたの安全を考えてたんだから。だからね、石井が奥さんからほんとのことを教えてもらったと眼を半閉じにして述懐したときは、ぼくの腸《はらわた》は煮えくり返りそうだったよ」

「嘘よ、嘘よ」

「嘘なもんか。石井は本当のことを云ってるんだよ」

佐伯は銜《つ》き上げられたように短くなった煙草を灰皿に揉みつぶすと、身体を回し、伊佐子の胸に手をかけようとした。

「あら、灰皿が枕から落ちるじゃないの。ベッドに引っくりかえったらどうするの？灰だらけになるわよ」

伊佐子が身体を除《よ》けて云った。佐伯はしぶしぶ灰皿を持ってテーブルの上に置きに行った。

「ちょっと待ってよ」

横に戻った佐伯に、伊佐子は背中を向けて云った。

佐伯がその肩をこじ起そうとすると、伊佐子は背中をまるめた。佐伯が今度は後から足で伊佐子の両のふくらはぎの間を割ろうとすると、

「あ、ちょっと待ちなさいよ」

と伊佐子が制した。佐伯は向うむきの伊佐子が胸のところで何かごそごそしているのにはじめて気がついた。

「何やってる？」

「いいことよ」

背中ごしに伊佐子が含み笑いの声で答えた。

「なんだい？」

彼が片肘を突いて身体を起し、彼女の腰越しに覗きこもうとした。蒲団《ふとん》が煽られて、下から二人のなまあたたかい体温が流れ出た。

「そんなに、ばたばたさせないでよ。ほら、これだわ」

伊佐子のほうから金属性の小型な函をつき出した。その函に長いコードが縺《もつ》れ、その先に付いている、これも小さなマイクロフォンを見たときは佐伯も眼を剝いた。

伊佐子は、小型テープレコーダーをベッドわきの引込んだ棚の上に安置し、コードを引張って、マッチ函くらいのマイクを枕もとに据えた。

「ね、わたしたちの声をこれに録音しておくのよ」

伊佐子が柔らかいベッドの上でころころしそうなマイクロフォンを安定させるように手で押えて云った。

「へえ、悪趣味なことをするんだな」

「いいじゃないの。二人の睦言《むつごと》だもん。誰にも聞かしゃしないんだから」

「ぼくらがその録音したやつを聞くのか?」

「そうよ。そのたびに聞くのよ。あんた、石井の話ぐらいでヤキモチ焼いて昂奮してるけど、ばかばかしいわ。そんなことより二人の愛の囁《ささや》きや、呻吟や、絶叫や、吐息をなまで録音したのを聞いたほうがよっぽど刺戟剤になるわ」

「おどろいたな。けど、そんな小さなテープレコーダーで低い声がちゃんと録音されるのかね？」

佐伯も興味を起したようだった。

「そうよ。最近のは感度がずっとよくなってるから。ボリュウムを上げたら、いくらでも再生の声が拡大されるそうよ」

「そんな大きな声にして聞くやつもあるまい」

「そうね、二人だけでセレナーデのように細い音で聞けばいいんだから。さ、あんた、電燈を消しなさいよ。レコーダーをオンに入れとくから」

「……なんだか、気はずかしいな」

「あんたのような人が照れるなんて変よ。他人に聞かせるわけじゃないし、あとで、その都度わたしたちが聞きながら愉しむだけだから。ね、いい思いつきじゃないの。そう思って家を出るとき、この前に買ってたのをハンドバッグに入れてきたの。これだったらハンドバッグの中にいくらでも隠せるわよ。わたしも初めてだから、ちょっと胸がどきどきするわ」

伊佐子が佐伯の片腕をとったが、ベッドの皺やへこみでマイクが転がった。

「据わりが悪いな」

「大丈夫よ。転がっていても、ちゃんと声は入るんだから。さ、早く電燈を消して」

電燈が消える前に伊佐子はマイクのすわりを眺めていた。

夜明け前の四時ごろであった。

信弘はいつも三時半ごろにはきまって眼が醒める。床に腹匍いになって煙草を喫うこともあれば、ひとりでに開いた眼をそのまま暗い天井に向けていることもある。そんなとき過去を思い出しているのかもしれなかった。それから起きて便所に行く。廊下の往復がゆっくりとした足どりだった。便所から床の中に入ってもしばらくは寝入らない。電燈を点《つ》けて、枕元においてある昨日の朝刊や夕刊をもういちど読み返したりする。二度目に眼を閉じるのが六時ごろで、今度は九時ごろまで睡る。これが習慣だった。

便所の戻りに、妻の部屋をそっと窺うことが、その習慣の中に入ってきた。三ヵ月くらい前までは、その足が裏二階の階段の上まで忍んで行ったものだったが、この頃はそれがなくなっている。伊佐子がいつも部屋の中に睡っているからだった。

が、今朝の未明は違っていた。便所からの戻りの信弘が廊下に停った。耳を澄ませて立っている。深夜の重い空気と静寂はまだ家の中に澱んだままで、ゆらりとも動かない。その中から信弘は何かを聞いた。

彼は喘《あえ》ぐような呼吸《いき》になった。これが久しぶりであった。彼は廊下をそろそろと歩き、妻の部屋の前に来た。中は暗かったが襖は半分開いたままだった。妻は居なかった。

信弘は二階の階段口のほうに歩いた。そこに行くまでには廊下を二つくらい曲る。廊下の上には豆電球がともっている。信弘の足の運びは慣れていた。

階段の下にくると、声がはっきりとなった。高い音は、二つの声がいっしょになって笑うときである。信弘は何度も唾液を呑みこんで、胸を鎮めるようにして憩《やす》む。瘠せた脚が震えているようだった。上から男と女の音が聞えてくる。声とは云えない。声はあっても舌を鳴らしているような話声だった。

信弘が階段を上った。一段ずつ、手を掛けては四つん這いのようにして昇っていく。衰弱した身体に力が漲っていた。自分の荒い息を手で払うように、ときどき片手を顔の前に持っていった。とうとう階段を昇り切って、部屋に入った。ここは真暗だった。日ごろ使ってない部屋で、不用ないろいろな道具が押しこんであった。部屋はもう一つ奥がある。音とも声ともつかぬものはそこから流れてきていた。

——伊佐子は、階段下の横から信弘が上に昇り切ったのを見ていた。二階のこっちの物置部屋に信弘は入っている。そこは、三ヵ月前までとは少し様子を違えておいた。入口に近いところに、古簞笥《たんす》と水屋をならべ、その間を狭くしておいた。ほかはがらくた道具で塞いである。奥の部屋に近づくなら、その間が通り路である。水屋には古い瀬戸物を詰めておいたので重くて手では動かせない。奥に近づくときは、身体をななめにし、簞笥と水屋とを擦るようにして狭い間を通りぬけねばならぬ。信弘のうすい胸だとそれが出来るが、それも急いで通り抜けるというわけにはいかなかった。そこを通りさえすれば、あとは広くなる。

階段の下で、伊佐子は時間を測った。信弘はそろそろあの狭い隙間を無理して通り抜けたころだと思った。奥の部屋の音と声に釣られて、荒い息を吐きながらである。そのテープもすぐに終るのに。伊佐子は音高く足踏みした。

「パパ！」

大きな声を出した。

「パパ、パパ！　どこにいるのよ」

けたたましく呼んだ。

上のほうで急に音が起った。応えの声は聞えず、音だけが、がたがたと何かを忙しく動かしているように下まで響いた。

伊佐子は魚が簗簀《やなす》に入ったのを知った。狭い隙間はやっと向うに通り抜けたが、今度は戻ってくるのに手間がかかる。暗い中だし、行くときと違って狼狽《あわ》てているのだ。早く階下に戻らなければと気が急《せ》き、身体が容易に通り路を抜けない。信弘が懸命に気張っているのが眼に見えるようであった。

「パパ、パパ。どこなの！」

廊下を踏み鳴らし、呼んで回った。

二階から大きな音響がした。物ではなく人が倒れた音だった。

伊佐子は、二、三分ほどそこにじっとしていた。音はそれきり起らなかった。彼女は自分の部屋から懐中電燈を持ってきた。

二階に上ると、信弘は箪笥と水屋の向う側で倒れていた。狭い通り路をこっちに越すことが出来ずにいた。水屋の片方が三センチばかり動いていた。心筋梗塞症の患者は、渾身の力をこめて重い水屋を動かして隙間をひろげたとき、発作が起ったのだった。

十五

宮原素子の聴取書。——

《わたしは、三年前まで、速記の営業社につとめていましたが、以後は独立しております。べつに事務所らしいものは持っていませんが、自宅を連絡場所にして電話註文をうけ、依頼先に出かけて仕事をしています。以前、勤めていたころひいきにしてもらった会社や出版社を三、四持っていますが、女ひとりですからそんなに欲張ることもなく、無理をしないでやっています。

沢田信弘さんの口述速記を頼まれましたのは、一年くらい前で、得意先の会社の人の紹介でした。わたしは、それまで個人の仕事もやったことはありますが、最近はやめています。でも、それほど急がなくてもいいということだし、一週間に二回くらいだと云われて引きうけました。内容は沢田さんの自伝でした。自費出版をするということでしたが、口述は初めてなのでなかなか思うようにお話しになれませんでした。わたしは会社の重役の道楽だろうと考えていましたが、そのうち、沢田さんはS光学をお退きになることになり、渋谷の自宅に伺うようになりました。

わたしは個人の自宅に行って仕事をするのは、それまでの経験で気がすすまないので、断わるつもりでしたが、沢田さんがたいへん良い人なので、ひきうけてしまったのです。しかし渋谷のお宅に伺いはじめてすぐ、沢田さんは心筋梗塞症で本郷の朱台病院に入院されたのです。あとは病院に伺いましたが、病人ですからほとんど仕事にはなりませんでした。

それでもわたしが沢田さんのところに行くのをやめなかったのは、沢田さんがお気の毒だったからです。前にわたしが個人の家に行って仕事をするのは嫌だと申したのは、それまでの経験で、よその家庭のことが眼に映るからです。速記者というのは、たとえば座談会の仕事に出ても、なるべく目立たないように、隅のほうに控えてものも云わないように、いわば影のような存在になっているのですが、個人のお宅に行くと、そう事務的にばかりもできず、家族の方と挨拶するとか、向うでもお客さま扱いにしてくださるとか、どうしても訪問という気分になります。それが面倒臭いのと、いまも云ったようにその家庭の空気といいますか、事情みたいなものが、仕事をしていても断片的に眼に入ったり、耳にとびこんだりします。なるべくビジネス・オンリーにしているのですが、よその家庭の中では気持が乱されることが多いのです。とくにそれは奥さまによります。速記の仕事に精神が集中できるかどうかは、奥さま次第です。わたしの経験では、仕事をしやすくしてくださる奥さまは滅多になかったと云ってよく、いろいろの場合がありますが、とにかく個人の自宅での仕事はよけいな気遣いがあります。

沢田さんの奥さまは変った方でした。わたしには分析した云い方はできませんが、三十歳年下の妻がもつ肉欲と物欲とがあの人の中に集塊岩のようにかたまっているように思います。だいたい色が白くて、皮膚のキメがこまかくなめらかで、肥り肉《じし》の女は、一人の男を守り切れない体質だとは、仕事に行ったある座談会でのお話でしたが、なるほどと思い当ったものです。集塊岩というむずかしい言葉をおぼえたのも、学者の座談会でしたが、集塊岩というのは、火山の噴出した溶岩がかたまったもので、侵蝕に抵抗する力が部分によって異《ちが》うから、妙義山のような奇妙なかたちになるのだということでした。速記を仕事にしていると、いろいろ耳学問ができます。

沢田さんの奥さまの性格は、はじめからあんなふうではなかったが、その複成的なもののなかから道徳とか自制とかに弱い部分が侵蝕されて、一種奇怪な人間になったと思います。あのひとの性格はもともと単一なものではなかったと思います。その複合の中で抵抗する力が部分によって異《ちが》い、それもご自分では意識できないほどの自然的な欠落になったと思います。あれは先天的な犯罪者の性格と似ています。

沢田さんは病院で、わたしを頼りにしておられました。奥さまの犯罪行為、沢田さんを飢餓に落して死期を早めようとしていることにわたしが気がついたのを、沢田さんが知ったからです。つまり、沢田さんはご自分の奥さまがどんなことをたくらんでいるかをわたしよりずっと前に見抜いておられたのです。病院では、心筋梗塞患者の食餌療法として初め規格的なことを云っていましたが、奥さまはそれを忠実に守るという口実で減食を強《し》い、脂肪ぶんは心臓に悪いといって栄養物はいっさい遠ざけました。病院でもそうだったので、医者や看護婦たちの眼のない自宅ではどんな虐待が行なわれたか分ったものではありません。

沢田さんは奥さまに何ひとつ云い返しができない人でした。口答えすると、奥さまが居丈高《いたけだか》になって叱るのです。それがとげとげしい言葉で長々とつづくのですから、沢田さんは黙ってしまいます。その忍耐は沢田さんがいまの奥さまと結婚されてからほどなく植えつけられた習慣だったと思います。長い間の我慢が、沢田さんに諦めをつくらせた、それは一生を、少なくとも後半生を自分の殻の中に逃げこませたといえます。わたしは、沢田さんが奥さんにやりこめられて、黙って苦笑している場面をたびたび見ましたが、その弱々しい微笑は、それ以上、奥さんの気持を昂奮させたくない、さからいたくない、夫婦の平和を保ちたい――よくある世間の夫のように思っていましたが、ほんとうは奥さまを憫《あわれ》んでおられたように思います。

奥さまは、沢田さんの二人の娘さんが病院にくるのをひどく嫌がっていました。それは泥棒に対するような警戒でした。わたしですら、病院に行くのを歓迎されませんでしたが、沢田さんがひとりで寂しがっていられるので、多少は大目に見てもらっていたのです。わたしなんか沢田さんの横に居てもたいして害にはならないと思われたのかもしれません。それでも油断はされませんでした。奥さまは病室に居るのが気詰りなので、よく医局のほうに遊びに行っては若い医師としゃべったり笑ったりしておられましたが、わたしが居ると、様子を見るように病室に五分おきには戻ってくるのです。

奥さまの相手が弁護士の佐伯さんというのはわたしにも早くから分りました。佐伯さんと奥さまとが病院のはなれた廊下などで話しているのを見かけたとき、その様子で直感しました。でも、それは沢田さんも知っておられたようです。ある日、沢田さんはわたしに、奥さまが例によって医局に遊びに行っている留守に、今日は家内の口紅の色が変っている、気がつきませんか、と静かな微笑で訊かれました。その意味はあとになって分りました。奥さまは常用の口紅を変えたのではなく、出先で化粧道具の中に口紅を用意してなかったのですね。女は、家を出るときに口紅をつけて行くものですが、それが変っているというのは、どこかでお風呂に入ったということになります。そして間に合せにそこの女中さんの口紅を借りたということだったのでしょう。

また、あるとき奥さまはスリッパの裏に土をつけて病室に入ってこられました。ご自分では気にとめてないのか、気がつかなかったのだと思いますが、その病棟の前は中庭になっています。植込みの木が茂っているのですが、奥さまはスリッパのままでそこにいたのです。そんなところに何のためにひそんでいたのでしょうか。佐伯さんはお兄さんの経営する病院にたびたび顔を出していましたから、そのときはその姿こそわたしの眼には見えなかったけれど、だいたいの察しはつきました。まだまだお話ししたいことはいっぱいありますが、わたしが沢田さんから遺言書をお預かりした次第を申します。

あれは沢田さんが退院なさる二日前でした。沢田さんは、奥さまが医局に遊びに行っている間に、明日は午前九時にここに来てください、頼むことがあるので、と云われました。奥さまは近くのホテルに、患者の附添という名目で泊っておられましたが、病室に見えるのは、たいてい午前十一時すぎか、午後一時か二時ごろになるということでした。家の整理があるので一度帰宅してからくるのだという話でしたが、ほんとうかどうか分りません。毎日家の整理があるわけではなし、ホテルで気儘なことをして朝寝をしていたのだと思います。そんなわけで、午前九時ごろに沢田さんがわたしにこいというのは、奥さまの見えない間にこっそりと頼みたいことがあるのだと思ったので、翌朝、その時間に病院に行きました。思った通り奥さまは病室にはいらしていませんでした。そのときに、沢田さんから手渡されたのがお預かりした遺言書です。

沢田さんは、これより前に佐伯弁護士立会の上で遺言書を書いたこと、それには遺産全部の相続人が奥さまであること、姉娘の豊子さんは他家の人間であり、妹娘の妙子さんは、画で自活ができるのに、奥さまの伊佐子さんは自活の道がないので遺産を全部与えるという理由も書いてあるということでした。しかし、自分は気が変った、それで日附の新しい遺言書をつくったので、これを預かってもらいたいと云ってわたしにさし出し、この遺言書のことは妻にも云わないでほしい、自分の死後に娘二人を呼んで渡してもらいたいと云われました。それでわたしはだれにも秘密にしてずっと持っていたのです。遺言書は、本人の自筆で本人の署名の年月日があれば完全であること、その日附の最も新しいのが以前につくった遺言書を破棄して有効であることなどを、わたしは知合いの弁護士さんに教えられました。

沢田さんは日ごろ使っていない自宅の二階に夜中に行ってそこで心筋梗塞の発作を起されて亡くなったそうですが、なぜ沢田さんが夜遅くひとりで二階に上っていったのかわたしには分りません。二階に用事があるというようなことは、日ごろわたしには何も云っておられませんでした。解剖の結果、心筋梗塞による死亡というのは間違いないのですから、奥さまに疑いをかけようはないわけですね。わたしはまだ気持がすっかり晴れないのですが。何かそこに仕かけがあるような気がしてならないのです。

それというのは、奥さまが日ごろから沢田さんの死を望んでいたのを知っていたからです。「食餌療法」によって栄養失調にさせ、心臓の衰弱を狙っていたらしいことはお話しした通りです。けれど、それでは急というわけにはゆかず、奥さまはあせってきていたと思います。だって、病院では沢田さんが再起できぬこととして、奥さまは病室近くの廊下の電話でお友だちなんかに「パパは死ぬのよ、もうすぐ死ぬのよ」と大きな声で話をしているんです。その声が病室に筒抜けなんです。あれだって、沢田さんをがっくりさせる神経作戦だったと思います。そんなことを平気で云う奥さまなんです。医局に遊びに行っていたのも、若い医者に眼をつけていたのではないかと思います。佐伯さんという愛人はいましたが、一人の男を守り切れる体質の女《ひと》ではないようです。

奥さまが沢田さんの死が早くくるようにとあせり出したのは、買いうけた熱海の旅館に金がかかり、それが銀行からの借金だったこと、借金は渋谷の土地家屋を抵当にすることで銀行の諒解をとりつけたときからだと思います。その銀行工作にしても佐伯さんの仲介というではありませんか。佐伯さんも共同出資者なんですね。ところが、旅館のほうは建物の改造などで予想以上の金がかかり、しかも営業成績が思わしくなく赤字つづきです。お金はどんどん持出しとなります。これは共同出資者の佐伯弁護士の場合も同じだったと思います。

銀行でも、遺言書だけの信用で奥さまに金を貸していることに不安が生じたと考えられます。何といってもそれは信用貸であって、担保の設定がありません。銀行側は見合うような担保の提出を請求したが、ほかに財産がないのだから、奥さまとしても出しようがありません。借金を返せるどころか、熱海の旅館で泥沼にはまりこみ、銀行からはもっと金を借りなければならない状態です。奥さまは、渋谷の土地家屋を処分する羽目に追いこまれたけれど、沢田さんが生きている間はそれが出来ません。熱海の旅館を買ったことも、銀行からの借金も沢田さんには内緒です。それには佐伯弁護士との関係もからまっているので、さすがに口に出せませんでした。たとえ奥さまが例の高圧的な手段に出ようと、猫をかぶって哀訴歎願しようと、こればかりは沢田さんが承諾するはずはありません。渋谷の土地を売れば、沢田さんはすぐにもほかに移らなければならなくなるし、しかも土地を売った金は銀行への借金返しや熱海の旅館の赤字埋めに忽ち消えて手もとには少しも残らない状態なのです。奥さまは沢田さんがこればかりは絶対に承知されないのを知っているので、遺言書の現実化としての沢田さんの死が急がれてきたと思います。そんな次第で、わたしは沢田さんの急死を聞いたとき、それに犯罪を直感したのですが、お調べではそういう形跡はないとのことで、ふしぎに思っております。あんまり時期が合いすぎます。

遺言書のことですが、沢田さんの死後、すぐにわたしのお預かりしたのを娘さん二人にお渡ししました。娘さんは、急に先方で頼まれた弁護士といっしょに家庭裁判所に行きました。そこで奥さまと佐伯弁護士とに来てもらい、保管者だったわたしも同席して遺言書を開封いたしました。日附の新しい遺言書は、前回の、奥さまに渡された遺言書の書直しであることを明言し、遺産のほとんど全部を娘さん二人に遺贈する旨が書かれてありました。奥さまのぶんは、銀行預金三百万円ぐらいと約二百万円相当の有価証券ぐらいだったでしょうか。もちろん新しいほうが有効です。

　奥さまは真蒼になられました。わたしは、奥さまが一語も発しないでぶるぶる震えていたのを見ました。あの芯の強い女《ひと》が、あのように取り乱した姿を見たのははじめてです。ようやく凍った舌が溶《と》けると、その口からあらん限りの悪罵と歎願とが気違いの絶叫のように奔出しました。悪罵は亡夫に対してであり、歎願は家庭裁判所の人や弁護士に対してでした。それが効力のないことを知ると、今度は前にも増して沢田さんを罵り、呪詛《じゆそ》しました。はては佐伯さんに凄い勢いで喰ってかかったのですが、佐伯さんは弁護士だけに、配偶者としての遺留分があるから二千万円ぐらいは取り戻せるとなだめましたが、奥さまはますます取り乱したので、あとはもう、眼を据え、唇に歯を立てているだけでした。

　わたしは沢田さんが、死んでから奥さまに復讐したとか仕返しをしたとか、そんな感じは少しも起りませんでした。あの、いつもの微かな苦笑、奥さまにやっつけられているときの苦笑がさきに泛《うか》んでくるのでした。

　それにしても、わたしはふしぎに思うことがあります。前に、沢田さんの口述速記をわたしに紹介してくださったのが、わたしの顧客《とくい》の会社の方だと申しましたが、その会社というのは食品会社で、その方は副社長をして居られた塩月さんとおっしゃいます。その会社なんでも亡くなられた政界の実力者の甥御《おいご》さんということでしたが、その人が食品会社に仕事に行ったときわたしを呼びとめて沢田さんの速記をやってくれないかと云われたのです。わたしは、副社長のような偉い人とは接触はなかったのですが、顧客先のことではあるし、また、これはよく知っている総務部長さんからの口添えもあって、承諾したのでした。その塩月さんは、しばらくして食品会社を辞められました。なんでも叔父さまの政治家が亡くなってから、会社にはいられないような事情だったといいます。

その仕事を頼まれたとき、塩月さんはわたしに申されました。自分が仲介したことは沢田さんにも、沢田さんの奥さんにも絶対に内緒にしてくれ、実はS光学の重役と会ったとき、沢田さんがいい速記者はいないかと云っているが、あなたのほうに心当りはないかと訊かれた、それでぼくは社に出入りしている君を思いついたのだが、ぼくからの話ということは先方は知ってないのだから黙っていてもらいたい、表むきは、この食品会社の役員がS光学の重役に君のことを推薦し、その重役が沢田さんに君を紹介するという段どりになるからと、こう塩月さんはわたしに云われたのです。わたしは会社間の事情があって、そんな面倒な手続きになるものと考えて、承諾しました。ですから、わたしは沢田さんにも奥さまにも、わたしが塩月さんから話があって仕事に来たなどとは一言も云っておりません。ご夫妻は最後までそれはご存じなかったのです。

その塩月さんですが、食品会社の副社長を辞められてからはどうも様子が思わしくないようです。いつでしたか、何処かで小料理屋をはじめたからという挨拶状を送っていただきましたが、わたしのような者にも出されるのですから、それほどおさかんな商売ではないと想像して、一度も伺いませんでした。これは食品会社の社員の方の内緒話でしたが、塩月さんは叔父さんの実力政治家のおかげで、とくにつくられた副社長の椅子に就いただけで、実際には仕事らしい仕事はしなかったということでした。会社としてもその政治家が死んでしまえば用がないわけで、早速塩月さんはお払い箱になったというのです。思えば気の毒な方でした。

その塩月さんが、いつの間にか熱海のほうに移っておられました。これも食品会社の社員のお話でしたが、熱海で或るホテルのマネージャーになっているというのです。なんでも塩月さんは馴れない小料理屋商売に失敗して、百科事典の勧誘員か何かをしているのを、以前叔父さんの実力政治家に助けられたことのあるホテルの経営者が、ご恩返しのつもりで塩月さんを拾ったということでした。人間、どういうところでつながりがあるか分りません。

つながりがあるか分らないといえば、熱海だか来《き》ノ宮《みや》だかの旅館、ああ、紅《くれない》旅荘というのですか、その紅旅荘を沢田さんの奥さまが佐伯さんのすすめで共同で買われたのが、塩月さんが熱海のホテルのマネージャーになってからです。わたしは興味が起きたので調べましたが、それは塩月さんが熱海に行って二ヵ月ぐらいしてからです。同じ熱海だし、ホテルと旅館という同じ世界、わたしの勘ぐりでは、塩月さんは紅旅荘が将来性に見込みのない売物だというのを承知で、同業のホテル経営者から佐伯さんなり沢田さんの奥さまなりにうまく持ちかけさせたのではないか、という気がします。これは、わたしの思い過しでしょうかしら。だって、紅旅荘を売りたがっていたAホテルの経営者と塩月さんとはひどく気が合っていたということですから。

わたしは、塩月さんが沢田さんの奥さまとは以前に関係があったと推測しています。そして塩月さんは佐伯弁護士との間を気づいていたと思います。けれど、塩月さんとしては自分が没落しているので、どうすることもできません。塩月さんが伊佐子さんと以前に関係があったとしたら、わたしには前後の事情を綜合してそう思われてならないのですが、塩月さんは伊佐子さんの性格を十分に知っているはずです。落ちぶれた男は自分を棄てた女に文句を云うことができません。男としてプライドが許さないでしょうし、たとえ文句を云ったところで伊佐子さんには通じません。

そんなことで、塩月さんは紅旅荘を佐伯さんと伊佐子さんに上手に押しつけるようにホテルの経営者を通じ工作したと思います。佐伯さんも伊佐子さんも素人ですから、ブローカー的な第三者の口車にうかうか乗ったのではないでしょうか。伊佐子さんは沢田さんが生きているときから自分でも普茶料理屋さんを開くような意志があったといいます。これはわたしが沢田さんがまだ病院におられるときに、沢田さんから内密に聞かされた話です。そんな下地が伊佐子さんにあるのですから、沢田さんの死が待ちきれず、熱海の紅旅荘のうまい話にとびついたのではないでしょうか。

もしそうだとすれば、塩月さんは伊佐子さんの欲深い性質に乗じて、伊佐子さんを泥沼にはめこんだという推測も成り立ちます。はっきりしたかたちの仕返しといえば、もし、この推測が当っているとすると、塩月さんの場合だという気がします。

いや、それは石井寛二という青年の場合だといわれるのですか。石井さんのことはわたしは知りません。

石井さんは佐伯弁護士に欺されていたのを知って、あの犯行をしたというのですか。なんのことだかわたしにはよく分りませんが、そのお話を伺うにつけてもわたしには、座談会で取った、色白で、肌がなめらかで、肥り肉の女は一人の男は守り切れないものだというミミズみたいな速記記号の上に、伊佐子さんの姿が重なって参ります。

わたしと沢田夫妻の関係でお話しできるのはこれくらいです》

石井寛二の供述。

《熱海ノ旅館ヤ「ホテル」ヲ三日ガカリデ調べタガ伊佐子ト佐伯弁護士ノ所在ガツカメズ、佐伯先生ガタビタビ伊佐子ヲ訪ネテ行ッテイタトイウ本郷ノ「ホテル」ニモ居ナイノデ、ガッカリシテイマシタガ、モウ一度、渋谷ノ伊佐子ノ家ニ行キマシタ。二人ガ所在ヲ晦《クラ》マシテカラアノ家ニハ二度バカリ行ッタノデスガ、勿論居ルワケハナカッタノデス。然シ、アレカラ日ガ経ッテイルシ、燈台下暗シデ、案外盲点ノ場所ニ舞イ戻ッテイル様ナ気ガシテ、夜ソノ家ノ前ニ再ビ行キマシタ。スルト雨戸ノ間カラ電燈ノ光ガ洩レテイルノデ在宅シテイルコトヲ知リマシタ。私ハ「ブザー」ハ鳴ラサズニ裏カラ二階ノ屋根ニ上リ、雨戸ヲコジ開ケテ屋内ニ侵入シマシタ。階下ニ居ル人間ニハ、二階ノ物音ハ耳ニ入ラヌモノダトイウコトヲ拘置所デ窃盗犯カラ聞イタノヲ実行シタノデス。二階ハ六畳クライノ部屋ト次ハ物置ノヨウナ部屋デシタ。其ノ部屋ハ殺風景デシタガ、押入レノ襖ヲ開ケテ見ルト、蒲団ガ積ンデアリ、此処ガ寝ルトコロダト分リマシタ。家ノ中デ債権者ナドノ人目ニカクレルニハ恰度イイ部屋デス。

私ハ、佐伯先生ニ欺サレタト思ッテ居リマス。アノ人ハ本当ハ私ヲ乃理子殺害ノ嫌疑カラ救ッタノデハナク、弁護士トシテノ自分ノ功名心カラ私ヲ材料ニシタマデデス。佐伯サンハ私ノ事件弁護ノ事ヲイロイロナ雑誌ニ書イテ、随分名前ヲ挙ゲマシタ。先生ハ無罪ニナッテ釈放サレタ私ヲ自分ノ事務所ニ引取ッタノデスガ、弁護ノ事ヲ恩ニ着セテ安イ給料デ雑役夫ニコキ使イマシタ。私ノ身元引受人ニナッテイルコトモアッテ、朝夕、訓戒ガマシイコトヲ云イ特ニ伊佐子ニハ絶対ニ近寄ッテハイケナイト厳重ニ云イ渡シマシタ。私ハ、自分ノ仕出カシタコトヲ後悔シテイマシタノデ、アノ女ニハ二度ト会ワナイ決心ニナッテイタノデスガ、佐伯サンガ私ヲ監視スル様ナ態度ナノデ不愉快ニ思ッテイマシタ。

ソノ真相ガ分ッタノハ、伊佐子ノ夫ノ沢田サンガ亡クナッテカラデス。私ハ佐伯先生ニモ伊佐子ニモ殺意ハ無ク、トニカク欺サレタママデ引込ンデイタノデハ腹ガ癒《イ》エヌノデ、云イタイコトハ思イ切リ云ッテヤロウト二人ノ行方ヲ探シタノデス。登山「ナイフ」ヲ持ッテイタノハ脅カシノ為デ、其レヲ使ウ心算《ツモリ》ハアリマセンデシタ。

コノ六畳ノ間ニ、ヤガテハ二人デ寝ニヤッテクルダロウ、此処デ待ッテイテ、不意ニ姿ヲ見セテヤルノガ効果的ダト思ッテ、私ハワザト階下ニ降リナイデイマシタ。ソノ方ガ先方モ逃ゲラレナイト思ッタカラデス。ソウシテ待ッテイル間ニ、床ノ間ノワキニ「テープレコーダー」ガアリ、ソレニハ「カセット」ガ装塡《ソウテン》シテアリマシタ。私ハ多分、音楽デモ入ッテイルノダト思イマシタガ、音ガスルノデ掛ケル訳ニモイカズ、退屈デスガ、ジットシテ居リマシタ。

一時間バカリシテ、階下カラ伊佐子ト佐伯先生トガ階段ヲ踏ンデ上ッテ来マシタ。隣ノ物置部屋カラ襖ヲ開ケテコノ部屋ニ入ッタ時、私ガ床ノ間ニ腰掛ケテ居ルノヲ見テ二人トモ、モウ吃驚《ビックリ》シテ、ソノ場ニ釘付ケニナリマシタ。

ソレデモ佐伯先生ハ私ヲ手ナズケルコトガ出来ルト思ッタカ、ワザト落着キヲ見セテ伊佐子ト共ニ坐リ、弁解トモ説諭トモツカナイコトヲ、イツモノ訓戒口調デクドクド云イ出シマシタ。私ニハソレガ一生懸命ダトイウコトガヨク分リマシタ。

私ハ一言モ云ワズ、向ウノ弁解、ツマリ両人ハ何モヤマシイ間柄デハナイトイウ弁論ヲ終リマデ聞イテヤロウ、ソレマデハニヤニヤ薄笑イヲ続ケテヤロウト思ッタノデス。

シカシ、コッチハ、ソンナ弁解ナンカ相手ニシナイヨ、トイウトコロヲモット両人ニ見セルタメニ、私ハ傍ノ乾電池式ノ「テープレコーダー」ノ「スイッチ」ヲ指デ押シタノデス。見エスイタ弁解ヨリモ音楽デモ聞イテヤロウト思ッタノデス。

ソノ瞬間、伊佐子ガパット起チ上ッテ逃ゲカカリマシタ。佐伯先生モアワテテアトニツヅコウトシマシタ。コレマデト違イ、両人ノ背中ヲ見タトキ、私ノ気持モガラリト変ッテ了《シマ》イマシタ。ソレニ、……佐伯先生ヲ殺害シ、伊佐子ニ傷害ヲ与エタノハ、アノ「テープレコーダー」ノ声デス。アノ「カセット」ガ私ニ其ノ行動ヲサセタノデス。

……≫

解説

似鳥 鶏

およそどんな分野においてもそうなのですが、赤の他人に自分の表現物を見てもらいたがる、いわゆる「作家」と呼ばれるカテゴリーに属する人間には非常に面倒臭いところがあります。彼らの中には「自信家で臆病、大胆で繊細、神経質で粘り強くてサービス精神旺盛で自己中心的で、好奇心旺盛でいろんなところにちょこちょこ首をつっこむ癖に凝り性でいつまでも一つのことにこだわっている」という、人間のややこしい部分だけを集めて飴色になるまで丁寧に煮しめたような性格の人が多いです。

たとえば小説を書く「作家」の場合、書いたものを友達に見せる時はこうなります。

「えっ、何、小説書いてるの?」

「うん。まあ、ちょっとね。暇つぶしにね。なんとなく書いてみたってくらいなんだけどね」

これは嘘っぱちです。二ヶ月ほど取材をして膨大な数の資料本を読み、構想に二ヶ月執筆に三ヶ月、推敲に一ヶ月かけたものをやっぱり後半部分が変だと言ってもう一ヶ月かけて書き直しています。

「へえ、面白そう。見せてよ」

「いやいや適当に書いたから。駄作だから。そんな人に見せるような出来のもんじゃないから」

これも嘘っぱちです。彼はこの作品が出すところに出せば江戸川乱歩賞や横溝正史賞くらいは確実にとれると思っており、彼が心配しているのはむしろ受賞時に選考委員の先生方が激賞しすぎたせいで大ニュースになり、そのまま映画化され本屋大賞と山本周五郎賞と直木賞をとり、社会現象になりノーベル文学賞受賞が噂されるようになった場合に実家の漬物屋がマスコミにとりあげられすぎて多忙になり、まだ現役で店頭に出ている御歳九十一歳（満年齢）のおばあちゃんが倒れないか、ということです。

「いいじゃん。ちょっと見せてよ」

「えええでもなあ。まあそんなに見たいんなら別にこっちは構わないけど」

「いや見せたくないなら別にいいんだけど」

「いやいやだって見たいんでしょ？　しょうがないな」

作家氏はなぜか急に焦ってそう言い、鞄の中から何か妙に分厚いＡ４用紙の束をごそ、と出してきます。「まあ別に適当にちらっと読んでくれりゃいいんだけどね。感想とかも別にいいし」

「(何この分厚さ……)いや、ちゃんと感想まとめて言うって」

「いや別にほんと適当でいいから。言ってくれてもいいけど別にほんと、さらっと読み流してくれりゃいいから」

「えっ、じゃあ黙って返した方がいい？」

「いやいやいや感想があるなら聞くから。うん。聞くよ。ありがたいことだし」

感想が欲しいのか欲しくないのか。とにかくこちらは黙ってずっしりとしたA4用紙の束を受け取り、ぺらりとめくります。しかしその途端に作家氏は大慌てで止めます。

「いやいやいや待った待ったなんでここで読むの。いいよどうせここで読みきるの無理だし持って帰ってよ」

「いや、なんかすぐ読んでほしそうだったし」

「いやいやいや目の前で読んでくれなくっていいから。ていうかほんとやめて怖いから。あ、じゃあ俺帰るわ。消えるわ。じゃ再来週あたり感想訊きにいくから」

作家氏はそう言って逃げるように去っていきますが、五日後くらいにお追従のような薄笑いを浮かべてすり寄ってきます。「あのさ、あれ……どうだった？」

「『あれ』？　ああお前の『逆転の殺意あるいは冷泉院幹也の華麗なる密室』？　読ん

だよ」

「うわっ、ちょっとタイトル言わないで。こんな人前でやめてよ恥ずかしい」

「なんで。お前がつけたんだろ」

つっこみつつも、作家氏がなんだか散歩用のリードをくわえてきて飼い主を見上げる犬のような顔で感想を待っているので、こちらはとりあえず「面白かったよ」と言います。

しかしその途端、作家氏はなぜか非常に傷ついたような顔になって眉を八の字にします。「そう……」

「いや面白かったって言ってるのに。なんで落ち込むの」

「いや落ち込んでないけど。……だって特にどこが、とかがないのにただ面白かった、とか、ありえないし」

具体的に褒めなかったせいで勝手にお世辞だと決め込んで勝手に落ち込んでいるようです。こちらは仕方なく、乏しい語彙を駆使してなるべく具体的になるように工夫しながら作家氏の『逆転の殺意あるいは冷泉院幹也の華麗なる密室』の面白さを褒めます。作家氏の方はようやく黙って聞き始めますが、しばらくするとまたそわそわした様子になってきて、「いや、もっときつい意見ないの？　悪いとこはどこだった？　悪いとこ言ってよ」とか言ってきます。そのくせ、こちらが本当に悪いところを言うとひどく傷ついた顔になるので、こちらは「なぜこっちがこんな気苦労を」と不条理を感じながら三十分ほど気遣いを強いられる羽目になるのです。

小説を書く「作家」という人種には多かれ少なかれこういうところがあり、それは「面白いものを書きたい」「他人に読んでもらいたい」という異常な執念と「自分の書いたものをつまらないと思われるぐらいなら死んだ方がマシ」という不合理な恐怖感に常に追いたてられている、あの人種の不思議な生態が原因なのですが、松本清張先生はことにその執念が激しかったようです。当時の担当編集者からは、

「受け取った原稿をすぐ読んで電話をしないといけなかった。電話が少しでも遅れると『電話がないっていうことは、つまらなかったんだ』と独自に解釈して落ち込まれてしまった」

「連載で、一回五枚ずつくらいしか原稿を受け取れなくても、毎回感想を訊かれた。こちらが『面白かったです』と言ってもただ『面白かった』では駄目で、どこがどう面白かったのか具体的に言わないと納得されなかった」

「一度『面白くないです』と言ってしまったら、いきなり『そうか。よし、じゃあ今回のは全部書き直そう。編集長に電話して、今回は休載にしてもらうから』とおっしゃったので慌てた」

といった話が聞かれますし、取材時も「いい取材ができた」と思うと満面の笑顔で編

集者と握手されたそうです。納得がいかない時は何度でも直し、校正を六回やった（通常は二回で、特別にひどい時でも三回です）こともあるほどで、実際に当時の校正刷りを見ると、冒頭部分に満足できなかったらしく、十行くらいごっそり削ってあったりします。およそ「作家」と呼ばれる人間なら誰でもが多少は持ち合わせている「何か」、情熱と呼ぶには制御不能に過ぎるし呪縛と呼ぶには自発的すぎる、出所不明で猛烈なあの「何か」を、他のどんな作家より濃厚に内燃させていた方だったようです。

そしてその「何か」の燃え上がりは、まるで飛び火するように本書の主人公・伊佐子の、マグマのごとき欲深さの造形に繋がっています。淡白な人間に欲深いキャラクターは書けません。伊佐子は夫の遺産やそれを使って得る地位、権勢に対して異常なまでに欲望を燃やし、「女」としての情欲に関しても「あんたが、わたしの身体をこんなふうにしたのよ。あんたって素晴らしいんだもの。わたしの身体は完全にあんたに馴らされてしまったわ。ひとりでは睡れなくなったわ」と非常に旺盛です。一方でそのための「手段」に過ぎない老夫に対しては「あと三年くらいでね、亭主が死んでくれたら理想的だけど」と徹底して冷酷、遺産を娘にとられないようにするため、合法的に夫を拘束し死に向かわせる策略を練ります。人面獣心のとんでもない女なのですが、それを糊塗するために表面上献身的な良妻を装った日記をつけるシーンがあり、後半のこのシーンは「現実に何をやっているのか」が隠されているため非常に不気味、日記の記述の白々しさは一種のホラーになっています。

しかし、それでいて伊佐子には、虚構上の怪物とか特殊な世界の人間といった感じがありません。近所の繁華街のお店で働き、いつも使う駅のホームですれ違い、親戚の中に一人ぐらいは潜んでいそうな、リアルでありふれた人間に見えます。あるいは、本書の一番凄いところはここかもしれません。

そして不思議なことに、これだけ畸形で恐ろしい人物を描いていながら、読後、彼女に対して胸糞悪さは感じません。それは清張作品の醍醐味の一つである、終盤での鮮やかな逆転やストーリーの妙のおかげとも言えるのですが、それだけではなく、おそらく作家松本清張自身の、人間に対するある種の眼差しによるものだという気がします。ご自身が執念の塊であった清張先生は、欲深く醜悪な人間たちを描きながらも、「人間とはこういうものだ」「これがなくなってしまったら、人間らしさもまた、なくなってしまう」と、どこかで思われていたのではないでしょうか。

お亡くなりになって二十年が経過しましたが、そうだとすると清張先生、善良な人間しかいない天国では退屈されているかもしれませんね。

いや、そこはやはり松本清張、もしかしたら天国の人間たちの情念や天国社会の裏を描き出し、さらには天国視点で見た古代史の俯瞰が楽しすぎて、今もボロボロになりながらペンをとっておられるのでしょうか。

「天国にだっていつまでいられるか分からない。時間が足りない」とかおっしゃりながら。

（作家）

＊本作品には今日からすると差別的表現ないしは差別的表現ととられかねない箇所があります。しかし、お読みいただければわかるように、作者は差別に対して強い憤りを持ち、それが創作の原動力にもなっています。その時代の抱えた問題を理解するためにも、こうした表現は安易に変えることはできないと考えます。また、作者は故人でもあります。読者諸賢が本作品を注意深い態度でお読み下さるよう、お願いする次第です。
　また、文中の役職、組織名、地名その他の表記は、執筆当時のものとなっています。

文春文庫編集部

初出　文藝春秋
一九七〇年一月号〜一九七一年三月号
この本は、一九七四年八月に刊行された文春文庫の新装版です。
ＤＴＰ制作　ジェイ　エスキューブ

文春文庫

強《つよ》き蟻《あり》

定価はカバーに表示してあります

2013年5月10日　新装版第1刷
2021年4月25日　　　　第4刷

著　者　松《まつ》本《もと》清張《せいちょう》
発行者　花田朋子
発行所　株式会社 文藝春秋

東京都千代田区紀尾井町3-23　〒102-8008
TEL　03・3265・1211㈹
文藝春秋ホームページ　http://www.bunshun.co.jp

落丁、乱丁本は、お手数ですが小社製作部宛お送り下さい。送料小社負担でお取替致します。

印刷製本・凸版印刷

Printed in Japan
ISBN978-4-16-769733-4

（　）内は解説者。品切の節はご容赦下さい。

松本清張
風の視線（上下）
津軽の砂の村、十三潟の荒涼たる風景は都会にうごめく人間の心を映していた。愛のない結婚から愛のある結びつきへ。"美しき囚人"亜矢子をめぐる男女の憂愁のロマン。（権田萬治）
ま-1-17

松本清張
無宿人別帳
罪を犯し、人別帳から除外された無宿者。自由を渇望する男達の逃亡と復讐を鮮やかに描いた連作時代短篇。「町の島帰り」「海嘯《つなみ》」「おのれの顔」「逃亡」「左の腕」他、全十篇収録。（中島　誠）
ま-1-83

松本清張
神々の乱心（上下）
昭和八年、「月辰会研究所」から出てきた女官が自殺した。不審の念を強める特高係長と、遺品の謎を追う華族の次男坊。やがて遊水池から、二つの死体が……。渾身の未完の大作千七百枚。

ま-1-85

松本清張
かげろう絵図（上下）
徳川家斉の寵愛を受けるお美代の方と背後の黒幕、石翁。腐敗する大奥・奸臣に立ち向かう脇坂淡路守。密偵、誘拐、殺人……。両者の罠のかけ合いを推理手法で描く時代長篇。（島内景二）
ま-1-92

松本清張
宮部みゆき　責任編集
松本清張傑作短篇コレクション（全三冊）
松本清張の大ファンを自認する宮部みゆきが、清張の傑作短篇を腕によりをかけてセレクション。究極の清張ワールドを堪能できる決定版。「地方紙を買う女」など全二十六作品を掲載。

ま-1-94

松本清張
日本の黒い霧（上下）
占領下の日本で次々に起きた怪事件。権力による圧迫で真相は封印されたが、その裏には米国・GHQによる恐るべき謀略があった。一大論議を呼んだ衝撃のノンフィクション。（半藤一利）
ま-1-97

松本清張
昭和史発掘　全九巻
厖大な未発表資料と綿密な取材で、昭和の日本を揺るがした諸事件の真相を明らかにした記念碑的作品。「芥川龍之介の死」「五・一五事件」「天皇機関説」から、「二・二六事件」の全貌まで。

ま-1-99

松本清張
事故
別冊黒い画集(1)

村の断崖で発見された血まみれの死体。五日前の東京のトラック事故。事件と事故をつなぐものは？　併録の「熱い空気」はTVドラマ「家政婦は見た！」第一回の原作。　（酒井順子）

ま-1-109

松本清張
危険な斜面

男というものは絶えず急な斜面に立っている。爪を立てて上に登っていくか、下に転落するかだ——。「危険な斜面」「二階」「巻頭句の女」「失敗」「拐帯行」「投影」収録。　（永瀬隼介）

ま-1-111

松本清張
私説・日本合戦譚

菊池寛の『日本合戦譚』のファンだった松本清張が、「長篠合戦」「川中島の戦」「関ヶ原の戦」「西南戦争」など、戦国から明治まで天下分け目の九つの合戦を幅広い資料で描く。　（小和田哲男）

ま-1-112

松本清張
風間完　画
点と線
長篇ミステリー傑作選

〈東京駅ホームの空白の四分間〉が謎を呼ぶ鉄道ミステリの金字塔を、風間完のカラー挿絵を多数入れた決定版で刊行。清張生誕百年を記念する長篇ミステリー傑作選第一弾。　（有栖川有栖）

ま-1-113

松本清張
火の路
長篇ミステリー傑作選（上下）

女性古代史学者・通子は、飛鳥で殺傷事件に巻きこまれる。考古学会に渦巻く対立と怨念を背景に、飛鳥文化とペルシャ文明との繋がりを推理する壮大な古代史ミステリー。　（森　浩一）

ま-1-117

松本清張
波の塔
長篇ミステリー傑作選（上下）

中央省庁の汚職事件を捜査する若き検事は一人の女性と恋に落ちる。だが捜査の中で、彼女が被疑者の妻であることを知る。現代社会の悪に阻まれる悲恋を描くサスペンス。　（西木正明）

ま-1-121

松本清張
十万分の一の偶然
長篇ミステリー傑作選

婚約者を奪った交通事故の凄惨な写真でニュース写真賞を受賞した奴がいる。シャッターチャンスは十万分の一。これは果たして偶然なのか。真実への執念を描く長篇推理。　（宮部みゆき）

ま-1-126

（　）内は解説者。品切の節はご容赦下さい。

松本清張
球形の荒野
長篇ミステリー傑作選　（上下）

第二次大戦の停戦工作で日本人外交官が〝生〟を奪われた。その娘は美しく成長し、平和にすごしている。戦争の亡霊が帰還したとき、二人を結ぶ線上に殺人事件が発生した。（半藤一利）

ま-1-127

松本清張
不安な演奏

心ときめかせて聞いたエロテープは死の演奏の序曲だった！　意外な事件へ発展し、柏崎、甲府、尾鷲、九州……日本全国にわたって謎を追う、社会派推理傑作長篇。（みうらじゅん）

ま-1-131

松本清張
強き蟻

三十歳年上の夫の遺産を狙う沢田伊佐子のまわりには、欲望にとりつかれ蟻のようにうごめきまわる人物たちがいる。男女入り乱れ欲望が犯罪を生み出すスリラー長篇。（似鳥　鶏）

ま-1-132

松本清張
疑惑

海中に転落した車から妻は脱出し、夫は死んだ。妻・鬼塚球磨子が殺ったと事件を扇情的に書き立てる記者と、国選弁護人の闘いをスリリングに描く。「不運な名前」収録。（白井佳夫）

ま-1-133

松本清張
証明

作品が認められない小説家志望の夫は、雑誌記者の妻の行動を執拗に追及する。妻のささいな嘘が、二人の運命を変えていく。狂気の行く末は？　男と女の愛憎劇全四篇。（阿刀田　高）

ま-1-134

松本清張
遠い接近

赤紙一枚で家族と自分の人生を狂わされた山尾信治。その裏に隠されたカラクリを知った彼は、復員後、召集令状を作成した兵事係を見つけ出し、ある計画に着手した。（藤井康栄）

ま-1-135

松本清張
火と汐

京都・送り火の夜に、姿を消した人妻の行方は？　鉄壁のアリバイ崩しに挑む本格推理の表題作他、「証言の森」「種族同盟」（映像化作品「黒の奔流」原作）「山」の計四篇収録。（大矢博子）

ま-1-136

赤川次郎
幽霊列車
山間の温泉町へ向う列車から八人の乗客が蒸発。中年警部・宇野は推理マニアの女子大生・永井夕子と謎を追う——。オール讀物推理小説新人賞受賞作を含む記念碑的作品集。（山前　譲）
あ-1-39

赤川次郎クラシックス
幽霊候補生
〈乗用車・湖へ転落。大学生二人絶望〉と報じる画面に永井夕子の顔が映る。五か月後、宇野警部はある事件を捜査中、件の湖で撮られた写真に、死んだはずの夕子の姿を見つけるが——。
あ-1-41

赤川次郎クラシックス
幽霊愛好会
夫が月に一度、降霊術の集いで「幽霊」になった先妻に会いに行く……友人の告白に驚く永井夕子と宇野警部。案の定その邸宅で、娘が何者かに刺され死亡するという衝撃の事件が！
あ-1-43

赤川次郎クラシックス
幽霊心理学
「殺人」も「凶器」も今日だけは忘れるはずだったのに……宇野警部と永井夕子がレストランで食事をしていると、一家皆殺しの容疑者がすぐそばの席に？　名コンビが大活躍する全五編。
あ-1-44

赤川次郎クラシックス
幽霊湖畔
宇野と夕子が休暇で滞在中の湖畔のホテルで、死体が発見される。その湖の底にはかつての強盗殺人事件で奪われた二億円相当の宝石が？　どこから読んでも楽しめる、好評シリーズ。
あ-1-45

赤川次郎
幽霊恋文
夕子の友人・咲苑てに、不運な死を遂げた恋人から〈近々君を迎えに行く〉と直筆の手紙が届く。早速宇野たちは捜査に乗り出すが…「呪いの特売」「失われた音楽」など全七編を収録。
あ-1-40

赤川次郎
幽霊審査員
あの国民的テレビ番組「赤白歌合戦」で審査員を務めることになった宇野。「何か起る」と夕子が予言した通り、本番の舞台裏で事件が……。「犯罪買います」「哀愁列車」など全七編。
あ-1-42

（　）内は解説者。品切の節はご容赦下さい。

赤川次郎
マリオネットの罠
私はガラスの人形と呼ばれていた——。森の館に幽閉された美少女、都会の空白に起こる連続殺人。複雑に絡み合った人間の欲望を鮮やかに描いた、赤川次郎の処女長篇。（権田萬治）
あ-1-27

阿刀田　高
ローマへ行こう
忘れえぬ記憶の中で、男は、そして女も、生きたい時がある。あれは夢だったのだろうか。夢と現実を行き交うような日常の不可解を描く、大切な人々に思いを馳せる珠玉の十話。（内藤麻里子）
あ-2-27

我孫子武丸
弥勒《みろく》の掌《て》
妻を殺され汚職の疑いをかけられた刑事と、失踪した妻を捜し宗教団体に接触する高校教師。二つの事件は錯綜し、やがて驚愕の真相が明らかになる！　これぞ新本格の進化型。（巽　昌章）
あ-46-1

我孫子武丸
裁く眼
法廷画家が描いた美しい被告人女性と裁判の絵がテレビ放送された直後、彼は何者かに襲われた。絵に描かれた何が危険を呼び込んだのか？　展開の読めない法廷サスペンス。（北尾トロ）
あ-46-4

愛川　晶
十一月に死んだ悪魔
売れない作家・柏原は交通事故で一週間分の記憶を失う。十一年後、謎の美女との出会いをきっかけに記憶が戻り始めるが。幾重にもからんだ伏線と衝撃のラスト！　究極の恋愛ミステリー。
あ-47-6

有栖川有栖
火村英生に捧げる犯罪
臨床犯罪学者・火村英生のもとに送られてきた犯罪予告めいたファックス。術策の小さな綻びから犯罪が露呈する表題作他、哀切でエレガントな珠玉の作品が並ぶ人気シリーズ。（柄刀　一）
あ-59-1

有栖川有栖
菩提樹荘の殺人
少年犯罪、お笑い芸人の野望、学生時代の火村英生の名推理、アンチエイジングのカリスマの怪事件とアリスの悲恋。「若さ」をモチーフにした人気シリーズ作品集。（円堂都司昭）
あ-59-2

青柳碧人
西川麻子は地球儀を回す。
突如密室に出現したアリの大群。女性マンガ家が企んだ完全犯罪。恋人の刑事を悩ます事件を「地理ガール」西川麻子が地理の知識で解決。ミステリー史上初の「地理ミス」第2弾！
あ-67-3

青柳碧人
国語、数学、理科、誘拐
進学塾で起きた小6少女の誘拐事件。身代金5000円、すべて1円玉で?!　5人の講師と生徒たちが事件に挑む。「読むと勉強が好きになる」心優しい塾ミステリ！　（太田あや）
あ-67-2

青柳碧人
国語、数学、理科、漂流
中学三年生の夏合宿で島にやってきたJSS進学塾の面々。勉強漬けの三泊四日のはずが、不穏な雰囲気が流れ始め、ついには行方不明者が！　大好評塾ミステリー第二弾。
あ-67-4

天祢　涼
希望が死んだ夜に
14歳の少女が同級生殺害容疑で緊急逮捕された。少女は犯行を認めたが動機を全く語らない。彼女は何を隠しているのか？捜査を進めると意外な真実が明らかになり……。　（細谷正充）
あ-78-1

秋吉理香子
サイレンス
深雪は婚約者の俊亜貴と故郷の島を訪れるが、彼には秘密があった。結婚をして普通の幸せを手に入れたい深雪の運命が狂い始める。一気読み必至のサスペンス小説。　（澤村伊智）
あ-80-1

池井戸　潤
株価暴落
連続爆破事件に襲われた巨大スーパーの緊急追加支援要請を巡って白水銀行審査部の板東は企画部の二戸と対立する。日本経済の闇と向き合うバンカー達を描く傑作金融ミステリー。
い-64-1

乾《いぬい》　くるみ
イニシエーション・ラブ
甘美で、ときにほろ苦い青春のひとときを瑞々しい筆致で描いた青春小説――と思いきや、最後の二行で全く違った物語に！「必ず二回読みたくなる」と絶賛の傑作ミステリ。　（大矢博子）
い-66-1